勇者に婚約破棄された
魔法使いはへこたれない

登場人物紹介

ヒース

侯爵家の庶子で、元騎士の青年。
確かな実力の持ち主なのだが、
パーティを組んでいた
勇者に嫌われ
嫌がらせを受けていた。

ロザリー

辺境の村出身の純朴な娘。
お人よしの努力家。
本人にはいまいち自覚が
ないものの、とんでもない
魔法の才を持っている。

アスカル
ロザリーの元婚約者で勇者。
プライドが高く身勝手で、
ロザリーを捨てて姫と婚約した。
ダビス
ジグリスの相棒。
口数の少ない獣人。
ジグリス
借金取り。
色々とシビアなことを
言いつつ、なんだかんだで
ロザリーに
助言をくれる。
ドワール
ロザリーの村の近所にある
獣人の集落の次期族長。
彼女の幼馴染でもあり、
何かと頼れる兄貴分。
ヘーゼル
ヒースの双子の妹。
魔法薬の調合師。
ロザリーに助けられ、
彼女の友人になる。

序章

「――俺はお前のその、HP《ヒットポイント》が低すぎるところが嫌いなんだ」

彼が憎々しげな声で言うのを聞いて、ロザリー・アスコットは背筋がひやりとするとともに、ようやく腑《ふ》に落ちた。

幼い頃から、彼に婚約者と認められたくてがんばってきた。

弱いと足手まといだと言うから、魔法使いとして腕を磨いた。

頭が悪い女が嫌いだと言うから、勉強にはげんだ。

家事は完璧で当たり前と言うから、彼の家の手伝いまでした。

でも彼は一度も褒《ほ》めてくれなかったのだ。

それどころか目が合うと、邪魔だと言いたげに眉をひそめる。

自分が駄目なせいだと思っていた。もっと努力すれば、いつかは報《むく》われるんじゃないか。せめて、笑いかけてくれたら……

だが彼は、ロザリーに足りないところがあると言い訳していただけで、そもそも彼女が好きではなかったのだ。

だってＨＰはどうしようもない。

ロザリーがどんなに努力しても、ＨＰはぴくりとも増えなかったのだ。

村の周りにいる魔物から攻撃を二回受けたら、死んでしまうほどしかない。

彼も分かっている。これがこの村の人間にあらわれる欠陥の一種で、努力では覆《くつがえ》せないのだ、と。


——なんてずるいの。

結局、彼はロザリーとちゃんと向き合うことはなく、ロザリーを捨てて、お姫様と婚約した。

◆

この世界では、女神《めがみ》トランの恩恵を受け、人や獣人が暮らしている。人々は魔物の脅威《きょうい》にさらされながらも魔物と戦い、時には生活のかてにしてたくましく生きていた。

そして数十年に一度、魔王が生まれ、女神トランに見出された勇者が討伐《とうばつ》に行く。今代の魔王も勇者として旅立ったロザリーの幼馴染《おさななじみ》の男が倒し、彼は旅を支えてくれた王女と婚約した。

物語としてはありふれていて、分かりやすいハッピーエンドだ。人々は沸き立っているが、その話を聞いたロザリーはため息しかつけない。

だって彼らの幸福の陰で、彼女は勇者に婚約破棄され、不幸のまっただ中にいる。

彼が帰ってきたらすぐに結婚式だわ〜なんて浮かれていた、過去の自分のぽんこつぶりを殴って責めたい。

「……はあ」

白い綿毛に似た花が咲く木陰《こかげ》で、もう一度、ため息をつく。木の枝には、白い綿毛みたいな無害の魔物・フワリーがふわふわ浮かんで、羽虫を食べていた。

フワリーは虫や埃《ほこり》を食べるため、村ではペットにされている生き物だ。白い綿毛に、小さな葉っぱが一枚くっついたような姿をしている。

「あんた達はいいわよねえ、悩みなんかなさそうで」

フワリーがうらやましい。

浮気されて捨てられるというひどい目にあったのに、ロザリーはまだ彼が好きだ。そんなにあっさりと気持ちを変えられるなら、七歳で婚約して以来、十一年も一途《いちず》に想い続けていない。

じわっと涙が浮かんできた。すぐに目元を指先でぬぐう。

彼は村のヒーローだ。ユーフィール王国の南西部に、かろうじて引っ掛かっているこの辺境の村では、一番の将来有望株である。

何せ、村長の一人息子。未来の村長だ。

こんな辺境にもヒエラルキーはあり、特に村長をトップにした血筋が重視されている。それというのも、この村をおこしたのは、村長の一族だった。その直系の血を引く彼は、ある意味、王子のようなものである。

そして、彼は容姿が良い。金髪と紫の目を持った涼しげな容貌は、村人と思えないくらいの美しさだ。その辺の村の男とは、野花とバラくらいに違う。

二歳年上の優しいお兄ちゃんだった彼を、ロザリーはころっと好きになった。恋に落ちるのは簡単だったけれど、その熱は冷めない。彼に見合うレディになろうと、その背を追いかけ続けていたのだ。もっとも、彼が優しかったのは婚約するまでだった。

そして、二年前。彼は女神トランの神託《しんたく》で、魔王討伐《とうばつ》の勇者に選ばれた。

ここが自治村で王国の統治を受けていなくても、女神への信仰は根強い。村人の期待を裏切れず、彼は神官に急《せ》かされて旅立っていった。ちょうど結婚式の一週間前のことだ。

ロザリーはついて行きたかったものの、ＨＰの低さ故《ゆえ》、邪魔だと断られた。

その代わり、彼女は彼が不在中の村を守らなくてはと、周囲の魔物退治を日課にする。魔法使いとしてのレベルはどんどん上がり続けたが、ＨＰはうんともすんとも言わなかった。

それを理由に婚約破棄なんて、ロザリーには何も言えない。

緑の目を真っ赤にし、茶色い髪はぼさぼさのまま、彼女は膝を抱えてへこんでいた。魔王を倒した勇者とはいえ、婚約者がいるのに浮気をした彼が悪いと、周りは気の毒がってそっとしておいてくれる。

「ロザリー」

そんなロザリーのもとに、父イアンが歩み寄ってきた。ものすごく気まずそうな顔で手招く。

「落ち込んでるところを悪いんだが、大事な話があってね」

「何？」

歯切れの悪い言葉に首を傾《かし》げる。イアンは「客が来ている」としか言わない。

ロザリーは顔を洗って、髪を整えた。

こんな辺境に珍しい。

王都から徒歩で二週間程度の距離とはいえ、乾いた大地が広がり、強い魔物がすみついているこの地への旅は容易ではない。幼い頃から鍛《きた》えている村人にとっては楽勝だが、一般人にはとても近付けない場所なのだ。

どんな客だろうかと好奇心を抱いて居間に行くと、テーブルには小太りな人間の男がいた。その後ろに狼獣人が立っている。いかにも商人と護衛のように見えた。

「どなた様？」

「あー……うん」

「ええとねえ、驚かないでほしいんだけどぉー」

イアンだけでなく、母ミモザも言いづらそうに切り出す。

「この人、借金取りなの」

「……は？」

あまりの衝撃に、暗い気持ちが叩《たた》き飛ばされた。数秒かけて意味を呑み込んだロザリーは、テーブルに手をつく。

「しゃ、借金ー!?」

泣《な》きっ面《つら》に蜂《はち》とは、まさしくこのことだった。

一章　王都へ出稼ぎ

「――どういうことよ、お父さん、お母さん。うちってそんなに貧しかったの？　言ってくれたら、ちょっと外に行って魔物をズバンと退治して稼いだのに！　なんで話してくれないのよ。水くさいじゃないの！」

狼狽《ろうばい》したロザリーが詰め寄ると、両親の代わりに、借金取りの男が口を挟んだ。

「落ち着いてくれ、嬢ちゃん。イアンさんが借金をしたんじゃないよ。この人は連帯保証人」

借金取りの男が書類を差し出す。それを食い入るようにして読むと、借主はイアンの兄で、ロザリーの伯父《おじ》でもあるケインズ・アスコットと書かれている。

「またケインズ伯父《おじ》さんなの！」

アスコット家にとっては疫病神《やくびょうがみ》である男の名を叫び、ロザリーはこめかみに青筋を立てた。

「お父さん、伯父《おじ》さんにはかかわるなって言ったじゃない。問題を起こしてばっかりの伯父《おじ》さんの尻ぬぐいを、お父さんがいっつもしてるでしょ！　いい大人なんだから、伯父《おじ》さんは自分で責任を取るべきでしょうがっ」

「いやあ、だってぇ、兄さんが土下座までして頼むから、つい……」

首をすくめて目を泳がせるイアンの姿に、ロザリーは激しくいらついた。お人好しで面倒見が良いのは父の長所だが、ケインズ伯父《おじ》は手に余る。何度わりをくったか知れない。それでも父は馬鹿みたいにケインズ伯父《おじ》を助けるのだから、家族としてはたまったものではなかった。

「なんでお母さんは止めなかったのっ」

ロザリーが怒りの矛先《ほこさき》を向けると、母ミモザはビクッと肩を揺らす。長い茶色の髪とキリッとした涼しげな容貌は、ロザリーにも受け継がれている。時に男より男らしい頼れる母ながら、一つだけ駄目すぎる欠点があった。――父に激あまなことだ。

「止めたよ、止めたけど～。イアン君がどうしてもって言うからぁ～」

「馬鹿――!!」

瞬時にぶち切れ、心のままに叫んだロザリーは、絶対に悪くない。

娘に怒られ、両親はますます身の置きどころがなさそうに、身を縮めて謝った。

「「……すみませんでした」」

「だいたい何よ、この額！　金貨二千枚を半年後の年末までに返済しろって、とんでもなさすぎるわ。ふざけんじゃないわよ。そもそも、借金したのは伯父《おじ》なんだから、そっちから当たるのが筋ってもんでしょ！」

銀貨百枚で、金貨一枚になる。庶民の一ヶ月の給料が、銀貨で三十枚程度。つまり、金貨四枚程度が年収だから、その五百倍の金額を半年で返せと言っているのだ。普通に考えれば、貸すほうも借りるほうもおかしい。

緑の目を怒りに燃やし、キッとにらむロザリーに対し、男は煙管《キセル》を吹かせて余裕しゃくしゃくだ。

「もちろん、お嬢ちゃんの言う通りだ。ケインズが悪い。だが、あの野郎はとっとと雲隠れした。後は、そちらのイアンさんに頼れと言っていたそうだ。それでな、まだ期限に余裕があるし、いきなり人生が変わるよりもマシだろうと、こうして話をしに来たわけだよ」

伯父《おじ》が逃げたと聞いて、ロザリーの頭に血がのぼる。

「あんのクズ！　見つけたら許さないっ」

怒りくるう彼女に、男は名刺を差し出した。

「名乗り遅れたが、俺はジグリス、後ろのはダビスだ」

ジグリスは四十代くらいだ。小太りで背が低く、明るめの茶色の髪は薄い。灰色の上着とズボンの上に、旅装のマントを羽織《はお》っている。妙に落ち着きはらっていて、貫録《かんろく》があった。

彼はその傍《そば》にいる獣人を紹介する。

「これから期限までお嬢ちゃん達の近くをうろつくことにしたんで、よろしくな。逃げられたらたまったもんじゃない」

ジグリスにとっては決定事項なのだろう。いいかと問うのではなく、よろしくときた。

その上で彼は、うんざりとため息をつき、ロザリー達へ同情たっぷりに話しかける。

「俺の上司は、闇金《やみきん》王エラン様だ。返済できなかった場合、ケインズはもちろん、あんた達一家は人権を奪われて、他国に奴隷《どれい》として売られることになる」

「奴隷《どれい》……！」

ロザリーはたじろいだ。借金を払えなかったら奴隷《どれい》になるという話は聞いたことがある。それが、まさか自分達の身に降りかかる日が来るとは。

「お嬢ちゃんのお父さんは連帯保証人になってるだろ。お父さんが払えなかったら、家族にも累《るい》が及ぶんだ。特にお嬢ちゃんは若いし、この村は特殊な能力を血で継承してるから、隣国の王が側妃《そくひ》に欲しがってる。はい、この人ね」

ジグリスが鞄《かばん》から書類を取り出す。

「側妃ぃっ!?」

その言葉に驚き、ロザリーは書類を奪うようにして見る。お相手予定の肖像画と名前、年齢、職業などが一覧になっていた。ひげの生《は》えたでっぷり太ったおじさんが、花を持って流し目をしている絵に、彼女の顔が引きつる。

「この王様、四十七歳なの？　——お父さん、何歳だったっけ？」

「……三十六歳です」

こちらと目を合わせずに、父が硬い声で答えた。ロザリーはテーブルを叩《たた》く。

「お父さんより年上の人に嫁《とつ》げっていうの？　鬼畜か！」

「老人よりはマシだろう。側妃ならまだ良いほうだ。戦闘奴隷《どれい》にされたら死ぬまでこきつかわれて、人形みたいに使い捨てだぞ。ま、ご両親は何人か子どもを作らされたら、そうなるだろうね」

あんまりにもあんまりすぎる未来予想図に、ロザリーは憤然とする。

父より年上の王に嫁《とつ》ぐなんて、絶っっっ対に嫌だ。もちろん家族の破滅も見たくない。

「そんなの嫌よ！　奈落の底へまっしぐらに落ちるくらいなら、金貨二千枚、死ぬ気で稼いでみせるっ！」

そう叫ぶと、ジグリスは面白そうにロザリーを見た。

「諦めずにがんばろうっていうのは悪くないね。まあ、無理だろうが。そうそう、お嬢ちゃんが婚約していた勇者さんを頼るのはどうかな。魔王退治の報酬は莫大で、年金ももらえるって話だぞ」

「嫌に決まってるでしょ！　なんで私を裏切った人を頼らなきゃいけないのよ。それに、村長には慰謝料《いしゃりょう》として金貨一枚をすでにもらったわ」

勝手な婚約破棄をした息子に渋い顔をしていた村長夫妻だったが、せめてもと慰謝料《いしゃりょう》を払ってくれた。その金すら無駄だと言っていた元婚約者を思い出して、ロザリーの胸が痛む。

ジグリスが肩をすくめる。

「勇者を当てにできないんなら、絶望的ってこったな」

「うるさいわね、まだ諦めてないわよ！　借金完済してみせるから、見てなさいよ！」

彼の遠慮のない言葉に、落胆と悲しみが一瞬で怒りに変換された。啖呵《たんか》を切るロザリーに、ジグリスはにやりと皮肉っぽい笑みを返す。

「がんばってくれる分には構わんよ。じゃあ、俺らは村の宿にいるからな。逃げないでくれよ？」

「逃、げ、ま、せ、んっ」

ロザリーが言い返すのを横目に、彼は椅子を立つ。その間も笑っていたのだが、何かに驚いて大きく飛びのいた。彼の視線の先ではフワリーがころころと転がっている。

「うわっ、なんだ、こいつっ」

「待って。何もしないで、その子はうちのペット！」

護衛の狼獣人が短剣の鞘《さや》で叩《たた》こうとするのを、ロザリーはすぐに止めた。

「はあ？　魔物をペットにしてるのかよ。これだから辺境にいる魔法使いってのは、変人すぎて嫌なんだ」

ぶつぶつと文句を言うジグリスに、けげんな眼差《まなざ》しを向ける。

「もしかして、この魔物を王都のほうで見たことがないの？」

「ないぞ。魔物なんか、ほいほい飼ってるわけないだろ、馬鹿か」

驚かされて腹が立ったようで、彼は悪態をつき、連れとともに家を出ていく。

フワリーはこのレイヴァン村ではどこの家でも飼っている魔物だ。ロザリーの目からうろこが落ちる。

「ふぅん、王都にはいないんだ」

彼女はフワリーを両手で持ち上げ、ちらりと見下ろした。


借金取りが帰るなり、ロザリー達は地下の隠し部屋や家中をひっかきまわし、貯蓄や売れるものを集めた。財産を居間のテーブルに並べると、なかなか圧巻だ。

イアンがそれらを一つずつ確認して、ため息をつく。

「アスカル君との結婚のための持参金、金貨五枚。貯蓄金貨百二十枚。他は宝飾品のたぐいだが、良くて金貨百枚になるかどうかかなあ」

「村人の貯蓄が金貨百二十枚もあるなんてすごいことなのに、たいしたことなく思えるのが不思議よね～」

ミモザがのんびりと言う。責任を感じてイアンが落ち込む一方で、ミモザは物事を深く考えないタイプなので、普段通りだ。そんな母に、ロザリーは余計に焦《あせ》る。自分がしっかりしなくてはならない。

「この件は家族で乗り切るとして、二度とケインズ伯父《おじ》さんに手を貸さないで。いいわね、お父さん！」

「ああ、分かっているよ。今回の裏切りはひどすぎる。あんなに世話してきたのに、兄さん……」

「お義兄《にい》様を捕まえたら、崖《がけ》から逆さ吊りの刑に処しましょうね、あなた」

涙目のイアンを見て、ミモザが青筋を立て、えぐいことを口にした。ミモザは夫を傷付ける者にはいっさい容赦《ようしゃ》しないので、必ず実行するだろう。ロザリーも手伝う気満々だが、母の目が笑っていないので、さすがにゾッとした。

「あの、ほどほどにな……」

それでも兄を庇《かば》う辺り、イアンは優しい。

「しかし、すまないなあ、ロザリー。アスカル君と破談になったとはいえ、君なら良い嫁《とつ》ぎ先がいくらでもあるだろうに、こんなことに巻き込んでしまって」

イアンの口から元婚約者の名前が出て、ロザリーの胸は痛んだ。

アスカル・ヴァイオレット。それが彼の名だ。父はそう言ってくれるけれど、彼女はまだ次を考えられない。

「悪いのは伯父《おじ》さんなんだから、そんなに落ち込まないで」

「情けない父でごめんよ」

イアンがめそめそと泣き始めたので、ロザリーは怒っていられなくなった。

何度も伯父《おじ》の尻ぬぐいをしてきた父だが、ここまで信頼を破壊されたのだ。この件で一番傷付いているのは、間違いなく彼だろう。そんな夫の姿に、ミモザが不気味に微笑《ほほえ》む。

「お義兄《にい》様、足に石をくくりつけて、井戸に沈めてやろうかしら」

「お母さん、落ち着いて。お仕置きはともかく、犯罪は駄目よ」

「魔物の血を塗りたくって、荒野に置き去り……」

「待って待って、さすがの伯父《おじ》さんでも死ぬからね！」

やりかねないし、やれるだけの実力があるのが問題だ。ロザリーがなだめるものの、ミモザは意に介さない。

「大丈夫よ、ロザリー。お義兄《にい》様だって、この村で生まれ育ったのよ。魔力を扱う能力は並だけど、身体強化の魔法が得意なおかげで、逃げ足だけはトップクラスなんだから」

「まあ、そうだけど……」

けろっと言い放つミモザに、ロザリーは言葉をにごす。これまでにも、伯父《おじ》が父に面倒をかけるたび、母が怒って伯父《おじ》を追いかけ回していた。それから逃げ切っていた伯父《おじ》の脚力は尋常ではない。

「兄さん、戦闘は弱いが、足だけはやたら速いからなあ」

イアンも涙をハンカチでぬぐいながら、苦笑を浮かべる。

ここの村人が強いのには理由がある。村の開祖である魔法使いが、魔力の扱いに長《た》けていたためだ。

ユーフィール王国では、十二歳になると皆、神殿に参拝し、剣士、魔法使い、神官といった戦闘にまつわるジョブをさずかる。その後、魔物や人と戦って経験値を得ると、ジョブのレベルが上がっていくのだ。それにつれ、ＨＰやＭＰ《マジックポイント》、能力値――攻撃力や防御力などのパラメータが変化していく。

村の開祖は、魔法使いとしての能力値が、他者よりも抜きんでていた。そういった者はまれにいるが、開祖は化け物じみていたのだ。そして、この長所は親から子へと受け継がれるもので、経験を積めば手に入るといったたぐいのものではない。

この開祖の血を継ぐ者は全員、魔法使いとしての能力が高いが、特に目をみはるのが、魔力を扱う才能だ。これは魔法を使う時の器用さにあらわれる。

たとえば、一般的にはＭＰが二必要とされる炎の魔法を使用する時、レイヴァン村の人々はＭＰが一で済む。

大きな威力の魔法ほどＭＰを消費するので、持久戦になればこちらのほうが有利だ。他には、呪文の詠唱から魔法の発動まで、一般的に三秒かかるところを、村人は一秒で済んだりする。

魔法使いはＭＰと魔力の強さ、魔法速度がものを言う。要は、とにかく有利なわけだ。

昔、開祖がこの村に移り住み、彼を慕《した》う人々がやって来た。それから小さな村内で結婚を繰り返すうち、村人は全て、開祖の長所を受け継いだのだ。

直系である元婚約者はその能力が強く出ている。しかし、HPを除けば、ロザリーの能力のほうが、村内で群を抜いていた。魔力の扱いも、MPも飛び抜けている、いわば先祖返りだ。

そういうわけでジグリスは、この能力を子孫に受け継がせたい王のもとへロザリーを嫁《とつ》がせると言っていたのだ。

「この村の人は、みーんな戦士だもの。一筋縄ではいかないのよ。でも、お義兄《にい》様は見つけたらお仕置きね」

ミモザは怖い顔で、バキリと指の骨を鳴らす。ミモザは外から嫁《とつ》いできた女傭兵で、イアンは強い魔法使いだ。おかげで平民にもかかわらず、ロザリーの家の貯蓄は貴族の月収並みだった。こんな田舎《いなか》では使う当てもないので、自然と貯まったともいう。

それから、ロザリー達は、借金返済の役割分担を決める。結果、両親に村周辺で魔物退治をしつつあるものを集めるように頼み、ロザリーは単身、王都へ出稼ぎに出ることにした。


ロザリーが村を出て三日。

雨季が明け、初夏のすがすがしい晴れ空が広がっている。

午後の三時くらいに王都に到着したロザリーとジグリス達は、南門の前で列に並んでいた。

分厚い防壁に囲まれている王都へ入るにあたっては、門で通行税を払い、衛兵に危険がないかチェックされる。彼らは指名手配犯がまぎれていないか確認し、怪しい者には王都での目的を問う。

荷物が多い場合、違法な品が混ざっていないかを見るのだと、ジグリスが教えてくれた。

待ちくたびれている人々の中で、ロザリーは一人、壁が物珍しくて仕方が無い。

「山みたいに大きな壁ね！　作るのがとっても大変そう！　材料はどうしたのかな」

ロザリーは今、白を基調とした旅装に身を包んでいる。髪は二つ結びにして、マント、シャツ、ロングスカートと革のブーツを身につけていた。差し色に使っている淡いピンクに女性らしさがある。

荷物はリュックに入れ、マントの下に背負い、手にはハンマーに似た形の杖《つえ》を持っていた。魔法も使うが、物理で魔物を殴りにも行くロザリーにはぴったりの杖《つえ》である。

「田舎者《いなかもの》を丸出しにするな、一緒にいる俺達も恥ずかしいだろ！　ったく、ありえねえ。徒歩で二週間かかる道を、身体強化の魔法を使って三日に縮めるとか……」

ジグリスはうんざり顔だ。護衛のダビスもぐったりしていた。

「普通に歩いていくわけがないじゃない。ちゃんと治癒《ちゆ》魔法をかけてあげたんだから、あんた達も元気でしょ？　何が問題なのよ」

ロザリーはいたって元気だ。

身体強化をかけて飛ぶように走り、疲れたら治癒《ちゆ》魔法で回復させて、また走る。その繰り返しで強行突破してきた。途中で魔物を見かけたら退治し、その場で解体して魔石と素材を回収したので、結構な儲《もう》けが出るだろう。

魔物の素材とは、皮や牙、骨、肉、爪などだ。肉は食料に、それ以外は防具や武具、アクセサ

リーや雑貨の材料になる。鞄《かばん》に入らないそれらを、シーツほどの大きさの布で包み、魔法で宙に浮かべていた。

「そもそも、お前はいったい何者なんだよ！　ジョブは魔法使いじゃないのか？　なんで神官しか使えないはずの治癒《ちゆ》魔法まで操ってるんだっ」

ジグリスは訳が分からないと、頭を抱えている。

「そうよ、ジョブは魔法使い。あんた達、私が魔力を扱う能力が高いって知ってるでしょ？　この能力で、普通なら魔法の効果を上げるだけのところ、私は他のジョブの魔法を真似できるのよ」

「とんでもないことをあっさり言うな。意味が分からんぞ、この娘。しかし、特技があるのは良いな。もっと良い条件を出せる王を探せば、更に高値で売れるだろ」

金勘定を始める彼に、ロザリーは釘を刺す。

「ちょっと、返済期限前なんだから、そういう話は禁止よ！」

油断も隙もないと憤然としているうちに、ようやく自分達の順番になる。衛兵が荷物を改めた。特にシーツ袋の中身を念入りに確認すると、もう一つの袋を覗《のぞ》き込んで首を傾《かし》げる。

「こっちの魔石や素材は分かるが、この綿毛みたいな生き物はなんだい？」

「それはフワリーっていう無害な魔物です。私の住んでいる辺境では、家で飼ってるんですよ」

フワリーは借金返済のために欠かせない商品だ。

ロザリーが説明する横で、ジグリスが引きつった顔で口を出す。

「その袋はなんだと思えば、そいつを持ってきたのか！」

彼が騒ぐので、衛兵は険《けわ》しい顔をした。彼がちらりと仲間のほうを見ると、衛兵が二人確認に加わる。

（これって絶対、ジグタリスさんの悪人面のせいで疑われてる！）

ただでさえつきまとわれて迷惑しているのに、商売の邪魔までしないでほしい。

「辺境ってどこ？」

眼光の鋭い衛兵の問いに、ロザリーは出身地を答える。

「南西にあるレイヴァン村です」

「レイヴァン？　名前は？」

「ロザリー・アスコットです」

「アスコット？　アスコットって、まさか……。イアンとミモザって知ってるかい、お嬢ちゃん」

「私の両親ですよ」

ロザリーがそう答えると、衛兵達がざわめく。怪しい者を見る目を向けられていたのが一変し、態度がやわらかく親しげになった。

「あなたはミモザさんにそっくりだ、間違いないですね。ご高名な傭兵の娘さんとは。あの方々には魔物の大規模討伐《とうばつ》戦でよくお世話になっています。ですがね、規則がありまして、魔物は……」

「都市に入れちゃ駄目なんですか？　この魔物の餌《えさ》は小さい虫や埃《ほこり》、食べかすなんですけど」

断られる前に、危険ではないとアピールしてみる。魔王がいて魔物が活性化していた時期ですら、この魔物は無害のままだった。魔王が倒された今なら、なんの問題もない。

「いえ、こちらで三日預かって、無害だと分かればお返しできます。これをどうするつもりで？」

「掃除に便利な愛玩《あいがん》ペットとして売ろうと考えています」

「なるほど。魔物の売買は、有害、無害にかかわらず、許可証がいるんですよ。役場の専門機関で許可を取るか、許可証を持っている店に持ち込むしかありませんね」

「そうなんですね、私も情報を集めてみます。教えてくださってありがとうございました」

ロザリーが深々と頭を下げると、衛兵達は微笑《ほほえ》ましいものを見る目をした。

両親の人徳のおかげだ。二人は若い頃から魔物退治専門の傭兵として働いており、今でもたびたび出かけていく。両親から王都に親しい人はいないと聞いていたが、慕《した》っている人は多いみたいで、娘としては誇らしい。

ロザリーは衛兵に言われるままに書類を書いて、フワリーの餌《えさ》や特徴についても詳細に記《しる》す。そして後で引きかえるための用紙を手に、王都の門をくぐった。


多くの家々がひしめく赤い屋根の向こうに、城の高い尖塔《せんとう》が覗《のぞ》いていた。

街路樹や花壇が色鮮《あざ》やかで、美しい街並みだ。メインストリートは驚くほど広く、馬車が三台すれ違える道まである。それでもなお歩きにくいくらいの人込みだ。

いくらも進まないうちに嫌になって、ロザリーは道路脇に避難する。

「こんなに人がいると歩きにくいわ。さすがは都会ね」

「だから、田舎者《いなかもの》発言はやめてくれよ、一緒にいる俺が恥ずかしいだろ」

ジグリスが迷惑そうに言った。

「嫌ならお帰りになってもいいのよ、ジグタリスさん」

「俺の名前はジグリスだ！　嫌味を言ったって帰らねえぞ。逃げられたら困るからな」

ロザリーの休憩に便乗して、ジグリスは煙管《キセル》を吸い、すぱーっと煙を吐く。

ジグタリスとは、ロザリーの故郷の周りに住む魔物のことだ。小型のドラゴン種で、翼はなく、大きな黒いトカゲみたいに見える。群れで行動するのが厄介《やっかい》だが、肉が美味で、皮は防具の素材に向いていた。

「そんなに嫌がらなくてもいいのに。ジグタリスっておいしいのよ？」

「だからなんなんだよ、関係ないだろ。俺はジグリスだ！　ジ、グ、リ、ス！」

「はいはい、ジグタリスさん。早めに宿泊先を見つけなきゃ」

さて、この広々とした都のどこに宿屋街があるのだろうか。ロザリーは気が遠くなる思いだ。すでに夕方が近い。見知らぬ土地で、夜にさまよいたくなかった。

ひとまず荷物をどうにかしようと、ジグリスのすすめで冒険者ギルドに行き、魔物の素材を換金する。王都での必要資金だけ抜いて、残りを借金の返済金としてジグリスに渡す。

レイヴァン村ではアスコット家の借金が話題になり、皆、少しずつカンパしてくれた。その分もありがたく返済にあてさせてもらっている。いつも助けられているからと村人は言ってくれたが、無事に返済した暁《あかつき》には恩返しをしようと思っていた。

それからジグリスと帳簿の確認を終えると、ロザリーはまた移動する。宿屋街に向かうつもりが、帰宅ラッシュの人波に流されてしまい、気付けば噴水広場にいた。

「なんで私は広場にいるの……？」

メインストリートにいたはずなのに、意味が分からない。

「王都が魔の巣窟《そうくつ》って本当なのね。魔物と戦うよりも疲れるわ」

「それはたとえだろ。善悪、いろんな人間が入り乱れてるって意味だよ」

台座に腰かけてため息をつくロザリーに、ジグリスが言う。彼は傍《そば》にいるのに助けてくれないので、ちょっと恨めしい。助けてもらったところで、貸しが高くつきそうで怖いが。

とはいえ、刻一刻と暮れていく空を見ているとさすがに焦《あせ》ってくる。宿はどこかと訊《き》いたロザリーに、よりにもよってこの男、こんな提案をしてきた。

「お嬢ちゃんがやる気なら、花街《かがい》を紹介してやってもいいぜ」

つまり身売りを持ちかけてきたのだ。これにロザリーはぶち切れた。

「はあ⁉ あんたね、花も恥じらう十八の乙女《おとめ》に、なんつーこと言ってんの！ それに、私が体を売るより、魔物を退治したほうがずっと儲《もう》かるわよ！」

「そんな理由で断った女は、お嬢ちゃんが初めてだぜ。辺境の女は変わってるなあ」

「うっさい！」

まったくもって失礼な男である。ジグリスを頼って、とんでもない場所に案内されてはかなわないので、ロザリーは自力でどうにかしようと決めた。

道に迷って精神的に疲れているが、体力は問題がない。

勇者の婚約者にふさわしくあろうと、血のにじむような努力で磨いた、魔力を扱う才能のおかげだ。

「——皆、忙しそう。空まで狭い気がするし、息苦しい町ね」

噴水の側で、吟遊詩人《ぎんゆうしじん》が竪琴《たてごと》を弾きながら、勇者の魔王討伐《とうばつ》の旅について歌っている。嫌でもアスカルを思い出して、ロザリーは再びため息をついた。ロザリーと婚約破棄をした後、彼はすぐに王都に戻ったのだ。あの綺麗な城のどこかにいるのだろう。

噴水広場には屋台が出ており、一服してから帰宅する人が多いようで繁盛《はんじょう》している。仕事帰りらしき女性三人がジュースを買い、ロザリーの傍《そば》で立ち話を始めたのが、なんとなく耳に入ってきた。

「ねえ、あの話、聞いた？　魔王討伐《とうばつ》の後、姫様が奇病に倒れられたっていう」

ロザリーは驚いて、思わずそちらを見る。それから慌てて顔を伏せた。見知らぬ者に凝視《ぎょうし》されては、彼女達がここを去るかもしれない。耳を澄ませていると、噂話《うわさ》は続いていく。

「聞きましたわ。宮廷の魔法使いや宮廷医すらさじを投げた病気を、勇者様が治したのでしょう？」

「すごいわよね、さすがは勇者様。王様は勇者様と姫様の交際を認められたっていうわ」

「つらい旅で、仲を育《はぐく》まれたというじゃない。勇者様だけが助けられたのは、愛の力よ！」

ここでキャーッと大盛り上がり。彼女達のテンションと反対に、ロザリーの気持ちはスッと冷え込んだ。そして、ふと思う。

（もし、私が無理にでも旅に同行していたら——）

——アスカルの気持ちが姫に移ることはなかったのだろうか。

（違うわ。アスカルはずっと私に嘘をついてたんだ。私を好きじゃないのに、私の能力を引き継いだ子が欲しいっていう親に逆らえなかっただけ。なんで気付かなかったんだろう、馬鹿みたい）

　ロザリーの趣味は、日記をつけることだ。幼い頃から、アスカルへの恋心でいっぱいの内容を書きつづってきた。家に置いてきたその日記帳は黒歴史に変わっている。帰ったら破いて、暖炉《だんろ》で燃やしてしまおう。

（燃えてなくなるみたいに、この気持ちも消えてしまったらいいのに）

　幼い頃から、隣にいるのが当たり前だった。ロザリーの心は本物だ。アスカルのことが好きだったのに――いや、いまだに好きなのに、現実は残酷だ。

　こんな仕打ちをされても、まだ心のどこかで、元に戻れないか探《さぐ》っている。たとえば、とか、もしも、とか。上手《うま》くいったかもしれない未来へ続く、過去の分岐点はどこだったのかと考えるのだ。

　それとも、アスカルが浮気をするのは変えられないことで、相手が姫でなくても、結婚後に彼の心変わりが発覚して、ロザリー達の関係は破たんしたのだろうか。

　嫌な気持ちが溢れそうになってきたところ、女性達の声がまた落ち込んだ。

「この都でも、似たような奇病にかかっている人が、少なからずいるのでしょ？」

「勇者様に協力を求めているみたいよ。とはいえ、かんばしくないようね」

「民《たみ》も助けてくださったらいいのに。でも、ものすごく疲れるとか、何か理由があるのかも」

　そこからの話は、他愛のない日常のことに移っていく。

（奇病ねえ。王都って物騒なのね。流行病《はやりやまい》とは違うみたいだけど、気を付けておこう）

するとジグリスも聞いていたのか、独り言をつぶやいた。

「あちこちで姫の奇病完治の噂《うわさ》ばっかりだな。俺達が王都を出る前は、まだそんな話は出てなかったのに。凱旋《がいせん》パレードで姫の姿を見なかったのは、病気のせいだったとはね」

ロザリーも気になったので、ジグリスに質問をぶつける。

「ジグタリスさん、奇病ってなんなの？　予防できるなら、しておきたいんだけど」

「昔っからいるんだよ。都の外に出かけて、戻ってくるだろ？　しばらくして、体内の魔力量が減ってきて体が弱っていくんだ。最後には死んじまうんだが、そういう奴の死体には、必ずどこかに穴があいてるって話だな」

「穴？」

「そ。ナイフで刺されたような穴だってよ。お偉い医者の先生達もお手上げだ。原因不明だからな」

ロザリーは首を傾《かし》げる。

「なんで都の外に出て、戻ってきた人だけだって分かるの？」

「都から出たことがない者で、奇病にかかる奴はいないんだ。なぜかは知らん。行商人や傭兵に多い病気だな」

「へえ、そうなの。なんだかそれってまるで……」

思い当たることがあったロザリーが、それについて口にしようとした時、彼女の目の前で女性が派手に転んだ。その勢いに、ぎょっとする。

「えっ。だ、大丈夫!?」

「お嬢様ーっ！」

腰を浮かすロザリーの前で、女性の付添いをしていた老婦人が悲鳴を上げた。ロザリーが女性のもとへ駆け寄ると、老婦人が女性を助け起こす。女性は青ざめた顔で苦しそうに細い息をしていた。

「ヘーゼルお嬢様っ。ああ、どうしましょう」

「お困りなら手を貸しましょうか」

一応、ロザリーは礼儀として、老婦人に問う。灰色の髪を結って三角巾で覆《おお》った老婦人は、黒いワンピースに白いエプロンを付けている。使用人らしい。

「お願いします。せめて木陰《こかげ》に……」

「家はどちら？　木陰《こかげ》と言わず、運んであげるわよ」

「え？　しかし……」

老婦人はロザリーを驚きの表情で見た。

「か弱いお嬢さんに運んでいただくなんて……」

老婦人の目が、後ろのダビスに向けられる。どうやらロザリーの腕力では難しいと思ったようだ。

「遠慮しないで。魔法で浮かせれば楽だから」

「魔法ですか。でしたら、お願いしても構いませんか。ちょうどお医者様に診察していただいた帰りで、家に戻ったらお休みになっていただく予定でしたので」

「そのつもりで話しかけたから、大丈夫よ」

ロザリーは女性の傍《そば》に膝をつき、まずはマントのフードをかぶせて顔を隠してあげた。女心として、苦しんでいる顔を多くの人にさらしたくはないだろう。

それから魔法をかけて、女性の体を浮かべる。ロザリーは彼女を両腕で抱える格好にした。こうして魔法で浮かせると、病人に振動が伝わらないので、移動の負担が少なくなる。

「さあ、行きましょ」

「こちらです！」

慌てている老婦人の様子を見る限り、彼女も倒れそうで怖い。早く女性を助けたいという必死な気持ちを感じつつ、ロザリーは老婦人を足早に追いかけた。


大きな通りを少し入った閑静《かんせい》な住宅街に、その屋敷はあった。二階建てで、こぢんまりとしている。小さな庭には立派なスズカケの木があり、緑陰がかかる様《さま》は涼しそうだ。

老婦人はこの屋敷に仕える家政婦とのことで、ロザリーを家へ招く。

「俺達は門の前にいるよ」

ジグリスの言葉に、ロザリーはどうしてかと彼らを見た。ダビスが肩をすくめる。

「初対面のこんなのが、家に入ってきたら怖いだろ」

「分かった」

意外だ。彼らは自分達の柄《がら》の悪さを承知しているらしい。借金取りの仕事をしているけれど、彼らにもそれなりに良い面があるのかもしれない。ロザリーは老婦人を追いかけ、屋敷に入る。

「失礼します」

「こちらですわ」

女性の部屋は、一階の奥にあった。花が描かれた壁紙や白い家具には、女性らしい落ち着きがある。すっきりと片付いており、部屋の主の几帳面《きちょうめん》さを感じさせた。

彼女には寝ていてもほのかに漂《ただよ》う上品さがある。良家のお嬢様といったところか。

老婦人が素早く女性の外套《がいとう》を脱がせたので、ロザリーはそのまま女性をやわらかなベッドへ寝かせた。胸にかかるほどの黒髪は、今はくすんで見える。

二十代前半くらいで、卵顔の美人だ。広場で見た時よりも、顔が赤い。

ロザリーは彼女の額《ひたい》に手を当ててみた。

「熱が出てるわね」

前合わせの上衣の襟元と腰のベルトを緩《ゆる》めてあげると、彼女の表情が少しやわらぐ。

「水差しに、塩と砂糖を小さじ一杯ずつ入れた水を持ってきて、飲ませてあげてください」

「はいっ」

老婦人はすぐに部屋を出て、水差しとグラスを運んできた。水を入れたたらいと布巾《ふきん》もベッドサイドのテーブルに用意する。濡《ぬ》らした布巾《ふきん》をしぼって女性の額《ひたい》にのせた後、老婦人は悲しげに顔を歪《ゆが》ませた。

「ああ、おいたわしいです、ヘーゼルお嬢様。奇病にかかられて……弱って死んでいかれるのを待つばかりなんて。若君の嘆願を、勇者様がお聞き届けくださったらよろしいのですが」

そうつぶやくうちに耐えられなくなったのか、ハンカチを取り出して、目元をぬぐう。

「奇病？」

ロザリーが問うと、老婦人はハッとこちらを見て謝った。

「申し訳ありません！　だますつもりはなくて」

「え？」

「奇病の人間に触るのを嫌がる人は多くいます。本当に申し訳ございません。ああ、そうだ。運んでくださったお礼を……」

老婦人はエプロンのポケットから財布を取り出す。ロザリーは慌てて止めた。

「いらないわよ、運んだだけでしょ」

「何をおっしゃいます。浮遊という魔法を使ったではありませんか。魔法使いなら、技術料をとるものです」

「何それ、これくらいでお金をとるのはぼったくりじゃないの？　王都って世知《せち》がらいのね！」

都会の人は冷たいと噂《うわさ》には聞いていたが……。ロザリーには驚きだ。

「気にしないで、困ってる人を見ると、つい体が動くだけなの。それより、あなたのお嬢様を診《み》てみてもいい？」

「え？　しかしあなたは神官ではありませんよね」

「私のジョブは魔法使いだけど、神官と同じこともできるのよ。お代はとらないわ。私の故郷のど田舎《いなか》でたまに見かける病気と似ているから、ちょっと気になって」

ロザリーがそう返すと、老婦人の顔色が変わった。

「まさか、これが何か分かるんですか⁉　王都の医者も薬師も、魔法使いだってさじを投げたんですよ？　恩を売って、代金をふっかけようという魂胆《こんたん》では……」

警戒と敵意をあらわにし、老婦人は女性とロザリーの間に割って入って、大事なお嬢様から不審者を遠ざけようとした。

ロザリーは頬を指でかく。

「まあ、そうなるわよね。私ね、噂《うわさ》の勇者と同じ村から来たの」

「勇者様……？」

「勇者、アスカル・ヴァイオレットは、レイヴァン村の村長の息子なのよ。もしあの男が治したという姫の奇病があの病気と同じなら、私でも対処できるわ」

まじまじとこちらを見つつも、老婦人は動かない。ロザリーは諦めた。これ以上ごねたところで、衛兵を呼ばれるだけだろう。

「分かった、もういいわ。お邪魔したわね」

「ま、待って！　お待ちください！」

けれど、扉から外に出る前に、老婦人に引きとめられる。左腕にしがみつかれたロザリーは、つんのめってこけそうになった。

「ちょ、ちょっと」

「もし分かるなら、お願いします！　ご無礼はお詫《わ》びしますからっ。お嬢様を助けてくださいっ」

その場にひざまずいて、涙ながらに助けを乞う老婦人の姿に、ロザリーは顔を引きつらせる。

「そんな真似しないで。あのね、同じ病気かは分からないわよ？　まずは診《み》てみるわね」

「お願いしますぅ」

両手を合わせて拝《おが》むように頼まれ、つい苦笑した。

「いや、だから、私からお願いしたのに……。なんでこうなるのかな」

なんとか老婦人をなだめてから、女性の傍《そば》に近付く。

「まずは状態を見せてもらうわね。――〈スキャン〉」

ロザリーは女性に右手をかざし、魔法を発動させる。身体異常を確認する補助魔法で、本来はジョブが神官の者しか使えないものだ。

これはあくまで魔法を真似しているだけであり、魔力放出のリズムや発動時に浮かび上がる魔法陣を魔力で描き出している。

つまり、猫をよく見て特徴をおさえ、絵で再現する。そんな感じだ。

魔法には放出リズムとパターン、必要な魔力量がある。ロザリーは魔力を扱う天賦《てんぷ》の才があり、そのセンスだけで、魔法の発動に必要な条件を整えられるのだ。

これらを記憶し、何回か練習をすることで使えるようになるので、すぐに使えるわけではないし、万能でもない。本来なら不可能なことを、才能と血のにじむような努力で可能にしているというわけだ。

それはともかく――

「――あ、見つけた。魔力器官にあれがくっついてる」

ロザリーの予想通りだった。この世界では、どんな生き物にも、胃の近くに魔力器官という小さな臓器がある。女性のそこには、小さな虫に似た魔物がくっついていた。老婦人が身を乗り出す。

「え？　あれとは？」

「あなたにも見えるようにするわね。ほら、魔力器官にいるでしょ、小さな魔物が」

「ひぃっ」

魔力の流れを集中させ虫だけ光らせると、老婦人が引きつった悲鳴を上げた。魚のような芋虫《いもむし》のような、グロテスクな見た目なので、その反応は理解できる。

「お嬢様が弱っていくのは、この魔物のせいですか？　しかし、どうして……」

「この人、倒れる前に森に行ったでしょ」

「ええ、確かに。お嬢様は魔法薬の調合師なんです。森の浅い場所ですが、たまにお一人で材料を採《と》りに行かれるので……。どうしてそうだと？」

「この魔物の成体は、ゴブリンの木の側でしか生きられないのよ」

ロザリーは空中に、魔力で光の線をえがく。

「こんなふうにゴブリンの鼻みたいなコブがあって、緑色の樹皮をしている木よ。大きさもゴブリンみたいに小さいのよね」

「私は分かりませんが、お嬢様ならご存じかも」

「魔法薬の調合師っていうなら、間違いないわ。このコブにはね、魔力がつまっているの。それをすり潰して、魔法薬に使うことがあるから」

「つまり薬の材料になるということですか？」

老婦人の問いに、ロザリーは大きく頷《うなず》く。

「知ってる人は知ってるわ。コブは薬の材料になるから売れるのよ。でもね、この木の葉の裏には、たまにこの魔物がくっついてるの。木がたくわえる魔力を取り込んで生きている弱い魔物よ」

「はあ……。ですが、この魔物は、その木の側でしか生きられないのでは？」

「成体は、ね。ここにいるのは幼体。ゴブリンの木だけでは、幼体の成長には栄養が足りないみたいなのよね。それで、成体は他の生き物に幼体を寄生させるってわけ」

老婦人は口元を手で押さえた。

「すみません、ちょっと気分が……」

「分かるわ、気持ち悪いわよね。話を続けると、幼体は寄生している宿主の体に入り込んで、魔力器官にくっつくの。最初は小さいからたいした量の魔力は奪われないけど、成長するにつれて宿主から奪う量が増えていく」

ロザリーの説明に、老婦人は感嘆にも似たため息をつく。

「ああ、だからこの奇病にかかると、魔力の量が減って弱っていくのですか。よくご存じですね」

「うん、私の村でも被害者が多かったから、理由を調べたの。この魔物の厄介《やっかい》なところは、小さいことと、宿主の魔力に擬態《ぎたい》しちゃうことよ。私はそういう生き物がいると知ってるおかげで見つけられるけど、そうでなかったら難しいと思うわ」

ロザリーは当時の苦労を思い出して、苦笑いをした。

病人の体内を巡る魔力の流れがおかしいと気付いて、原因を特定できた後は、安全に魔物を取り除く方法を探《さぐ》るのが大変だったのだ。

何せ、この魔物はかぎ爪に似た部位で魔力器官にくっついている。外科手術で無理に取り除いたとして、器官に穴があいたら病人が死んでしまう。

魔力とは生命力でもある。ＭＰを使い切ったところで気絶するだけだが、それは生命維持に必要な量が魔力器官に残っているためだ。

そんな重要な器官に穴があけば、生命維持分も漏《も》れてしまい、即死する。

「宿主が死んだ頃、この魔物は成体になるわ。肉を食い破って外に出てきて、羽を生《は》やして森へ飛んでいく。都会にいたら、まず寄生されないでしょうね」

ゴブリンの木は育てられない。魔物の死骸《しがい》を苗床《なえどこ》にして、魔石を取り込み成長することは分かっているが、死骸《しがい》と魔石を用意したからといって生《は》えるわけではないのだ。謎が多く、いつの間にか生《は》えていて、いつの間にか枯れている。そんな木だ。

「それでは、お嬢様はどうやったら助かるんですか？」

「疑似魔力器官を用意するの。魔力を餌《えさ》にして、口から出てきてもらうのよ。そして疑似魔力器官に移すの」

「口からですか⁉」

「内臓の中にいるんだもの、それが一番安全よ。この方法を見つけるの、本当に苦労したんだから！」

ロザリーがこの病気をどうにかしようとがんばったのは、親友が倒れたためだ。安全には特に気を遣った。

「村にいる医者もお手上げ。でも、その医者が魔力の流れが変だって言うから魔力を見てみて、魔力器官がおかしいことに気付いたの。それからじっくり観察していたら、この魔物がいたのよ。あとは医者と相談しながら、手探《てさぐ》りだったわ」

虫下しみたいな薬でどうにかできないかなど、いろいろと探《さぐ》ったのだが、最終的には魔力で釣り上げて、疑似魔力器官に移すのが一番だと結論が出た。

「お話が難しくて、私にはなんとなくしか分かりませんが、一つだけはっきりしていることがあります。あなた様は本物の魔法使いということですわ」

老婦人は目を輝かせ、尊敬を込めてロザリーを見つめる。ロザリーはぱちくりと瞬《まばた》きをした。

「はあ」

魔法使いに本物と偽物がいるのか？　初めて聞く。それに、ロザリーにはこの老婦人が何をそんなに感激しているのか理解できない。

「ええと、とりあえず……治療しますね？」

それよりも、この女性のほうが心配だ。

「お願いします！」

深々と頭を下げる老婦人に、ロザリーは頷《うなず》いてみせた。

まず、餌《えさ》を用意した。

老婦人に頼み、新鮮な肉を準備してもらう。老婦人はすぐに生肉を買いに行き、皿で出す。ロザリーはその生肉の真ん中に、手持ちの魔石をのせた。生肉に魔力を循環させて、生き物に擬態《ぎたい》させる。これで疑似魔力器官が完成だが、長くは続かないので、短時間での勝負だ。

次に、女性の頭から枕を取り、マットへ水平に寝かせる。

「魔物が這《は》い上《あ》がる感覚が気持ち悪いと思うから、魔物を除去できるまで起きないように、魔法をかけていい？」

「もちろんです！」

老婦人は勢い良く頷《うなず》く。

ロザリーは魔法〈眠り《スリープ》〉を使った。元々気を失っていた女性の寝息が安定する。

「よし、じゃあ、始めるわよ」

女性の顔を横に向け、口を開けさせた。よだれが垂れてもいいように、タオルを敷くのを忘れない。

「これから釣るんだけど、集中しなきゃいけないから、騒がないで静かにしていてね。なんなら外にいてもいいわ」

「いえ、います！」

まるで自分が治療されるかのように悲壮な顔をしている老婦人の様子に、ロザリーは苦笑する。終わったら彼女のほうが倒れそうだ。

（その時は介抱すればいっか）

放っておくという選択肢はそもそも無い。ロザリーは深呼吸をし、女性の顎《あご》を左手で押さえ、右の人差し指から魔力を糸状にして出す。それを女性の口から、魔力器官へ向けてスルスルと伸ばしていった。

治癒《ちゆ》の魔法では、魔力の糸で傷口を縫合《ほうごう》することがある。その応用だ。神官のジョブを持つ者なら、練習すればできる。しかし、今はその糸の先端だけ魔力を多めにして、まるで心臓みたいに拍動させる必要があった。この動きこそ、生きている人間の魔力器官そのものなのだ。

（慎重に、慎重に……）

偽物だとバレれば、魔物は食いつかない。ロザリーはおおよその勘で、魔力器官に着いたと悟る。

（ほーら、魔物さん。こっちのほうがおいしいよ～）

女性の魔力は枯渇《こかつ》するギリギリのところだ。魔物にとって、そろそろ女性の魔力量では食欲を満たすのに物足りなくなっているだろう。目の前にご馳走《ちそう》をチラつかせれば、必ず惹《ひ》かれる。

（来た！）

その時、魔力の糸に引っかかりを感じた。ロザリーは、今度は糸をそっと手繰《たぐ》り寄せる。やがて、女性の口から魔物がウゾウゾと這《は》いずり出てきた。魚のような小エビのような、なんとも気持ち悪い虫が姿を現す。

老婦人がヒッと息を呑んだ。ロザリーが静かにと頼んでいなかったら、きっと叫んでいたに違いない。

ロザリーはそのまま虫を皿の上の疑似魔力器官へ誘導し、女性の口をそっと閉じる。ここまで成長した魔物は、耳や鼻からは体内に戻れない。

(最後の仕上げ！)

生肉を内臓と勘違いした魔物の幼体は、鎌のような前脚を肉へ突き立てている。

それを確認すると、ロザリーは魔力の糸を切った。そして、今度は指先に魔法の炎を灯《とも》す。

魔物が魔力器官がまがいものだと気付く前に、炎で焼き焦《こ》がした。ジュッという音とともに、エビが焼けるのに似たにおいがして、すぐに消える。

ロザリーはふうと息をついた。

「治療、終わり！」

「ああ、良かった。ありがとうございます！」

老婦人がその場にへなへなとへたり込む。泣きながら礼を言い、何度も頭を下げた。

「せっかく買ってきてもらったけど、この肉、もう食べられないわね」

ロザリーは自分の魔石だけ拾い上げ、革袋にしまいつつつぶやいた。老婦人がおぞましげに言い返す。

「食べませんよっ、そんなもの！　あの、どう処分すれば……」

「暖炉《だんろ》で燃やせばいいわ」

「家の中で……？　外で焚火《たきび》にしても構いませんか」

「いいわよ。ちゃんと燃やしてね、そしたらかなり小さい白い魔石が転がり出てくるから」

「すぐに準備します！」

老婦人は壁を支えにして立ち上がり、疑似魔力器官に使った生肉と焼《や》け焦《こ》げた魔物ののった皿を手に、鬼気《きき》迫《せま》る顔で部屋を飛び出していった。

ロザリーは女性の口元をタオルで綺麗に拭いてあげてから、また頭の下に枕を敷く。そして、ぐぐっと伸びをする。

「意外と時間を使っちゃった。今日の宿、どうしよっかな」

お代のかわりに、値段が安くて安全な宿を教えてもらおう。そう思った。

◆

すっかり日が落ちて薄暗い通りを、ヒース・オブシディアンはつま先を見つめて、とぼとぼと歩いていた。

無造作に伸びた黒髪がさらりと頬にかかり、紫紺《しこん》の目を細め、彼は憂鬱《ゆううつ》そうにため息をつく。その顔立ちは男らしいものの、黒衣をまとう様《さま》は優美でもあった。通りすがりの女性が何人も振り返るが、今のヒースにそんな視線を気にする余裕はなかったし、たとえ気付いていても無視しただろう。

「断られた……ヘーゼル……」

この言葉だけを聞いたら、まるで恋に破れた男のようだが、状況はもっと切実だ。

ヒースには双子の妹がいる。彼にとって家族と呼べる唯一の存在だ。そんな妹が、奇病にかかってしまったのだ。

「勇者……。俺は、お前にここまでされることをしたというのか？」

元々、ヒースは勇者の魔王討伐《とうばつ》の旅に補佐としてつけられた騎士だった。

だが、最後まで同行していたわけではない。

最初は真面目そうにしていた勇者だが、力が付くにつれて、だんだん傲慢《ごうまん》な面を出し始めた。それに加えて姫が我《わ》が儘《まま》を言い、他の者を困らせたり騒ぎを起こしたりするものだから、臣下として仲間として、ヒースは二人に身を正してほしいと注意し続けていたのだ。

そのことを疎《うと》ましく思われ、旅の途中で役立たずだと勇者のパーティから追い出された。

近衛《このえ》騎士では最も腕が立つ騎士であったにもかかわらず、この有様。当然、王家には白い目で見られ、騎士団からも追い払われた。最悪なことに、実家であるオブシディアン侯爵家からも。

家の恥さらしだというのが理由だ。

もっとも、それはただの言い訳で、愛人の子――庶子であるヒースとヘーゼルを追い出す機会を、正妻とその子ども達が虎視眈々《こしたんたん》と狙っていただけだ。

幸い、ヒースは戦いに滅法強い。冒険者に転向したところ、勇者が魔王討伐《とうばつ》を終える頃には、Sランクまで駆け上《のぼ》っていた。不幸が続いて八つ当たりしたかったヒースが、大物の魔物をいくつかまとめて倒したため、あっという間だったのだ。

そこで王都に小さな屋敷を買い、ヘーゼルと幼い頃から仕えてくれている使用人とともに、ようやく心穏《おだ》やかに暮らし始めた時に、またしてもこの不幸。

神様はどれだけヒースが嫌いなのかと、運命を呪った。

それでもじっとしていられなくて、多額の報酬と引き換えに治療してもらおうと、伝手《つて》を頼って勇者に頼み込んだのに駄目だったのだ。

「ああ、合わせる顔がない」

とうとう着いた自宅の玄関前で、ヒースは途方に暮れる。

優しいヘーゼルのことだ、頼んだが駄目だったと伝えれば、そっと微笑《ほほえ》んで彼を許すだろう。面倒をかけてごめんとすら言いそうだ。

屋敷は火が消えたみたいに静かで、沈痛な空気に包まれて——

「ふふっ、ロザリーさん、そんなにお好き？　マーサ、お代わりを差し上げて」

「いいの？　ありがとう、ヘーゼルお嬢様」

「やだわ、ヘーゼルって呼んでちょうだい」

「じゃあ、私もロザリーで」

——いなかった。むしろ笑い声が聞こえてくる。

ヒースは思わず周りを見回す。家を間違えたのかと思った。しかし、どこからどう見ても我が家だ。

いったいどういう状況なのだと、恐る恐る家に入る。

「……ヘーゼル？」

「ヒース、お帰りなさい！」

居間で輝くような笑みを浮かべる妹を眺め、ヒースは理解が追いつかずに動きを止めた。

◆

奇病が完治したヘーゼルにお礼がしたいからと引きとめられ、ロザリーは夕食をご馳走《ちそう》になっていた。その上、今日は泊まっていくようにとまで言ってもらっている。さすがにジグリス達は遠慮して、明日の朝、また来ると言って帰っていった。

魔物に寄生されていたお嬢様は、ヘーゼル・オブシディアンというそうだ。眠る姿も美しかったが、起きている彼女はもっと魅力的で、緑に黄色が混じるはしばみの目が美しく、やわらかい声は綺麗だった。胸にかかるほどの黒い髪こそまだパサついているが、数日もすれば艶《つや》を取り戻すはずだ。

「お礼はいらなかったんだけど……」

「でも、王都に出てきたばかりで、住む場所も決めていないんでしょう？　お医者さんもさじを投げた病気なのよ？　命を助けてくださったんだもの、これくらいはさせてちょうだい」

ヘーゼルはにっこり微笑《ほほえ》んで、テーブルの向かい側でゆっくりとお茶を飲んでいる。医者に処方された魔力回復に効く薬草茶だ。

食後には、老婦人マーサがロザリーに紅茶とお菓子を出してくれた。

「どうぞ。お嬢様のために作っていたゼリーがたくさんあるので、召し上がってください」

「ゼリー？　何それ」

初めて見るお菓子は、キラキラと輝いて宝石みたいだ。柑橘《かんきつ》の果肉が入っている。見た目はジュースと果肉を凍らせたものに近いが、スプーンで触れた感じは弾力があった。

「レイヴァン村にはなかったの？」

ヘーゼルの問いにロザリーは頷《うなず》く。謎の食べ物に、目が釘付けだ。

「焼き菓子ばっかりよ。王都の流行《はや》りなの？」

「ええ、最近の。レシピがあれば簡単ですよ。どうぞ、試しに一口」

マーサに促《うなが》されて食べてみると、柑橘系《かんきつけい》の味がじゅわっと口に広がる。

「おいしい！　ひんやりしていて、夏にぴったりのお菓子ね」

「そうなんですよ。それに食べ物が喉を通らない方も、なんとか食べられるので」

「それでお嬢様向けに作ってたのね」

納得し、ロザリーはゼリーを再びすくう。すぐに口に溶け、あっという間に食べ終わってしまった。名残惜《なごりお》しく器《うつわ》を見つめていると、ヘーゼルがおかしそうに笑う。

「ふふっ、ロザリーさん、そんなにお好き？　マーサ、お代わりを差し上げて」

「ええ、お嬢様」

ヘーゼルの指示で、マーサがゼリーを詰めた容器ごと持ってくる。大きなスプーンでくりぬいて、ロザリーの皿に入れてくれた。

「いいの？　ありがとう、ヘーゼルお嬢様」

ロザリーが感激して礼を言うと、ヘーゼルはゆったりと首を振る。

「やだわ、ヘーゼルって呼んでちょうだい」

「じゃあ、私もロザリーで」

そう言って笑い合っているところに、居間の戸口で男の声がした。

「……ヘーゼル？」

戸惑いの深い呼びかけだ。ヘーゼルは嬉しそうに、男へ満面の笑みを向ける。

「ヒース、お帰りなさい！」

男は見事に硬直していた。

黒い髪と紫紺《しこん》の目の、凛《りん》とした空気を持つ青年だ。腰に長剣をはいており、黒衣の上からでも、筋肉が程《ほど》よくついているのが分かる。結構な手練《てだ》れのようで、村で戦士を見慣れているロザリーは感心した。

「へえ、この人がヘーゼルの双子のお兄さん？　あんまり似てないのね」

彼女は雑談の中で、ヘーゼルの家族について聞いていた。ヘーゼルとヒースは二十二歳で、ロザリーより四歳年上なのだそうだ。ロザリーのつぶやきに、ヘーゼルが微笑《ほほえ》みとともに答える。

「男女の双子ですし、兄は騎士となるため、一時期は離れて暮らしていましたから。今は騎士を辞めて、冒険者をしているんですよ。たった半年でSランクになりました」

「それってすごいの？」

「冒険者のトップランクですよ」

「すごいじゃないの！　がんばったのねー！」

ロザリーがパチパチと拍手すると、ようやくヒースは正気を取り戻した。

「ヘーゼル？　ええと、いったいどういうことだ。彼女は誰だ。というか、なんで起きて……いや、元気なのはいいんだが」

彼は思い切り混乱している。

「お兄様、この方が奇病を治してくださったんです！」

「な……治した？」

疑いを込めてロザリーを見るヒースに、マーサがどんなふうに治したかを、身振り手振りをまじえて詳細に語り始める。マーサが説明してくれているのをいいことに、ロザリーはゼリーの続きに手をつけた。


「――魔物が寄生していた？　しかし、神官は何も言わなかったが」

しばらくしてテーブルについたヒースは、マーサの出した水をぐいっと飲んだ。その左指は、テーブルをカツカツと神経質に叩《たた》いている。彼はうさんくさそうにもう一度、ロザリーを観察した。

「宿主の魔力に擬態《ぎたい》するし、とても小さい魔物だから、知らなかったら気付かないと思うわ。私も調査をして、ようやく分かったことだもの」

三杯目のゼリーを頬張り、ロザリーは言った。ヘーゼルの食事のため、ゼリーは大量に作られている。遠慮なく食べてと言うので、彼女はまたお代わりしたのだ。

「これ、本当においしいわね」

「後でレシピを差し上げましょう」

「ありがとう、マーサさん！」

「これくらいお安いご用ですわ」

マーサは機嫌良く答え、鼻歌まで歌っている。

「でも、泊めてもらうんだし、お礼の域を越えてるわ！　私、家事から家の修理、魔物退治までなんでもできるから、手伝いがあったら言ってね」

「大丈夫ですよ、力仕事は若君がしてくださいますから」

「えっ、だってこのお屋敷の主人でしょ？　貴族は家の仕事はしないって、本で読んだわ」

「若君は器用貧乏……いえ、とても器用なので、お城でいろんな雑用を習得したんですよ」

マーサは笑って誤魔化《ごまか》したが、本音は隠せていなかった。ヒースにじとりとした視線を向けられ、彼女は急いで話題を変える。

「若君、その魔物はとても気持ち悪かったですよ！　こちらが魔物の核です」

小さな白い魔石を入れた小瓶《こびん》を、エプロンのポケットから取り出した。ヒースはそれを受け取って、疑り深く観察する。

「確かに核だな」

そうつぶやき、小瓶《こびん》をテーブルに置いた。

「もし本当に完治しているのだとして」

「ヒース、治ってるわよ」

「そうですよ、若君」

すかさずヘーゼルとマーサが口を挟むが、彼は右手を上げて止めた。

「二人は黙っていてくれ。――君は何者だ？」

紫紺《しこん》の目が、ロザリーを見据《みす》える。

それが当然だろう。

失意の中帰宅したら、家族が得体の知れない人間をもてなしていて、しかも病気を治したと言うのだ。

ロザリーはゼリーの最後の一口を食べて、ヒースの視線を正面から受け止めた。

「私はロザリー・アスコットといいます。王国の南西、辺境のレイヴァン村から出稼ぎに来ました」

「辺境……レイヴァン村？　どこかで聞いたような」

「そうでしょうね。今をときめく勇者様の故郷だもの。アスカル・ヴァイオレットは村長の息子で、私とは幼馴染《おさななじみ》で……それで」

元婚約者だ。自嘲《じちょう》気味に笑い、ロザリーは首を振った。わざわざ言う必要はない。

「それで？」

「……なんでもないわ」

「つまり、姫を治療できた勇者と同じ出身地だから、君ができてもおかしくはないって理屈か？　では質問だ。南部の荒野に多くいるドラゴン種の魔物は？　自称でないなら、答えられるだろう」

ヒースは慎重な性格らしい。ロザリーは、そっちがその気ならば迎え撃とうではないかと、背筋を正す。

「ジグタリスよ。トカゲに似た小型のドラゴン種。高価な防具の素材にもなるけど、肉のおいしさから高級料理の材料にもなってるわ」

「ジグタリスは個体で行動する？」

「群れよ」

「あの辺りに集落がある、獣人の一族の名は？」

「ガント族」

「なるほど、そこまで知ってるなら、勇者と同郷というのは本当なんだろう」

ヒースは頷《うなず》いたが、納得したわけではなさそうだ。

「どんなふうに治したんだ？　君からも説明してくれ」

「ちょっと、ヒースったら！」

しつこく疑う彼に、ヘーゼルが眉を吊り上げる。

「治ってるのは間違いないわ。まるで貧血みたいにふらふらしていたのに、今はそんな症状がないもの。それに、奇病の治療法を詳しく話せだなんて……。未発表の研究内容について話す人はいないわよ」

「それだ！」

突然、ヒースが大声を出したので、ロザリー達はびくりと肩を揺らした。

「悪い。アスコット嬢、君に自信があるなら、神殿に治療法を持ち込めばいい。報奨金を得られる上、名誉にもなる。普通なら田舎者《いなかもの》の冷やかしだと門前払いだろうが、俺はSランクの冒険者だ。口添《くちぞ》えしよう。——どうだ？」

ヒースが挑《いど》むように言って、ロザリーをじっと見つめる。

試されているのだと、ロザリーは感づいた。疑われているのは心外だが、ヒースの気持ちは分かる。彼には、自分があやしいヤブ医者のように見えているのだろう。

「できないなら、君は詐欺師《さぎし》ということだ」

「ええ、いいわよ。神殿に行くわ！　ぜひとも口添《くちぞ》えをお願いします、オブシディアンさん？」

彼女はにこりと笑ったものの、売られた喧嘩《けんか》は買ってやるとばかりに、こめかみに青筋を立てている。

（まあでも、報奨金をもらえるなら助かるわ）

治療法を持ち込んだらお金をもらえるなんて、初めて知った。ロザリーの住んでいたレイヴァン村は、ユーフィール王国の南にかろうじてあるが、自治の村だ。村内に国の機関はない。

「ふうん、この提案に乗ってくるとは意外だな。いいだろう、今日のところは暫定《ざんてい》で恩人として扱うことにする。善は急げだ。明日、午前中に神殿へ行くぞ。逃げるなよ？」

「逃、げ、ま、せ、ん！」

そっちがその気なら、ロザリーだって負けていない。ロザリーとヒースはバチバチとにらみ合い、傍《そば》でヘーゼルがおろおろしていた。

暫定《ざんてい》・恩人として落ち着いたロザリーは、二階の客室を使わせてもらうことになった。浴室付きの部屋で、魔法で湯を沸かしゆっくり浸《つ》かったおかげで、その日はベッドに入るとぐっすりと寝入った。野宿が三日続いていたので、体が強張《こわば》っていたようだ。

おかげで翌朝は寝坊してしまい、ロザリーは慌てた。大急ぎで身支度を整えて階段に向かう。

「違う！　怪しい者じゃないんだ！　いだだだだ」

「それじゃあ、なんでうちを覗《のぞ》いてたんだ。どう見ても不審者だ！」

そして、玄関からの騒ぎ声に目を丸くする。そちらに行くと、思った通り、ジグリスだった。

「嬢ちゃん、助けてくれ！」

ロザリーを見つけるや、ジグリスが助けを求める。どう見ても面倒事なので、彼女は頭を抱えたくなった。

「この怪しい連中、君の知り合いなのか？」

ヒースのうろんな目がこちらに向く。ただでさえ心証が悪いようなのに、ジグリスが出てきたら悪化するではないかと、イラッときた。

案の定、ヒースはここぞとばかりに、ロザリーに疑いの言葉を投げる。

「この怪しい連中、朝っぱらから他人の家を窺《うかが》っていた。やっぱり君は詐欺師《さぎし》なんだろう？」

ぶんぶんと首を横に振り、ロザリーは否定する。

「違うわ。その人達は借金取りなの！　私が借金返済を終えるまで、傍《そば》で見張っているだけよ」

「…………は？」

ヒースが間の抜けた顔をした。よっぽど意外な答えだったらしい。ジグリスが口を挟む。

「分かったんなら、手を離してくれ。痛いって、いたたたた」

「仕方無いな」

ヒースが手を離すと、ジグリスは肩を押さえる。ロザリーが玄関の外に目を向けたところ、ダビスが門の外で引っくり返っていた。とっくにヒースに取り押さえられた後のようだ。

「――いったいどういうことなのか、説明してもらおうか」

ヒースに追及され、ロザリーは仕方無く居間で事《こと》のいきさつを白状することになった。


「――借金……!?」

ヘーゼルが上品に口元に手を当てて、驚きの声を上げる。話すつもりのなかったロザリーは、情けなさでうなだれた。

「そういうわけで、王都には出稼ぎに来たの。こっちのほうが、魔物退治の依頼が多いかなって」

「つまり冒険者になりたいということか？」

ヒースの質問に、首を傾《かし》げる。

「冒険者って？　魔物専門の傭兵じゃないの？」

両親がそうだったため、そういう仕事だと思っていた。そんな彼女の返事に驚いたのか、ヒースが唖然《あぜん》として、額《ひたい》に手を当てる。

「なるほど。レイヴァン村から出たことがないなら、冒険者ギルドを知らないよな。あそこには一度行ったことがあるが、雑貨屋が一軒あるだけだった」

ロザリーはこくこくと頷《うなず》く。その通りだ。都会には職業ごとにギルドがあると知ってはいるが、村から出たことがないので、どんなものかは分からない。彼女が期待を込めて見つめたせいか、ヒースは仕方無さそうに説明する。

「冒険者というのは、ダンジョン――魔物の巣のことだな、あれをつぶしに行ったり魔物を退治したり、時には盗賊や賞金首のような犯罪者を討伐《とうばつ》する傭兵業だ。他には、町の中での雑用や、兵士の代理として護衛や警備をすることもある」

「魔物専門の傭兵と違って仕事が幅広いってことね。私は魔物退治しか興味がないわ」

「それでも、冒険者としてギルドに登録していると便利だぞ。名を上げれば指名依頼が来るようになる。そうすると報酬に色が付いて、高額になるんだ」

彼は自身が冒険者だから、おすすめしているのだろう。しかし、ロザリーは警戒した。いったいどういう理屈で運営されている組織なのか、よく分からないのだ。

「でも、手数料とか取られるんでしょ？」

「それは傭兵でも同じだよ。つまり、冒険者っていうのは自由業なんだ。兵士は国に縛られる。冒険者にはそれがない。そういった連中に、仕事を仲介するのが冒険者ギルド。どうせ仕事を引き受けるなら、信頼できるギルドで取引したほうが便利だぞ。交渉の手間がはぶけるからな」

冒険者ギルドは世界各地に支部がある大規模な組織なのだという。少し大きな町ならどこにでもあるので、レイヴァン村のようにギルドのない辺境のほうが珍しいのだそうだ。

とりあえず今は冒険者ギルドのことである。長所しか聞かないのでは不信感が増すので、ロザリーはさらに問うた。

「それでも、何かあるでしょ？　短所」

「ギルドのルールには縛られる。冒険者同士やギルド内での喧嘩《けんか》は禁止とか、そういったことだ。他にあるとしたら、拠点にしている都市周辺で、魔物の大規模討伐《とうばつ》戦があった際に駆り出されるくらいだな。よほどの事情がない限りは義務だ」

ちなみにそれに参加すると、緊急性がある分、報酬が加算されるらしい。

「大規模討伐《とうばつ》戦だと、よほどの大物以外、魔物の素材はギルドが回収するが、魔石は冒険者のものだ。その辺りは傭兵と同じだな。傭兵は依頼ごとの一回きりの仕事だが、冒険者は魔物の討伐《とうばつ》数が評価につながる。強い冒険者なら、高額の難しい依頼が来るってことだ」

「難しい依頼……高レベルの魔物を討伐《とうばつ》するとか？」

「そういうこと」

魔物の素材を買い取る窓口にもなっている上、世界各地に支部があるのを利用して、冒険者専用の銀行もある。金銭の支払い面でも信用度が高い。

「もし依頼主ともめても、ギルドが間に入ってくれるから便利だぞ。そういう時、ギルドが冒険者の身分や権利を保障してくれるんだ」

「なるほどねえ」

ルールはどこにでもあるし、手数料を取られるのも、大規模討伐《とうばつ》戦での報酬についても、傭兵と似たようなものだ。ヒースがおすすめするように、冒険者ギルドに入るのは良い考えに思えた。

「あ、あと一つ。ギルドに入る時に、登録料として銀貨一枚を支払う。それくらいだな」

そこも、傭兵ギルドと変わらないだろう。

「いいわね、冒険者ギルドに入れば銀行を使えるなら、金銭管理も安心だわ」

銀行の仕組みは本で読んだことがある。

「冒険者ギルドの銀行からの返済なら、俺も安心だ」

ジグリスがぼそっと言った。返済金がジグリスの手に渡った時点で、そのお金の管理は彼の責任になる。ロザリーも大金を持ち歩きたくないから、彼が困るのもよく分かった。

「そういうことなら、冒険者ギルドにも案内してやってもいいが。その前に」

「奇病の治療法を、神殿に報告するんでしょう？　分かってるわ。そんなに疑わなくても、あなたも練習すればできるようになるわよ」

ヒースのにらみが面倒くさいので、ロザリーはどういうふうに治すのか簡単に教えた。話を聞くうちに彼は眉間《みけん》に皺《しわ》を寄せ、最後にはあっけにとられた顔をする。

「ジョブが魔法使いなのに、魔力の流れを真似して他の神官《ジョブ》の技を使えるって辺りから、すさまじいことを聞いた気がするんだが……。更には、他人の魔力の流れの違和感を見つけ、寄生していた魔物を発見して？　疑似魔力器官を用意し、生きている人の魔力の流れに似せながら、魔物を釣り上げる？　――本気で言ってるのか？」

ロザリーはこくりと頷《うなず》く。

「練習すれば、誰でもできるようになるわ」

「いやいやいやいや」

ヒースだけでなく、ヘーゼルやマーサ、ジグリスとダビスまでぶんぶんと首を横に振る。ヒースは頭が痛いとばかりに額《ひたい》に手を当てて、深いため息をついた。それから、まるで幼子《おさなご》に言い聞かせるように、やんわりと切り出す。

「いいか、アスコット嬢」

「ロザリーで構わないわよ。オブシディアンさん」

「それなら、俺もヒースだ」

「分かったわ、ヒース」

ロザリーが頷《うなず》くと、彼はことさらゆっくりと強調する。

「ロザリー、それは神業《かみわざ》というんだ。誰もができることじゃない」

「村の医者も、練習してできるようになったけど」

「とにかく！」

ヒースは押し切った。

「簡単なことじゃないんだ、分かってくれ。いいな？」

「うーん」

「これは分かってないな。初めて村を出たんだったか。この世間知らずぶり、最初の頃の勇者とそっくりだ」

ぽつりと零《こぼ》れた言葉に、ロザリーは敏感に反応する。

「アスカルのこと、知ってるの？」

彼と親しい人なのだろうか。テーブルに身を乗り出した彼女だが、ヒースの顔は苦りきっている。

ロザリーは椅子に座り直し、恐る恐る問う。

「もしかして、アスカルが何か迷惑をかけたの？　彼、私の幼馴染《おさななじみ》なの。天才肌なのかちょっと気難しいところがあったり、強気だったりするけど、一応、良い人だから……」

誤解があるなら解いておかなくてはと思ったけれど、声が尻すぼみになる。ヒースがあきらかに不機嫌になったのだ。

「良い人、ね」

彼はふんと皮肉を込めて鼻で笑う。

なんだその反応はと、ロザリーは不安になった。どう見てもヒースはアスカルに好意的ではない。

すると、ヘーゼルが苦笑を浮かべて会話に割り込んだ。

「ええとね、ロザリー。ヒースは勇者のパーティにいて、一緒に旅をしていたのよ」

「魔王討伐《とうばつ》の立役者じゃない！　あれだけ大変な旅だったんだもの、今は休暇ってこと？」

ロザリーはアスカルが姫と浮気したことにショックを受けていたので、新聞に載っていた他のメンバーをよく覚えていなかった。

するとヒースはむすっと口をへの字にして、そっぽを向く。

「勇者は俺を役立たず呼ばわりして、パーティを追い出したんだ。おかげで近衛《このえ》騎士団からも実家からも追い出された。関係ないヘーゼルも一緒にな」

「追い出した⁉　え……？　でも、どう見ても強い戦士よね。アスカルとためを張りそうだわ」

戦士は村で見慣れているので、じかに見れば、ロザリーにはなんとなく相手の実力が分かる。

「嬉しくない賞賛をどうも」

皮肉たっぷりに、ヒースが返す。ヘーゼルが彼をにらんだ。

「もう、ヒースったら。ごめんなさいね、ロザリー」

「それはいいんだけど、納得がいかないわ。どうしてそんなことになったの？　喧嘩《けんか》したとか？」

「勇者や姫は我《わ》が儘《まま》で、問題ばかり起こしていた。何度か注意したら、役立たずだと追い出されたんだ！　本当ならヘーゼルはとっくに結婚していたはずなのに、あいつのせいで……」

ヒースはそこで乱暴に立ち上がり、背中に拒絶をあらわにして居間を出ていく。バタンと閉まる扉の音に、ロザリーは首をすくめた。

「ごめんなさい、部外者が口を出しすぎたわね」

彼の傷をえぐったみたいだ。失敗したと落ち込む彼女に、ヘーゼルは優しく声をかける。

「気にしないで。当時のことを思い出して怒っているだけよ。私もまだ……ちょっとね。私達ね、オブシディアン侯爵家の庶子なの」

「庶子……？」

「正妻じゃなくて、愛人との子どもという意味。正妻とその子ども達には見下されて育ったから、ヒースはあの人達に負けたくなくて、とてもがんばったの。それで近衛《このえ》騎士にまでなったのに」

ヘーゼルの柳眉《りゅうび》がぎゅっと寄る。

「そんなヒースを役立たずなんて言った全員の口に、黒辛子《くろからし》もどきを詰め込んでやりたいくらい、腹が立っているの」

そして、低い声でぼそぼそとつぶやいた。優しげな彼女の目がすわっている。妙な迫力にドキドキしながら、ロザリーは聞き慣れない言葉について問う。

「クロカラシモドキ？」

「この辺の森に自生している薬草でね、激辛なの。一つ口にするだけで、舌がしびれてしばらく使い物にならないわ」

「ヘーゼルって……」

「何？」

「ううん、なんでもない」

——怒ると怖いのね。

そう言いたかったが、やめておいた。なんとなく保身に走ったロザリーである。

犯罪にならないギリギリのラインで報復に走りそうなところが怖い。

（そういえば、ヘーゼルは魔法薬の調合師なんだっけ。薬草に詳しいわけだわ）

「私の結婚は別にいいの。貴族の娘なら、とっくに身を固めさせられているものよ。行き遅れになったのは、正妻のせいなの。そんな人が持ってきた縁談よ！　十歳も年上で、会ったこともない相手。わざわざ問題のある娘を選ぶなんて、良い人だと思う？」

ヘーゼルは賢《かしこ》い女性だ。裏があると踏んで、心配していたらしい。

「私が怒っているのは、ヒースを馬鹿にした人達だけよ。結婚が破談になったことは、むしろ神様からの贈り物だと感謝したわ。偉ぶった人に自由を奪われるくらいなら、一生、独身でいるつもり。だから私、一人で生きていけるような仕事を身につけたの」

まともな嫁《とつ》ぎ先はないことを見越し、子どもの頃から準備していたそうだ。最悪、逃げるつもりだったとか。

「うわあ、貴族ってのはどろどろしてるもんだな」

どこか感心したようにジグリスがつぶやいたが、賢明にも余計な口出しはしない。ロザリーはヘーゼルを見る目を少し変えた。

「あなたってか弱いお嬢様なのかと思ってたけど、なんだか違うのね」

「やだわ、貴族に生まれた女はしたたかなものよ。それを見せないだけ。だって弱い者だと見せかけていれば、相手は警戒しないでしょう？」

ヘーゼルはにっこりと微笑《ほほえ》む。ロザリーは右手を差し出した。

「良いと思うわ。応援してる」

「ありがとう」

出会って二日目にして、ロザリーとヘーゼルの間に友情が生まれた瞬間だった。

◆

女神トラン。

ユーフィール王国で最も信仰されている神様の名だ。その上に主神がいるが、戦《いくさ》と知恵をつかさどるトランは、特に人々に慕《した》われている。

――はるか昔、この大地に闇《やみ》がはびこっていた頃、この地に主神により遣わされた戦女神《いくさめがみ》が降り立った。その女神は人間や獣人らにジョブと魔法を授《さず》け、ともに魔をうち滅ぼし、大地から闇《やみ》を払った。

こんな伝説がある。

そして、女神トランに仕える神官は修練を積むと、人々のジョブを変更させられる能力を授《さず》かるのだ。また、治癒《ちゆ》魔法をほどこせるので薬の研究などの慈善事業をしている。冠婚葬祭でも身近な存在の彼らはとても尊敬されていた。

さて、ヒースやジグリスらとともに大神殿にやって来たロザリーは、白大理石を使った壮麗《そうれい》な神殿に、口を大きく開けた。

「すごーい！　立派な建物！」

　幅広の階段を上《のぼ》った先、高台に建つ大神殿には、あちこちに石像が置かれている。鎧《よろい》を着た女神トランがドラゴンを踏みつけているものもあった。女神トランは光と正義、ドラゴンは闇《やみ》と悪を意味している。

　十二歳になった際に女神トランから授《さず》かるジョブは自分で選べるのだが、そのジョブを変えたい時は、寄付金を払い神官に変更してもらうのだ。ただ、変更すると、今まで鍛《きた》えた能力がリセットされてしまうので注意しなくてはいけない。

　ロザリーがきょろきょろしていると、ジグリスに悪態をつかれた。

「やめてくれよ、嬢ちゃん。おのぼりさん丸出しじゃないか。俺達まで仲間だと思われるだろ！」

「彼女の反応は当然だろう、借金取り。この神殿は人々の信仰のたまもの。その崇高《すうこう》さに畏敬《いけい》の念をいだいて何が悪い」

　ヒースがものすごく真面目な口調で、ロザリーの肩を持つ。

（なんだか……堅物って感じね）

　ヘーゼルやマーサ以外にはとっつきにくい雰囲気の彼は、元々近衛《このえ》騎士をしていただけあって、お堅い性格をしているらしい。近衛《このえ》騎士の条件は貴族であること、見目が良いこと、それから剣技に優《すぐ》れ賢《かしこ》いことだ。それだけ能力を磨こうとすると、ストイックな性格の者が残りがちなのだろう。鍛《きた》えた体躯《たいく》を持っているのに、乱暴な雰囲気はなく優雅さが感じられるヒースは、ロザリーとは育ちが全く違うように思える。

「その借金取りってのはやめてくれ。俺はジグリス、後ろのはダビスだ」

ジグリスの文句に、ヒースは薄い笑みを浮かべた。

「ジグタリス？　あれは美味《うま》いよな」

「ジ、グ、リ、ス！　あんたもか！　あんたまで嬢ちゃんと同じことを言うのか！　なんなんだよ、ジグタリスって！」

ジグリスが怒って騒いでいるが、ロザリーは気にせずにヒースに問う。

「やっぱり串焼き？」

「揚げ物もいいぞ」

その答えに、彼女はにまっと笑った。ヒースに右手を差し出すと、彼が握手にこたえる。少しだけ親近感が湧いた。ジグリスが後ろで声を上げる。

「今、なんで友情が芽生《めば》えたんだよ！　俺には分からねえ！」

「もう、ジグタリスさん、うるさいわよ」

ジグリスに文句を言ってから、ロザリーは大神殿の入り口である大きな扉へ向かった。

長い階段を上《のぼ》れない者は、運び人にチップを渡して、背負って運んでもらっている。王都にはいろいろな仕事があるのだなと、ロザリーは感心した。

大扉の先は礼拝の間だ。多くの人達がベンチに座り、女神トランの石像に祈っている。参拝の証《あかし》に、入ってすぐの場所でろうそくを買って、燭台《しょくだい》に灯《とも》す人もいた。

一応、礼儀として、まずは皆で女神にお祈りをした後、ヒースが礼拝の間を守る神官に声をかける。それから一時間ほど待ち、ロザリーは治療法の見極め役の神官と会うことができた。

案内された部屋は、診察室のようだ。書記机と椅子の他、診察用の道具が置かれた棚と薬棚、簡易ベッドに近い診察台がある。

待っていたのは四人だ。口ひげを生《は》やした年配の男と、目元がきつい中年の女、それから助手らしき若者が二人。全員、神官の白いローブを着ている。

「お嬢さんが、奇病の治療法を見つけた方ですか？」

年配の男の問いに、ロザリーは頷《うなず》いて、丁寧にお辞儀をした。

「はい、ロザリー・アスコットと申します。よろしくお願いします、神官様」

「こんな若い方が……？」

男は疑っている様子だが、女神官《おんなしんかん》がきびきびと口を挟む。

「セグム様、問答している暇はありません、予定がおしております。見てみれば分かることです」

「分かっているよ、マリア」

「では、アスコットさん、方法についてご説明ください」

マリアと呼ばれる女神官に促《うなが》され、ロザリーは奇病の治療法について説明した。助手がノートに書きとめるのを横目に見て、マリアがなんとも言えない顔になる。

「……まあ、いろいろとんでもないことを聞いた気もしますが、ちょうど奇病の患者で、身寄りのない方がおられます。彼に話して、試させていただきましょう」

「うむ、それがいいな」

場を仕切っているのはマリアで、上司のセグムは頷《うなず》いているだけだ。

マリアはただちに部下に命じ、ロザリーが頼んだように、生肉と魔石も用意した。

全ての準備が整うと、ロザリーはヘーゼルへの治療と同じことをやってみせる。

ジグリス達も同席していたが、体内にいる魔物を光らせた時点で退室した。魔物のおぞましさに気分が悪くなったらしい。ヒースは青ざめていたものの、最後まで見ていた。

セグムとマリアは記録をとって目を輝かせたけれど、助手の一人は洗面器に吐いてしまう。

治療が終わるとすぐ、ヒースが渋面《じゅうめん》でロザリーに歩み寄ってきた。

「あれと同じものが、ヘーゼルの中にもいたのか？」

「そうよ」

「こんな奴が中から体を食い破って出ていくなんて。だから奇病患者の死体には穴があいてたんだな。ああ、駄目だ。ゾッとする」

彼は落ち着きなく部屋をうろうろしたが、すぐにロザリーの傍《そば》に戻ってきて、床に片膝をつく。

「え!?」

ロザリーはたじろいだ。この姿勢は、騎士の――というより、下位の者から上位の者への礼儀のはず。あいさつや謝意を示す時にすると、小説で読んだことがある。

「君は正しかった。疑って悪かった、君はヘーゼルの命の恩人だ。心から感謝する」

深く頭を下げるヒースを前に、ロザリーは落ち着かない。自分が平民で、辺境の村人であり、貴族の彼より身分が下なのは分かっている。こんな礼を受けるのは分不相応に思えた。

ロザリーはヒースの左腕を掴んで、軽く引き上げる。

「分かってくれればいいの。ヒースの立場なら、私を疑うのは当然よ。大事な家族の身が心配だったんでしょう？　ほら、立ってちょうだい。それ以上は私が困るわ」

困ると聞いて、ヒースは渋々という様子で立ち上がる。

そこで、全て記録し終えたセグム達が口を開いた。

「説明通りですな。治療法を覚えるのに時間がかかりそうだが、これで犠牲者《ぎせいしゃ》が減るぞ！」

「セグム様、神官達が修練を積む間、ゴブリンの木についての注意喚起をしましょう」

「ああ、それがいい。おぬしら、何をぼさっとしとるんじゃ、伝令に行かぬか！」

セグムに促《うなが》され、助手達が部屋を飛び出していく。ロザリーは、魔法で焼《や》き焦《こ》がした魔物の死骸《しがい》を示して注意した。

「その死骸《しがい》はきちんと燃やしてください。小さな魔石が出ますから。そうでないと……」

心得た様子で、マリアが頷《うなず》く。

「ええ、魔石を放置したままだと、魔物はまれに復活することがありますからね。すぐに処置しましょう。セグム様、アスコットさん達と応接室へ移動してください。報酬についての書類を用意して、お持ちしますわ」

「では、わしがそちらの説明をしようかの」

マリアが足早に部屋を出ていき、セグムがロザリー達を連れて応接室に移動した。

二時間ほど待っている間に、王宮にも連絡が入ったらしい。

このまま上手《うま》く事《こと》が運べば、ロザリーは金貨十枚を手に入れられるそうだ。

そんな説明をした後、マリアが戻るまで待つように言い、セグムが部屋を出ていった。

応接室はロザリー達だけになり、彼女はヒースにお礼を言う。

「ヒース、疑いからとはいえ、話を通してくれてありがとう。金貨十枚は大きいわ」

「これで完済か？」

「まさか。伯父《おじ》さんの借金は、金貨二千枚なのよ」

「二千……!?」

彼は絶句した。そこまでの高額だと思っていなかったようだ。

「借りるほうも貸すほうもどうかしている。そんな額、いったい何に使ったんだ、君の伯父《おじ》は」

「そういえば聞いてないわね」

借金の額と期限ばかり気にしていて、肝心なところを知らない。ロザリーの抜けた返事を聞いたヒースの目に、呆《あき》れが浮かぶ。

「聞いてないって、君な」

「だって、返済できない場合は奴隷《どれい》にされて、お父さんより年上の王様の側妃にさせられるって聞いたら、それで頭がいっぱいになるでしょ！」

「え？　ど……、そく……？　ちょっと待ってくれ。情報量が多すぎてついていけない」

「ジグタリスさん、ケインズ伯父《おじ》さんの借金理由はなんだったの？」

必死に話を整理しているヒースを放置し、ロザリーはジグリスに問う。

「だからジグリスだっつーの。……理由？　確か鉱山の開発だったはずだ。間違いなく儲《もう》かると言って、闇金《やみきん》王エラン様から金を引っ張り出したんだよ。返済期限がたった一年なのは、それでも返す自信があると豪語していたせいだ。エラン様は損がお嫌いだが、もし駄目でもレイヴァン村の村人が持つ固有能力が金になると踏んで、その額を出したわけだよ」

固有能力とは、親から子でしか受け継がれない能力のことを、一般的にそう呼んでいる。

「そこまで自信があったのに、どうして伯父《おじ》は逃げたんだ？」

ヒースの至極当然の問いに、ジグリスは首をひねる。

「鉱山で何か事故があったらしいが、詳しくは知らねえ。俺らだって、あの野郎を捕まえたいんだ。せめて言い訳くらいは聞かねえとな。あいつが固有能力を持ってなかったら、人知れず殺されてもおかしくなかったぞ。エラン様からすりゃあ、こうも堂々と踏み倒されたんじゃあ、馬鹿にされてるのと同じだからな」

「お母さんがお仕置きするって言ってたの。伯父《おじ》さんを見つけたら、まずはこちらに引き渡してね」

――許すまじ、ケインズ伯父《おじ》。崖《がけ》から逆さ吊りの刑くらいは受けてもらおうではないか。

ロザリーの目と声に本気の怒りがにじみ出ていたせいで、ジグリスが青ざめて震える。

「こええよ、嬢ちゃん……。あんたのとこの家は、闇《やみ》の人間よりおっかねえ」

そんな話をしていると、セグムが戻ってきた。先ほどと打って変わって、怒っている。顔を赤くし、ロザリーに詰め寄った。

「いったいどういうことですかな、アスコットさん！　奇病の治療法を発見したのは、あなたではないそうじゃないですか」

「え？」

思いも寄らないことで責められ、彼女は唖然《あぜん》とする。どうしてそんなふうに思われたのか分からない。だが、放置していては良くないと、セグムに言い返す。

「私とレイヴァン村の医者で試行錯誤《しこうさくご》したのよ。それに、間違いじゃないわ。寄生していた魔物に気付いたのは私だもの」

もしかして、一足早く、誰かが治療法を見つけたのだろうか。

「どういうことだ？」

ヒースの目も厳しいものに変わり、ロザリーはひやりとする。それでも、彼をだました覚えはないので、背筋を伸ばして視線を受け止めた。

「誤解よ、私は……」

「こういうことだ。まったく、ひどいじゃないか、ロザリー」

その時、セグムの後ろから男が現れた。ロザリーは息を呑む。

「アスカル！」

今をときめく勇者、アスカル・ヴァイオレットだった。

ロザリーがアスカルと会ったのは、この間、正式に婚約破棄した時以来だ。

あの時の彼は地味な旅装だったが、今はまるで違う。貴族が着るような、豪奢《ごうしゃ》な紫色の服に身を包んでいる。銀糸《ぎんし》で草花の模様が縫いとられ、平民ならばこれ一着を売れば、半年は楽に暮らせそうなものだ。

小麦に似た金髪と紫水晶を思わせる瞳、村人とは思えない美貌《びぼう》は相変わらずだった。つらい旅を経《へ》て鍛《きた》えられたのだろう、素朴《そぼく》な空気は薄れ、鋭さが増している。

好意を踏みにじられたのに、彼と会うと、いまだにロザリーの胸はときめいた。

（駄目駄目、今はそれどころじゃないから！）

ぼーっとしてしまう自分を叱《しか》りつけ、彼女はできるだけ平静をよそおってアスカルに問う。

「どういうこと？　なんでアスカルが……」

そこまで口にして、ふと思い出した。

王宮へ連絡が行ったこと、勇者が姫君の奇病を治したこと。そしてロザリーが、いずれ村長となる彼に、奇病の治療法を教え込んだことを。

意味が分かった瞬間、ロザリーは頭からつま先まで、スッと血が引いていくような感覚になった。

「まさかアスカル、あなた」

「この奇病の治療法は、俺が見つけた。だから俺の手柄だ。まさかあれからたった数日で王都に来て、俺が発表する前に、お前が神殿に報告するとは思わなかったな」

セグムから彼の顔が見えないのをいいことに、アスカルは愉快そうに笑っている。

「ま、姫の奇病はこっちとは違っていたけどな。あれは魔王だった。魔王を倒した直後、姫が倒れたんだ。幼体になって、姫に乗り移ったらしい」

それに気付いたのだから、姫の治療は間違いなくアスカルの手柄だ。アスカルに神官の技は使えないが、魔力の糸を伸ばすだけなら、固有能力の助けを借りればできるようになっていた。

だが、彼は神官魔法である〈スキャン〉を使えなかったはずだ。寄生した魔王に気付いたというなら、おそらく神官の協力があったに違いない。

「勇者様の功績を奪うとは、恥知らずな！　即刻捕えて牢に……」

怒りをあらわにするセグムを、アスカルがなだめる。

「まあまあ、落ち着いてくれ、セグム殿。彼女は俺の元婚約者でね。破談になったことが許せなかったんだろう。一度の失敗くらいは大目に見てやろうと思う」

「勇者様……なんと寛大《かんだい》な！」

セグムは感動に震え、渋々怒りを収めた。

「だが、これ以上、ここにいることは許さぬ。出ていけ！　神官をだますとは、不届き者め！」

彼が呼んだ神官兵により、ロザリー達は大神殿の外に放り出された。

バタンと荒々しく閉められた大きな扉の前で、ロザリーは呆然となった。誤解だと言っても、神官達は聞く耳を持たない。

「ロザリー、あいつの言ったことは本当か？」

ヒースに詰め寄られ、彼女は慌てて弁解する。

「違うわよ！　この奇病の治療法を見つけたのは私。でも、アスカルは村長になるから知っているべきだと思って教えたの」

「そうじゃなくて、あいつの元婚約者っていうほうだ」

「えっ⁉」

てっきり彼が神官と同じことを疑っているのだと考えていたロザリーは、目を丸くした。

「その通りだ」

扉が開いて、アスカルが出てくる。

「久しぶりだな、ヒース。まさかロザリーと一緒に行動しているとはね。不愉快な連中ってのは、同類が分かるのかな？」

口の端に歪《ゆが》んだ笑みを浮かべ、彼がヒースの前でわずかに首を傾《かし》げる。

「昨日まで、妹を助けてほしいとすがってきたくせに。あれはなかなか見物《みもの》だったぞ」

「貴様！」

今にも飛びかかりそうなヒースを、ジグリスとダビスが押さえた。

「落ち着け、若いの。ここではまずい」

「周りを見てみろ」

二人が冷静に諭《さと》した通り、大神殿への巡礼者や観光客がこちらを遠巻きに見ていた。勇者であるアスカルに注目しているのだ。こんな場所で騒ぎを起こせば、今度こそ牢屋送りだろう。

ヒースは渋々気持ちを鎮めたようだが、眼差《まなざ》しは鋭いままだった。ロザリーは冷静な態度を取《と》り繕《つくろ》いながらも、アスカルを追及する。

「アスカル、どういうことなの。あの奇病のことをあなたに教えたのは私よ、よく知ってるくせに」

「ああ。まさかお前が村から出るとはね。代わりに手柄をもらってやろうと思っていたら、王宮に連絡がきて焦《あせ》ったよ。本当に、お前は俺の邪魔ばかりするよな」

アスカルは人の多いほうに背を向けて、ロザリーにしか表情が見えない位置でそう言う。眉をひそめた顔は忌々《いまいま》しげだ。敵意を向けられ、ロザリーは動揺してしまう。

「邪魔？　何を言ってるのか、よく分からないわ。でも、真実を知ってるなら訂正してよ！」

「残念だが、それはできない。治療法を見つけた賢《かしこ》い勇者のほうがいいだろ？」

「はあ？」

彼の言わんとすることが、ロザリーには理解できなかった。アスカルが彼女の肩に手を置く。

「よく聞けよ、ロザリー。人々は俺に、善良な勇者像を貼り付けて見ているんだ。さあ、考えてみろ。品行方正な勇者と、田舎《いなか》から出てきた元婚約者。周りはどちらの言うことを信じると思う？」

「そんなの関係ないわ。真実を話すべきよ」

「大衆が見たいもののためなら、時に真実は歪《ゆが》められるものなんだよ。俺が、ちょっと悲しげな顔で、誤解があったみたいだ……とでも言えば、周りはお前が悪いと決めつける。新聞で叩《たた》かれるかもな」

「そんなこと……」

あるわけない？　ロザリーにはそう言い切る自信がなかった。

「このクズが……っ」

「俺から見てもやばいぞ、この野郎」

ヒースとジグリスが横でつぶやく。

「今のお前は、『婚約を破棄された復讐に、勇者の手柄を横取りしようとした悪女』にしか見えないってことだ。諦めるんだな」

「なんでなのよ、アスカル！　あなた、旅に出る前は、そんな人じゃなかったでしょ！」

目の前にいるこの男はいったい誰なのだ。アスカルが全く知らない人に見えて、ロザリーは初めて彼に不気味さを感じた。そこでふいに、とある記憶が頭をよぎる。

「いいえ、違うわ。私も見たいように見ていたのね。友達が奇病になった時、どうにかしたくて必死な私に、あなたは言ったわ。『あいつとはかかわるな。距離を置け』って！　アスカルは村長の息子だもの、村人全員を守る義務がある。だから立場上、そう言うのは仕方無いって思ってた」

紗《しゃ》のカーテンが外されたみたいに、あの時のアスカルの姿が鮮明になる。こんな過去のことを持ち出したって意味などないのに、ロザリーは荒ぶる心を止められない。

「結局、あなたは自分に害が及ぶことが怖かったんじゃない！　――この臆病者っ！」

多くの人がいるというのも忘れて、心の底から彼をなじる。

その瞬間、バチンと音がした。左頬が熱と痛みに襲われ、ロザリーはその場にペタンとへたり込んだ。そっと左手を頬に当て、アスカルを見上げる。

——叩《たた》かれた？

呆然とする彼女を、アスカルが冷たい目で見下ろしている。

「名誉棄損はやめてもらおうか。これ以上、騒ぐつもりなら容赦《ようしゃ》しない」

「……アスカル」

ロザリーの目から、涙が溢れ出す。

この男は変わってしまった。ロザリーの愛したアスカル・ヴァイオレットはもうどこにもいないのだ。ふらーっとよろめきかけた彼女を、ヒースが支える。

「おい、大丈夫か？　勇者、正気なのか？　女性に手を上げるなんて」

「俺の周りをうろついて邪魔をする、そのストーカー女が悪い」

周りに聞こえるように言ったアスカルは、もう話は済んだとばかりに階段を下りていく。彼の言葉が聞こえたようで、ざわついていた周囲の人々はこちらに非難の目を向けた。

(私、何もしてないのに。なんで？　ひどいよ)

座り込んだまま、ロザリーはしゃくり上げる。

「ありゃあ悪党だな……」

ジグリスがぽつりとつぶやいた。

「お前が言うか？」

ヒースが呆《あき》れまじりにツッコミを入れたところへ、新たな人物がやってくる。

「このにおい、やっぱりロザリーではないか。今の騒ぎ、いったいどういうことだ」

光が遮《さえぎ》られたことに気づいたロザリーが顔を上げると、二メートルを超す巨体を持った狼獣人が立っていた。

銀毛がキラキラと光をはじいて神々《こうごう》しい。彼は袖のないシャツと軽装の鎧《よろい》に身を包み、ゆったりした緑色のズボンを穿《は》いている。獣足には何も履いておらず、手にはハルバードを持っていた。

「もふもふー！　うわあああん、尻尾を貸してー！」

ロザリーは立ち上がり、その狼獣人の尻尾に抱き着く。ふわふわのもこもこで癒《いや》される。

彼女の好きにさせつつ、狼獣人が文句を言う。

「おぬしな、私をもふもふと呼ぶのをやめないか！　全く変わっておらぬな。よしよし、いったいどうしたのだ」

大きな手にわしわしと頭を撫《な》でられても、ロザリーは泣くのを我慢する子どもみたいに口を引き結び、尻尾にしがみついたまま答えなかった。

この狼獣人はドワール・ガントといい、レイヴァン村に近い谷に住む、ガント族の次期族長だ。二十三歳とロザリーより年上なのだが、小さい頃、彼が迷子になっていたところを彼女が助けて以来、友好関係にある。アスカルとロザリーの三人で友達となったのだ。

アスカルが魔王討伐《とうばつ》の旅に出る時、ドワールは彼を助けようとついていった。だから、ロザリーとは久しぶりの再会だ。

「ううむ、分からぬなあ。おや、ヒース殿ではないか。ははあ、なるほど。さては痴情《ちじょう》のもつれだな」

したり顔でつぶやくドワールを、ロザリーとヒースが唖然《あぜん》と見つめる。

「「……え？」」

「しかし、女子《おなご》に手を上げるのは良くない。後で説教しなくては。そう泣くな、ロザリー。安心するがよいぞ。友人として、私が取りなしてやろう」

ロザリーはため息をつき、ドワールの尻尾に改めて抱き着いた。

「勘違いしているもふもふなんか、もふもふしてやるー！」

「おわっ。こら、なんだ。意味が分からぬぞ。やめぬか、せっかく整えている尻尾がぁぁ」

ドワールの焦《あせ》った叫び声が響く。

「……とりあえず、屋敷に戻るか」

結局、ヒースに促《うなが》され、ロザリー達は屋敷に戻ることにした。


泣きながら戻ってきたロザリーを見て、玄関ホールへ出てきたヘーゼルは驚きをあらわにした。

「ヒース、あなたまさか！」

そんなことを叫ぶなり、奥の部屋に消えてすぐに戻ってくる。その手には、黒い鞘《さや》つき豆の入っている小瓶《こびん》が握られていた。

「恩人に無礼を働くなんて、いくら双子の兄でも許しませんからね！」

「落ち着け。誤解だ、ヘーゼル。その黒辛子《くろからし》もどきを置け！」

「それなら、どうして泣いているの？　かわいそうなロザリー」

腰が引けているヒースの横を通り抜け、ヘーゼルがロザリーを見上げる。ロザリーは、ドワールの腕に座ったままだ。子どもみたいに、ドワールの肩にくっついていた。

ヒースが顔を引きつらせ、マーサに話しかける。

「中で話す。マーサも説教三秒前みたいな顔はやめて、お茶を用意してくれ」

「悪さをしてないでしょうね、若君」

「彼女を泣かせたのは、俺じゃない！」

マーサは疑わしげにヒースを眺めたものの、お辞儀をして台所へ立ち去った。ヒースはちらっと困惑の視線をロザリーに向け、先に居間へ向かう。

「ああ、まったく。人間の家は小さくてかなわん。すまないが、足を洗わせていただけぬか」

二メートルを超す巨体のドワールには、屋敷でも狭い。ガント族の村は洞窟をくりぬいた家と天幕が集まっているのだ。洞窟の中は町のように広々としている。

ドワールがヘーゼルに声をかけると、声が聞こえたらしいマーサが戻ってきて、水を入れたバケツと雑巾《ぞうきん》を渡す。

ロザリーはドワールの腕からのろのろと降り、彼の足を洗って、雑巾《ぞうきん》で拭いてあげた。獣の足を持つ獣人は靴を履かない者が多い。布か革を巻き付けていることもあるが、ドワールはいつも素足のままだ。

「はい、できた」

「ありがとう、助かる。座ると今度はズボンが汚れるし……人間の家は使いにくい」

「ドワールの家には、出入り口に水場があるものね」

ロザリーはため息をつきながら、ドワールの尻尾にまたくっつく。

「おぬし、相当へこんでおるな。いつもそうだ、アスカルがおぬしに文句をつけて、おぬしはどうにかしようとして、傷付いて落ち込む。そして私やアリシアのところに来て、尻尾にくっつくのだ」

アリシアというのは、ドワールの妻だ。ガント族の結婚は早い。十二から十五歳で結婚する。彼はすでに三人の子持ちだった。

「今回は無理。立ち直れそうにない」

「そうか」

ドワールが頷《うなず》いて、ロザリーの頭をポンポンと撫《な》でる。妹へする仕草そのものだ。ロザリーは一人っ子なので、ドワールを兄のように慕《した》っていた。

そして、全員が居間に入ると、何も話さないロザリーの代わりに、ヒースとジグリスが状況を説明する。

それを聞いたドワールが深いため息をついた。

「そうか、あやつはそこまで落ちたか……。友として、なんとか戻してやろうと思ったが、これ以上は付き合いきれぬな。アスカルとは縁を切るとしよう。こうなった以上、私にはもう一人の友人のほうが大事だ」

ドワールの勇者パーティ離脱宣言を聞き、ジグリスがロザリーのほうを見た。

「この獣人の兄さんは、いったいどちらさんだ？　紹介してくれないか」

「そもそもお前は借金取りのくせに、どうして当たり前の顔でここにいるんだ。それに、護衛が傍《そば》を離れたのも変だ」

ヒースが疑問をぶつけると、廊下からダビスが顔を出す。

「へえ、すんません。さすがに次期族長と同席するのは、畏《おそ》れ多《おお》いもんで」

「ん？　おぬし、ダビスか。世界を見ると出ていったきり、村に戻ってなかったが……。どうしてまた借金取りと一緒にいる？　困り事があるなら、話を聞こう」

ドワールが寛大《かんだい》な態度で切り出すのに、ダビスは首をすくめる。

「ちょっとヘマをした時に治療費が足りなくて、そこの兄貴の世話になったんで、恩返しで護衛してるんでさぁ。金を返し終えたら、また旅に戻るつもりです」

「ジグタリス、貴様、困った奴を餌《えさ》にしているのか？」

そう訊《き》いたヒースだけでなく、その場の面々の冷たい視線が集中し、ジグリスがぶんぶんと首を横に振る。

「俺は、こいつに金を返せなんて言ってねえぞ！　たまたま通りかかった路地裏に倒れてたんで、少しばかり世話してやったら、恩返しと言ってついてきただけだ。俺が頼んだんじゃねえ」

「そうか、恩に報《むく》いるのはガント族のしきたり。うむ。ダビス、よくやった！　おぬしは我が一族の誇りだ」

「ドワール様！」

ははーっと頭を下げるダビス。ジグリスは微妙な顔で、そんな彼らを見比べる。

「なんなんだ、この茶番は……。俺のことは仕方ねえだろ、肝心の嬢ちゃんが黙りこくってるんだからよ。借金のことは俺のせいでもねえが、金を返してくれるんなら愚痴《ぐち》くらい聞いてやるよ」

「結構、兄貴は世話焼きなんすよ。借金主相手でも、逃げずに相談すれば返済計画を考えてくれたりして。借金取りにしちゃあ、善良なほうです」

「悪党の手先になってる時点で、善良か？」

ダビスのフォローに、ヒースが首をひねる。

「まあいい。彼はドワール・ガント。勇者の幼馴染《おさななじみ》だと聞いている」

「そうだ。そして、ロザリーともな。集落が近いのもあって、親しくしていた。まさかロザリーがヒース殿と知り合っているとは思わなかったぞ」

そして、ドワールは憂鬱《ゆううつ》そうにため息をつく。

「おぬしがパーティを追い出された後、姫と勇者の我《わ》が儘《まま》が増えて、本当に困ったよ。私の立場では、アスカルにしか忠告できぬ。旅を無事に終えられて、どれだけほっとしたか」

「ドワールさんは素晴らしい方だと、兄から聞き及んでおりますわ」

ヘーゼルが微笑《ほほえ》みとともに言い、ドワールも喉奥でくっと笑う。

「私も、妹がどれだけ可愛いか、ヒース殿から旅の間に聞かされておったぞ」

「ドワール殿！」

「そんなに焦《あせ》らなくてもいいだろう、ヒース殿。家族を大事にするのは良いことだぞ」

澄まして返すドワールだが、からかいを含んでいるのは確実で、目元が笑んでいる。ヒースは仕方無いなあという様子で肩をすくめ、ロザリーに話しかけた。

「ヘーゼルが奇病になったのでな、ドワール殿にお願いして、勇者にヘーゼルを治療してもらえるように仲介してもらったんだ」

それを聞いたヘーゼルはドワールに深々と頭を下げる。

「そうだったんですか。その件では大変お世話になりました」

「いや、友人の頼みだ。気にするな」

気恥ずかしくなったのか、ドワールはわざとらしく咳払いをした。

「とりあえず事情は分かった。ロザリーの伯父《おじ》には困ったものだな。そういえばお仕置きをするのだったたか。うちの村の滝を使ってもいいぞ。ちょうどいい感じに崖《がけ》が突き出しているからな」

「ありがとう。そうする……」

ロザリーはぽつりと答える。すると、ジグリスが騒ぎ始めた。

「って、おい！　なんで誰もツッコミを入れないんだ。誰か一人くらい止めろよ！」

「殺すと言っているわけではないんだ。それで改心するならいいんじゃないか？」

ヒースの返事に、ジグリスは額《ひたい》に手を当てる。

「嬢ちゃんに毒されてきてるぞ、気を付けろ！　なんで俺が常識人みたいになってるんだ、おかしいだろうがっ!!」

ぎゃあぎゃあと騒ぐジグリスが鬱陶《うっとう》しい。ロザリーはため息をついた。

それからしばらくして、マーサがにこにこと呼びかける。

「皆さん、お腹がペコペコでしょう？　どうですか、ひとまずお食事になさっては」

大神殿からずっとふさぎ込んでいたロザリーは、それでハッと我に返った。アスカルのせいとはいえ、貴重な時間をふいにしてしまっている。

「ヒース、ごめんなさい！」

「え？」

彼女が突然立ち上がって頭を下げたのを見て、ヒースは不思議そうにした。ちょうどドワールと近況について話し合っていた彼にしてみれば、彼女の行動は突拍子のないものだ。

「せっかく神官様に口利きしてくれたのに。私が『婚約破棄の腹いせをしに来た悪女』にされたから、あなたも私の仲間みたいになっちゃった。恥をかかせただけなんて、どう謝ったらいいの？」

伯父《おじ》の借金が判明して以来、踏んだり蹴ったりだ。情けなさに涙ぐむロザリーに、ヒースがけげんな声で返す。

「何を言ってるんだ、君は。悪いのはアスカル・ヴァイオレットだろう？」

「私が嘘をついているとは思わないの？」

するると、あんなに疑っていたのに、ヒースはきっぱりと否定する。

「思わない。俺もあいつの被害者だ。あの男がただの馬鹿だったら、俺だってこうなってはいなかった。俺とヘーゼルは庶子とはいえ、大貴族の子どもだぞ？　本来なら、勇者とはいえ平民にどうこうされる立場ではないんだ」

ヘーゼルが傍《そば》に来て、ロザリーにハンカチを差し出し、そっとその肩に触れる。

「ヒースの言う通りよ。あの人はずる賢《がしこ》いの」

「ははあ。賢《かしこ》さに善良さがともなわなければ、いっそ無知より不幸である……ってやつだな」

格言じみたことを言うジグリスに、皆の視線が集中した。ヒースが苦笑する。

「悪党が言うと、重みがあるな」

「おぬしが言うでないわ」

ドワールまで呆《あき》れている。ヒースがやんわりと話を続けた。

「君はあいつの婚約者だったんだろ？　婚約破棄された上、あんな扱いを受けているのを見たんだ。君を責めることはないよ。あいつの醜悪《しゅうあく》な笑い顔を見て、君が悪いなんて言う奴はいないだろ」

「あれはゾッとしたぜ」

ジグリスとダビスが何度も首肯《しゅこう》する。

「でも……私はまだ、改心させてあげないとあの人のためにならないって考えちゃうの」

ロザリーには、そんな自分がヒース達の前にいるのは、恥ずかしいことのような気がした。ところが、ヒースが感心したふうにつぶやく。

「君は優しいんだな」

ドワールは心底不愉快と言わんばかりに、首を横に振る。

「まったく、アスカルは馬鹿な奴だ。ロザリーがあやつのためにしてきた努力も、全て当然だと受け止めておった。おぬしが好きだと言うから応援していたが、私は別れて良かったと思うぞ。こうなったのも神の思《おぼ》し召《め》しではないか？」

「ドワールさん、そう言ったって、気持ちは簡単には割り切れないわよ」

ヘーゼルがそっと口を挟み、ロザリーの顔を気遣わしげに覗《のぞ》き込む。

「ロザリー、時が解決するわ。大丈夫よ、これまでのことも無駄になったりしないわ」

「その娘の言う通りだ。なんにせよ、ロザリーがレイヴァン村で二番目に強くて、賢《かしこ》くて器用だという事実は変わらぬからな」

ドワールが大きな手でわしわしとロザリーの頭を撫《な》でる。二人の励ましを聞いていると、だんだん元気が出てきた。

「そうかなあ。……ありがとう」

お礼を言うと、ロザリーはこくりと頷《うなず》く。

「とりあえず、私は他にすべきことがあるのよ。切り替えていかなきゃ。ヘーゼル、ヒース、マーサさん、お世話になりました。冒険者ギルドと、それから商売のことで役場に情報収集に行かないといけないの。ヒース、また来られるか分からないけど、いつかお詫《わ》びをさせてね」

荷物を引き取って、すぐに次の宿を決めねば。マーサが食事を用意してくれたみたいだが、あまり長居するのは迷惑だろう。そう言って、今にも屋敷を出て行こうとするロザリーを、ヒースが呼び止めた。

「ちょっと待てよ、ロザリー。あの勇者にこれだけ嫌な目にあわされて、黙っている気なのか？」

ロザリーは力なく首を横に振る。

「どうしろっていうの？　今のアスカルは勇者よ。しかも、お姫様と正式に交際するんですって。それに比べて、私はただの田舎者《いなかもの》だわ。悔しいけど、彼の言う通りよ。あちらの身分が高いんだもの、何を言ったって、周りは私を悪者にすると思う」

「確かに今のままじゃ太刀打ちできない。でも、君の評判が上がったら？　そうなれば、君を捨てたことを後悔するさ。俺はあいつのその顔を見て、思い切り笑ってやりたい。誰も――まあ、あいつは別だが……傷付かない、最高の復讐だ。スカッとするだろうな」

「ええと、どういうこと……？」

ロザリーは戸惑いを込めて、ヒースを見つめる。彼は悪役みたいに、にやりと笑った。

「つまり、俺はロザリーを助けたいってことだ」

「ええっ」

「賛成よ、ヒース！　私も魔法薬の工面《くめん》で手伝うわ」

「ヘーゼルまで」

思わぬ話の流れに、ロザリーは目を白黒させる。ジグリスが愉快そうに口を挟んだ。

「ははっ、確かに！　半年で金貨二千枚を返しきったなんてなったら、最高に評判が上がるだろう。普通にやっていたら、返し切れない」

するとドワールが軽く手を上げた。

「うむ。魔物退治で稼ぐのなら、私も手伝おう。ロザリーは前・中・後衛、回復と補助もいけるが——この場合は後衛だな。私が前衛、ヒース殿は前衛兼盾役か。まあ、バランスはいい」

「つまり勇者のパーティを抜けた二人が、今度は勇者の元婚約者とパーティを組むわけか。これは面白くなりそうだな」

ジグリスがペチンと膝を叩《たた》く。

「よし、こうなったら、俺も手を貸そう。商売をするつもりなら、知り合いの商家に口利きしてやるよ。——まさかノープランで王都まで出てきたわけではないよな？」

「ええ、まあ、そうだけど……」

ロザリーは目が回りそうだ。一人でどうにかしなくてはと気負っていたので、彼らが手伝ってくれると言い出して、ひたすらびっくりしている。それでも、ジグリスの提案には警戒心が湧いた。

「ジグタリスさんに借りを作るのは怖いんだけど」

「アスコット家が金を稼いで、できるだけ返済してくれれば儲《もう》けものだし、無理でもお嬢ちゃんが奴隷《どれい》になる代金で、損にはならねえからな」

「げすい！　えげつない！」

「その通り、俺は悪党だ」

にんまりと悪魔の笑みを返すジグリス。

（なんてせこいの。それに、いったいいくらで私を売る気なのよ……！）

ロザリーを側妃に欲しがっているという王は、どれほど大金を払う気なのか。自分にそんな価値があると思えないため、不思議でならない。

「私って、ちょっと魔法が上手なだけの、ただの村娘なのに」

「ロザリー、普通の村娘は、朝の散歩で集落周辺の魔物を間引いたりしない」

ドワールが口を挟むが、彼女は首を傾《かし》げる。それはロザリーにとって、雑草を抜くのと変わらない作業だ。

「え？　それじゃあ、集落の外にいる魔物が増えるじゃない。生きていけないわ」

「ああ。まあ、言いたいことは分かるが、散歩のノリで退治はしないな」

苦笑まじりにヒースが言い、ドワールはそうだろうとばかりに頷《うなず》いた。

「商売は借金取りに任せるとして君の伯父《おじ》の行方《ゆくえ》はこっちでも探そう。伝手《つて》を使って頼んでおく」

ヒースの気持ちは嬉しい。一方で、最初にあれだけ疑われた手前、ここまでの心境の変化には驚きだ。

ロザリーが無言で窺《うかが》っていると、ヒースは彼女の言いたいことに気付いたように苦笑する。

「どういう心づもりだって思ってるんだろ？　簡単に言えば、俺は君を助ける代わりに、君を利用したいんだ」

「利用……？」

怖い響きだ。ごくっと息を呑むロザリーに、彼は続ける。

「俺は勇者に復讐したい。君は借金を返済したいが、君達家族だけでは限界があると分かってるはずだ。協力者は多いほうがいい。お互いに利害が一致してると思うが？」

「うーん、まあ、そうなんだけど」

「それに、俺は貴族の端くれとして、闇金《やみきん》王エランのことが気になる。エランは大富豪で有名だが、金貨二千枚なんて国家予算並だ。いったいどう工面《くめん》したんだか」

ヒースに鋭くにらまれ、ジグリスは青い顔をしたものの、素知らぬ態度で目をそらす。答える気はないらしい。

皆に助けを申し出られ、ロザリーは返事に困った。これはアスコット家の問題なのだし、やっぱり彼らに助けてもらうのは良くないことに思えるのだ。

「あの、やっぱり――」

断ろうとするのを、ヒースが遮《さえぎ》る。

「いいか、最初に助けたのは君だ。だから俺やヘーゼルも助けるというだけだ。これなら納得できるか?」

「ヒース」

力強い言葉だった。ロザリーが助けたから、ヒース達も助ける。簡単な道理だ。ロザリーが彼らの立場でも、同じことをしただろう。それに後押しされて、彼女は覚悟を決めた。

「分かったわ、決めた。――よろしくお願いします」

結果がどうなるとしても、やるだけやると決めたことを思い出す。

ロザリーはこれから仲間になる皆へ丁寧にお辞儀をする。顔を上げると、全員、微笑《ほほえ》ましそうに見守ってくれていた。

それから全員で、ひとまずマーサが用意してくれた昼食をとった。

食堂のテーブルに野菜スープ、カットされた野菜、スライスしたパンやチーズ、ハムがどっさり置かれる。簡単なメニューだが、チーズとハムがおいしくて、ロザリーはパンにのせてたくさん食べた。

食後、ヒースが商売について切り出す。

「それで、君はどういったものを売るつもりなんだ？」

「今は手元にないの。南門に預けていて、問題なければ、明後日《あさって》に引き取れるわ」

「三日の預かりというと、売りたいものは魔物か？」

さすがは元騎士だけあって、ヒースは危険物について詳しいようだ。

「そうよ。無害な魔物でね、フワリーっていうの」

直《じか》に見ないと分からないことが多いだろうが、ロザリーはどんな魔物か簡単に説明する。

「レイヴァン村では、どこの家でも飼ってるわ。掃除する手間が減るし、ちょっと叩《たた》いたら死ぬくらい弱い魔物で、時には綿の代わりにすることもあるの」

「成長すると危険になったり、何匹も一緒にしていると共食いをしたりする可能性は？」

「成長すると分裂して増えるわね。そうなると、ちょうど半分ずつの大きさになるの。共食いなんかしないわよ」

「増えるのか！」

それは愉快だと、ヒースが目を輝かせた。

「見てみたいな。俺に一匹、売ってくれないか？　掃除が楽になるならちょうどいい」

マーサのほうをちらりと見た彼が問う。老婦人であるマーサを気遣っているのはあきらかだ。主人と使用人にしてはやけに親しい。

「三人は家族みたいね」

「マーサは俺達の子守りでな、小さい頃から仕えてくれているんだ。俺達を産んだ時に実母が亡くなったこともあって、ほとんどマーサが親代わりだ」

「だから私達、こちらに移る時に、マーサを引き抜いたのよ」

ヒースとヘーゼルは、マーサを優しい目で見つめる。

「ご正妻様のために、こんなにご苦労されて……。私がお支えせねばと思いましたのよ」

マーサは忠義にあふれる返事をした。互いに思いあっている彼らに、ロザリーは感動する。

「いいわよ、それじゃあ、許可が下りたら一匹売るわね」

そんなふうに話がまとまると、ジグリスが確認してきた。

「二日後だな？　知り合いが手広く商《あきな》っているから、軒下《のきした》を貸してもらえるように話を付けておくよ」

「軒下《のきした》を借りるってどういう意味なの？」

ロザリーが問うと、教えてくれる。

「魔物の売買は、許可証をとるか、許可証を持ってる店で扱えば問題ないんだ。後者の場合、店にとっては信用問題だから、口利きがないと厳しいがな。俺に貸しがある奴に、ちょーっと揺さぶりをかければ協力してくれるさ」

「ねえ、待って。それって脅《おど》しって言わない？」

「お友達との話し合いだよ」

しれっと返すジグリスの態度は、ふてぶてしい。

「こやつに頼って大丈夫なのか？　ロザリー」

不審そうに、ドワールが鼻の頭に皺《しわ》を刻む。ロザリーも心配になってきた。

「怪しい店じゃないでしょうね？」

「普通の商会だよ。交易で大きくなったんで、注文されればなんでも扱うんだ。魔物もな。ついでに、店で働いてる鑑定士に、魔物に危険がないかどうかの審査もしてもらえばいい。役場で許可証をとるより楽だし、その店のお墨付《すみつ》きもあるんで売りやすくなる。使えるものは使わないとな」

えり好みしている場合じゃないだろう。そう諭《さと》されて、苦笑する。

「ところで、なんでその魔物を売ろうと思ったんだ？」

ジグリスの目が鋭くなった。これは商談なのだと、ロザリーは身構える。

「ジグタリスさんが王都では見ないって言ってたから、これはいけると思ったのよ。可愛くて掃除をしてくれて、無害。餌《えさ》は埃《ほこり》や食べかすだから餌《えさ》代もかからないし、ペットには最高じゃない」

「ふん、なるほどな。なかなか良い目の付けどころだ。それなら、店頭販売のできる店がいいか。嬢ちゃん、店先で呼び込みできるか？」

「やるわ！　売ってみせる！」

ロザリーは即答した。やる気に燃えている彼女の様子に、ジグリスが口の端を上げる。

「助けがいがあるな。それじゃあ、嬢ちゃんの宿が決まったら、俺は話を付けに行ってくる」

「あっ、そうだった。宿！」

（いけない、忘れていた。もうお昼だ。拠点を決めたら、冒険者ギルドに行かなくちゃ。今日はそれで時間切れでしょうね）

席を立つロザリーに、ヒースがごく当たり前という態度で声をかけた。

「このままうちに滞在すればいい。宿代は馬鹿にならないから節約すべきだ。ドワール殿も泊まるか？」

「いや、ここは私には狭くてな。気持ちはありがたいが、獣人向けの宿にいるつもりだ。それに獣人は毛が抜けるんで、洗濯や掃除が大変らしい。こちらのご婦人に手間をかけるのは気が引ける」

ドワールはマーサのほうを見て言った。老婦人への気遣いもあるが、窮屈《きゅうくつ》そうに身を縮めている姿からして、居心地が悪いというのも事実のようだ。

納得したヒースは、ジグリスとダビスには冷たく言う。

「借金取りは帰れよ」

「ええ、もちろん帰りますとも」

ジグリスは皮肉っぽく返し、ダビスも無言で頷《うなず》く。

「あ、そうだった」

直後、ヒースは何かを思い出した様子で、いったん食堂を出ると、また戻ってきた。手には革袋が握られている。

「大神殿から帰ったら渡そうと思っていたんだ。遅くなってすまないが、ヘーゼルの治療代だ」

「ええっ」

ひょいと渡されて、思わず受け取ったロザリーは、ずしっとした重みに飛び上がった。

「いらないわよ」

「駄目だ。受け取れ」

「でも、それじゃあ、今後も助けてもらうのは、おかしいってことになるわ」

「それとこれとは別だ。元々、この金は勇者に渡すつもりだったんだ。あいつに払うより、君の借金返済にあてるほうがずっといい」

「アスカルに？　そこまで言うなら……」

けれど、中身を確認して、冷や汗がどっと噴き出す。

「あ、あの、ヒース？　金貨が十枚も入ってるわ」

「当然だろう。奇病は、昨日まで不治の病《やまい》だったんだ、これでも安いくらいだ。そんなにビビることはない。病人を診察した医者が金をとらないってことがあるか？　ないだろ。知識と技術に、金を払ってるんだ」

動揺している彼女に、ヒースが言い含める。

「お人好しもいいが、こういったことへの金はちゃんと受け取れ。分かりやすい評価だ。君は全く分かっていないが、あの神業《かみわざ》にはそれくらいの価値はある」

「そうよ。国王が平民出身の勇者と王女様との交際を認めるほどなのよ？」

ヘーゼルも付け足す。

「そう言われても……」

気が引けてしょうがないロザリーの手から、ふいにジグリスが革袋を取り上げた。

「返しちまいそうだから、俺が受け取っておくよ。金貨十枚な、帳簿に付けておくぜ」

「ジグタリスさん！」

ロザリーは泡をくって止める一方、ヒースが舌打ちとともにつぶやく。

「借金取りはムカつくが、今回はよしとしよう」

よしとされてしまった。

——いいの？　金貨十枚って高すぎる。駄目でしょ！

「え、えええええ、ええええええええ」

思い切りおろおろしている彼女の背を、ドワールが軽く押す。

「ほら、冒険者ギルドに行くぞ。時は待ってはくれぬのだ。ぐずぐずしている暇はない」

「でもでも、ドワール!?」

「おぬしは本当に運が良い女子《おなご》だな。都会に出てきてもその調子でいるなら、悪人の食い物にされていたかもしれない。そのようにお人好しだと、利用されるだけされてポイだ。路地裏か水路にゴミ同然に捨てられるぞ」

「え、ゴミみたいにポイは怖い……」

ドワールの言うことは本当なのだろうか。ロザリーが疑問を込めて周りを見ると、全員が大きく頷《うなず》いた。

都会って怖い、とゾッとしたロザリーだった。

二章　商売と冒険者業

「やったわ、入団試験、簡単だったわね」

　冒険者ギルドでの入団試験で下級の魔物をあっさりと倒し終えたロザリーは、ドワールとともに冒険者ギルドの待合室に戻ってきた。登録証明のカードや銀行の口座開設に時間がかかるので、しばらく待つように言われている。

　暇つぶしに売店を覗《のぞ》いていたドワールが、ロザリーを手招いた。

「ロザリー、王都周辺の魔物情報が売ってるぞ。待ち時間にこれを読んでおこう」

「いい考えだわ」

　ロザリーは周辺で手に入る動植物の冊子を買い、ベンチに腰かける。しばらくすると、黒い鎧《よろい》を着た青年が歩み寄ってきた。

「無事に登録ができたようだな」

「ヒース殿、その格好で会うのは久しいな。相変わらず、よく似合っている」

「そう言っていただいて光栄だ」

　ドワールがにこやかに褒《ほ》めたのを聞き、ロザリーは初めて彼がヒースだと気付いた。

　つやつやと光沢のある黒い革鎧《かわよろい》に、短い丈のマントを引っかけている。手袋も小手《こて》も、ブーツす黒く、腰には黒鞘《くろさや》の長剣をはいている。そして、黒色の兜《かぶと》を脇に抱えていた。黒一色だと悪党みたいに見えがちだが、ヒースが従来兼ね備えている気品のおかげか、格好良さが際立っている。

「ヒースなの？　わぁ、かっこいいわね！」

「はは。面と向かって言われると照れるな。ありがとう」

照れ笑いをするヒース。ロザリーはマントの魔法紋様に目が釘付けとなった。

（さすがは貴族の息子だけあって、物が良いわね）

魔法紋様オタクの親友が喜んで大騒ぎしそうだ。けれど、ロザリーは魔法紋様には興味がないので、良い値段がしそうだなあと思っただけだった。

「お二人は、黒騎士とお知り合いなんですか？」

受付から、職員の男が身を乗り出して問う。ロザリーが初めて聞く言葉だ。

「黒騎士って？」

「ヒース様は、近衛《このえ》で最強の騎士として有名でしたので、そう呼ばれているんですよ。こちらの鎧《よろい》、ジグタリスの革でできている名工の作ですよ。本当にかっこいいよなあ」

職員は鎧《よろい》を惚《ほ》れ惚《ぼ》れと眺めている。褒《ほ》め言葉が続き、ヒースは少し困った顔をした。

「騎士は武器と防具を自前で用意しないといけないからな。入団前に自力で素材を集めたんだ」

「そういや、ジグタリスってのはどんな魔物なんだ？」

隅にいたジグリスが寄ってくる。彼は商家を訪ねる前に、ロザリーの冒険者ギルドでの銀行口座を教えてもらいたいと、待合室で待っていたのだ。

職員は魔物の情報冊子を開いて、ジグタリスの絵を見せる。

「こちらですよ。下級のドラゴン種で、推奨《すいしょう》ランクはAからですね。動きが素早く獰猛《どうもう》で、歯に毒があるので噛みつかれると危険です。けれど、肉がたいそう美味で、皮は最高級の防具の素材になります」

「うちの村の周りに、いっぱいいたでしょ？」

ロザリーが問うと、ジグリスは「ああ」と声を上げた。

「そういやあ、こんなのがうろうろしてたな。あの辺は危険地帯だから、魔物避けの香を焚《た》きながら移動してたんだ」

「一匹なら、俺でも倒せるんですがね、あいつら、仲間を呼んで集団で襲ってくるのが厄介《やっかい》なんすよ」

ジグリスの後ろから、ダビスがぼやく。ダビスはガント族だ。あの辺の魔物にも詳しいはずだ。

（レイヴァン村って岩山の奥まった場所にあるし、よく迷わずに着いたなあと思ってたけど、ダビスさんが案内したのね）

村人は余所者《よそもの》を簡単には村に入れない。ダビスがいたから入れたのだろう。レイヴァン村の人々とガント族の獣人達は、時に協力し合って魔物の群れを撃退している、持ちつ持たれつの関係だ。

「散歩のノリで退治する魔物ではない」

ヒースのつぶやきに、ロザリーは首を傾《かし》げる。

「あれは散歩というより、朝の掃除よ。ここの試験は楽勝だったわ。スライムなんて、核石を蹴り飛ばせばいいだけだもん」

スライムの肉はゼリー状で、吸水性がある。細切れにして乾燥させたものを畑に交ぜ、それから水を撒《ま》いておけば、土壌の乾燥をやわらげることができるのだ。レイヴァン村では重宝していた。

「一応、スライムは初心者向けの魔物だが、頭をゼリーで包み込んで敵を窒息死させる危険な生物でもある……と言っておこう」

ヒースが苦笑まじりに付け足す。

「そういえば、ロザリー」

ドワールがふと思い出した様子で、ロザリーに教える。

「私も旅に出てから知ったのだが、私達の故郷周辺の魔物は、討伐推奨《とうばつすいしょう》ランクがA以上のものがほとんどだそうだ。おぬしや私の村の者は、訓練中の子ども以外は、弱くてもAランクだろうな」

Aランクといえば、冒険者では強者に当たった。まさかそんなにうまい話はないと、ロザリーは笑い飛ばす。

「あはは、ドワールも冗談なんて言うのね。訓練を卒業した後なら、あんなの子どもでも狩れるのに、そんなわけないじゃない」

「嬢ちゃん、さっきの職員の話を忘れたのか。ほら！　Aランクと書いてあるぞ！」

ジグリスが職員が見せてくれた冊子を指差して、ロザリーのほうが誤解していると主張する。彼女は改めて冊子を見た。確かに、討伐推奨《とうばつすいしょう》ランクはA以上と書いてある。だがやっぱり信じられず、念のため職員に問う。

「本当の本当に？　冗談で言ってるんじゃなくて？」

「さすが、秘境出身者は常識が通用しませんね。たまにいるんですよねぇ」

職員は諦めた調子でつぶやき、遠いところを見た。

「秘境って、失礼ね。村にはちゃんとお店もあるわよ。……行商人は来ないけど」

「ど田舎《いなか》だな」

ジグリスが余計なことを言うので、ロザリーは彼をじろっとにらむ。一方、ヒースは満足げだ。

「これなら、俺達でパーティを組んでも、全く問題ない。王都周辺の魔物はBとCランクがほとんどだから、君には楽なはずだ。今日は初日だ、互いの戦い方を確認するために、閉門の時間まで魔物を狩ろう」

彼がきびきびと動いて、受付で新たなパーティの結成について申請する。

「パーティを作るのに、手続きがいるのね」

ロザリーがヒースと職員を眺めていると、ジグリスが口を挟む。

「ああ、そうするとパーティ用の銀行口座を作れるんだ。パーティを組んだ場合、そちらに報酬が支払われると聞いているぞ」

「個人用とパーティ用の口座があって、使い分けてるのね。なるほど」

冒険者ギルドの仕組みは、レイヴァン村にいるなら必要のないことばかりだが、あちこち移動しながらの仕事をするにあたっては、活用すると便利そうだ。

「パーティ名、どうする？『打倒・勇者』とか？」

カウンターで書類を記入していたヒースが振り返り、やや本気の口調で問う。ロザリーは顔をしかめた。

「やめてよ。パーティ名を呼ばれるたびに、アスカルのことを思い出すじゃない。不愉快だわ」

「ははっ、嫌われたなあ、あやつ。ロザリーが中心だから、薔薇《ばら》をつけるのはどうだ？」

ドワールの案に、ヒースとロザリーはぶんぶんと首を横に振る。

「さすがにキザすぎる」

「ねえ、こうしましょう。『ジグタリスはおいしい』」

ロザリーの提案に、ヒースとドワールは顔を見合わせた。

「まあ、確かに美味《うま》いな」

「これにするか」

特に異論もなく、あっさり決定だ。だが、これには無関係のジグリスが騒ぐ。

「いや、あんたら本気でそれでいいのか⁉　誰か一人くらい反論しろ！」

うるさいジグリスを無視して、「ジグタリスはおいしい」パーティが結成された。


それからロザリーは、ジグリスと別れ、王都の外に出た。

城壁の外には畑が広がっている。小麦をメインとして、芋《いも》や豆など、いろんな種類の作物が植えられているようだ。畑の一番外側に石垣があり、その向こうには草原や森が広がっていた。

日中は小作人が働いているが、夜は都市の中に引き揚げるそうだ。警備の兵士がいて、槍《やり》を持った男女が巡回している。魔物が欲しがるのは生き物に宿る魔力だから、作物を荒らすのは動物だ。これくらいの防壁で大丈夫なのだろう。

草原には鳥やうさぎに近しい弱い魔物がうろついている。畑に近付いてきた魔物は、兵士に倒されていた。

「普段はこんな感じで平和なものだが、たまに大量発生するんだよな。周期が決まっていて準備できるからいいものの、弱くても群れで来ると厄介《やっかい》だ」

「朱夜《しゅや》と月食は面倒よねえ」

ヒースの悪態に、ロザリーも同意する。朱夜《しゅや》――赤い月が出る夜と月食の夜は、魔物が大量に生まれるのだ。理由は分からないが、闇《やみ》の力が活性化する日だと言われている。

「いつもは憎らしい夜だけど、今は大量発生が待ち遠しいわ。狩りまくって、お金にかえてやる！」

魔物が大量に生まれるということは、多くの魔石と素材を手に入れるチャンスでもあった。その日は、ロザリーの両親も討伐《とうばつ》戦に参加するだろう。

ふいにドワールが懐《ふところ》から紐《ひも》の束を取り出して、結び目を読む。ガント族は文字を持たず、結び目に意味を持たせている。これはドワールのカレンダーだ。彼とは長い付き合いながら、ロザリーには難しすぎて、結び目の意味は分からない。

「次の朱夜《しゅや》は、一ヶ月後の満月だな。それまでは、魔物の巣《ダンジョン》の破壊依頼でも請《う》けよう。旨味《うまみ》も報酬も大きいからな」

「私、魔物の巣《ダンジョン》には入ったことがないわ」

「ロザリーなら大丈夫だろう。油断しなければ」

ドワールは慎重に付け足した。自分を強いと思い、相手のほうが弱いはずと気を抜けば隙が生まれる。そこをつかれ、弱い敵に致命傷を与えられることもあるのだ。

ドワールは魔物をよく知るからこそ、油断しないことが大切だといつも言っていた。

「魔物の巣《ダンジョン》は、罠と奇襲にさえ気を付ければ、壁に囲まれている分、防御しやすい。ま、追い詰められたら、袋叩《たた》きになるけどな」

ヒースの説明を聞いて、ロザリーはひくりと頬を引きつらせる。

「気を付けまーす」

それから、パーティでの配置を相談して、まずは並んでみた。ヒースが前衛で盾役、ドワールは斧での前衛、ロザリーは後衛での補佐だ。

弱い魔物で、お互いの動き方をチェックする。パーティ戦では、後衛からの魔法の誤爆が一番怖い。

お互いに魔法やスキルについて、情報をかわす。得意な技はもちろん、何回使えるかも分かっているべきだ。

ロザリーはMPの最大値を教えたが、HPについてはあえて黙っていた。実はロザリーの欠点は、ドワールにも教えていない。

狭い村の中で結婚を繰り返したせいで、レイヴァン村の人々には欠陥があらわれることがある。人身売買目当ての悪党にばれると村人を危険にさらすので、外では話さない決まりだ。

さっそく練習を始めたが、この辺りの魔物は弱すぎた。結局、それぞれで魔物を狩ってしまう。倒した魔物は料理に使うもの以外は売ることに決めた。小さな白い魔石が三十二個。短時間では充分な儲《もう》けだ。

魔物を倒すと、魔物の命の核――核石が魔石に変わる。

魔石の色で、魔物の強さが分かり、ランク付けされていた。白は雑魚《ざこ》、灰色は小ボス、銀は中ボス、金は魔王の側近レベル、虹色は魔王だ。

当然、魔王からしか得られない虹色の魔石は国宝級の代物《しろもの》だった。金にはかえられないほどの価値があり、所有しているだけで大きな戦力を持つとみなされ、周辺国から一目置かれる。国をあげて勇者を支援するのは、平和と魔石のためだ。

ヒースやドワールが手伝ってくれると言っても、彼らにも生活がある。まとめての売上から、ロザリーに六割、ヒースとドワールには二割ずつ分配することになった。それでもかなり破格だ。

「そんなに気に病《や》むな。借金を返済したら、何かご馳走《ちそう》してくれればいいさ。ま、一番の褒美《ほうび》は、あの勇者の悔しがる顔だけどな」

ヒースはそう言って、くくっと悪役じみた笑みを浮かべる。ロザリーは苦笑した。

（そうしていると、黒騎士というより暗黒騎士って感じ）

そういう魔物がいるのだ。魔物と比べるなんて失礼だから、心の内に秘めておく。

ヒースの言葉に乗っかって、ドワールが舌なめずりをする。

「おお、それはいい。ロザリーの料理は美味《うま》いからな」

「いいわよ。その時はジグタリスの丸焼きをふるまうわ。約束する」

いっそ村で祭りにしてもいい。カンパしてくれた村人達へのお礼もしなければいけないのだ。

(今のところ、絶望的なんだけどね……)

現実は厳しいが、落ち込んではいられなかった。ロザリーが気にしてばかりいたら、励ましてくれるヒースやドワールに失礼だ。

「ロザリーの商売がまとまるまでは、ギルドの依頼をこなしながら、こんなふうに魔物を狩るのがいいだろうな。利益が出ると分かれば、あとはあの借金取りの伝手《つて》に引き継いでもらえばいい」

「それってつまり、商人に委託するってことよね。その分の手数料をとられるけど、私がかかりきりになる手間ははぶけるわ。よーし、門で魔物持ち出しの許可が下りたら、売って売って売りまくるわよ!」

俄然《がぜん》、やる気が湧いてくる。伯父《おじ》の借金が分かってから踏んだり蹴ったりだったが、こんなに強力な助っ人ができたのは心強い。

「その調子だ、ロザリー。おぬしは元気が一番だ」

「面白そうだから、見学に行こうかな」

ドワールは頼もしげに頷《うなず》き、ヒースは好奇心を込めてつぶやく。

これで今日の魔物狩りは終わり。もろもろを合わせ、ロザリーが手に入れたのは、金貨一枚と銀貨九十八枚、銅貨四十五枚だ。

明日はもう少し遠出をして、明後日《あさって》は商売をメインで動くことに決めた。

その日、ロザリーはフワリーを引き取るため、朝早くに門へ向かった。ラッキーなことに、門番の中にロザリーを覚えていた人がいて、すぐにフワリーを持ってきてくれる。

「はい、問題なしだ。初めて見た魔物だから、王立騎士団の鑑定士を呼んで確認してもらったよ。無害判定だ、おめでとう。本当は売る前に鑑定士に審査してもらって、書類をもらうんだけどな。今回はこれで審査はクリアだ」

門番は書類を差し出した。ありがたいことに、これでロザリーが運んできた三十四のフワリーには正式な鑑定書がつく。

「ありがとうございます。あの、手数料は……？」

「手数料の代わりに、この魔物について、鑑定士が代理で発表したいそうだ。こっちがその書類ね。許可してくれるなら、サインを頼むと言ってたよ」

その書類に目を通したところ、他者に権利が発生するといったことは書いていない。本当に発表したいだけのようだ。

「これって、許可をした場合……？」

「発表する時に、新しい魔物の発見者として、あなたの名前が載るだけだよ」

「私が見つけたわけでもないのに？」

「こういうのは先着順だからな。興味があるのは、魔物学者の連中ばかりだよ。そう身構えなくていい。たとえば、君は新種スライムの発見者に興味があるかい？」

「ないですねえ」

「そういうこと」

問題がないので、ロザリーはサインした。

鑑定士の名前を見ると、Sランク鑑定士だったので驚く。世の中にはいろんな人がいるんだなと思いながら、フワリーの入った袋を宙に浮かべ、オブシディアン家に戻った。

居間に入ると、すでにジグリスが待っている。

「鑑定書が出たのか？　ついてたな」

二匹だけテーブルの上に出したフワリーは、ふわふわの真ん丸ボディーで、ピョンとはねたり、転がったりした。大きさは手の平に乗るくらいだ。

「可愛い！」

ヘーゼルが満面の笑みで、黄色い声を上げた。

「この愛くるしい綿毛ちゃんが、魔物なんですの？」

マーサも頬を緩《ゆる》めている。ヘーゼルはロザリーを振り返った。

「触ってもいい？」

「もちろん。でも、叩《たた》いたりするとすぐに死んじゃうから、そっとね。小鳥に触るみたいにね」

「分かったわ」

ヘーゼルは緊張した面持《おもも》ちで、両手でそっとフワリーをすくい上げる。

「ふわふわ～、なんて可愛いの！」

宝物みたいに両手で包み込んで、ヘーゼルは頬を赤くした。

「可愛いものと人の組み合わせって最高だわ」

「全面的に同意する」

ぽろりと零《こぼ》れたロザリーの言葉に、ヒースがシスコン発言を重ねた。

「ところで、ロザリー。あの危険地帯で、叩《たた》くだけで死ぬような魔物が生きていけるのか?」

ヒースのもっともな疑問について、ロザリーは簡単に説明する。

「村の周辺にちょっとした森があって、そこに住んでるの。綿毛に似た花が咲く木があって、上手に隠れてるわ。大きくなったら分裂して増えるから、減りすぎない程度に捕まえてきたのよ」

「なるほどね。あんまり数はいなさそうだ。希少価値が高いってことにして、価格を釣り上げたほうがいいな。密猟者の的《まと》になるのが心配だが」

ぶつぶつと思案するジグリスに、ドワールが笑いながら指摘した。

「レイヴァン村の者達が、怪しい者を近付けるわけがない。その森は村の敷地と同じだ。ロザリーは飛び抜けて強いが、他の村人も子ども以外は全員が戦士だぞ。しかも、ほとんどが魔法使いだ。魔力の扱いに長《た》けていて、普通の魔法使いよりも基礎能力が高い」

「闇金王《やみきん》とやらが目を付けるだけはあるな」

皮肉っぽくつぶやいてから、ヒースが財布を取り出す。

「とりあえず、一匹譲ってくれ。いくらだ?」

「うーん、一般人向けだったから、一匹あたり銀貨五枚くらいとか?」

これでも高価すぎだろうか。

「ありえない！」

ジグリスが叫び、顔をしかめる。

「安すぎる。有益な魔物で、希少価値が高いんだ。定価は銀貨三十枚ってとこだろう」

「そんなに!?　だ、大丈夫なの？　ぼったくりじゃない？」

「一般の富裕層と貴族を狙えば、ちょうどいいくらいだ。知り合いとは相談済だ。審査代が銅貨五十枚、今回は他の駄賃はとらないから、試しに売ってみるようにと言ってたぞ。上手《うま》くいったら、委託代を一匹につき銅貨五十枚――つまり手数料が全部で銀貨一枚だ、それだけもらえれば、あとは店のほうでやるってさ」

ジグリスはにやりと笑う。

「今日の結果次第だな。がんばってみるこった」

「ええ、ありがとう。がんばるわ！　今日一日、よろしくお願いします！」

ロザリーは大きく頭を下げた。


王都の市場通りのど真ん中に、グレシール商会という店がある。

市場通りはいろんな階層の人間や獣人が出入りする、とりわけ賑《にぎ》やかな界隈《かいわい》だ。店先に出したテーブルで、各店の店員が看板メニューを売る声が響き、耳が痛いほどだった。

「――今日はよろしくお願いします、ロバートさん」

「ええ、こちらこそ」

グレシール商会の店長は三十代くらいの爽《さわ》やかな雰囲気の男だ。ロザリーは、彼と握手をかわす。

「あの、ジグタリスさんから無理を言われてないですか？」

気にしていたことをこっそりと問うと、ロバートはゆるく首を横に振った。

「ジグリスさんのことですか？　問題ないですよ。彼は元商人ですから、無理のない範囲を分かってます。以前、災害で資金繰《ぐ》りが危なくなって、なんとか金を借りた先が闇金《やみきん》だったんですよ。それで大変な目にあいましたが、彼が相談に乗ってくれたおかげで完済できたんです。そのジグリスさんが、困っている返済者がいると言うので、恩に報《むく》いるため協力することにしました」

「へえ……」

意外すぎるジグリスの一面に、ロザリーはぽかんとする。

「今日のところは、金銭管理は私どものほうでして、そちらの契約書通り、売上からお支払いする形になります。がんばってくださいね」

「がんばります！」

販売には、小銭などの下準備が欠かせない。両替屋に行く手間がはぶけて、ロザリーとしては大助かりだ。甘えすぎかもしれないと気になるが、せっかくもらったチャンスなので、フワリーをしっかり売り込みたい。

店先のテーブルに、フワリーを一体だけ鳥籠に入れておき、黒板を添《そ》える。そこに値段や必要な餌《えさ》、限定二十九匹という触れ込みを書く。鑑定書も飾れば完璧だ。

全ての準備を終え、彼女は行きかう人々を眺める。ターゲットは、女性と子どもだ。

ちょうど良いことに、お金持ちだとひと目で分かる女性が、小さな男の子を連れて歩いている。

ロザリーはそちらに向けて、呼び込みを始めた。

「いらっしゃいませ〜。こちらのフワリー、辺境から入ってきたばかりです。王都では初の入荷ですよ。この可愛い真ん丸ボディーの小さな魔物の餌《えさ》は、なんと埃《ほこり》や食べかす、小さな虫！　部屋にいるだけで癒《いや》されて、お掃除の手間もはぶけます。そちらの奥様、お子様のペットにいかがですか？」

女性はちらっと見ただけだったが、男の子のほうが目を輝かせた。

「わぁ、可愛い！　ママ、見るだけ！」

「仕方無いわね」

子どもに手を引っ張られ、女性がこちらにやって来る。

「あら、本当に可愛らしいわね。でも、銀貨三十枚もするの？」

「ええ、そうなんです。南西部でしか見かけない希少な種類の魔物で……。あ、坊や、ごめんなさいね。この子、とっても弱いから、乱暴に扱うとすぐに死んじゃうの」

ロザリーが注意すると、鳥籠の中に指を突っ込もうとしていた子どもの手を、女性が慌てて引いた。

「こらっ、危ないでしょ。……噛むんじゃなくて？」

「いいえ。ころころと転がって、埃《ほこり》や食べかす、小さな虫を食べるだけです。大きくなると、分裂して増えますよ。たくさん集まったからって共食いすることもありません。実は辺境の村では、何百年もペットとして飼っているんです」

「そうなの？」

「ええ。この辺りでは珍しいと聞いて、売りにきたんですよ」

女性と子どもが話を聞いている様子に興味をひかれたのか、四十代くらいの男性がフワリーを見にきた。ロザリーはすかさず声をかける。

「こんにちは！　いかがですか、辺境の珍しい魔物ですよ。掃除の手間がはぶけて、見ていて可愛いペット。こんな可愛らしいペットを持ち帰れば、奥様とお子様のヒーローになること間違いなし！」

ロザリーの口上に、男性は興味津々《しんしん》の様子でフワリーを眺める。

「とても弱い魔物なので、優しく扱わないといけません。お子様の情操教育にもぴったりですよ」

子どもの教育にも良いぞとアピールすると、子連れの女性が目に見えて揺らいだ。

「今回、お持ちしたのは二十九体のみです。この機会を逃《のが》すと、入荷は当分先ですよ。みなさ～ん、お掃除ペットの魔物はいかがですか～？　限定二十九体！　希少な魔物が、一匹銀貨三十枚ですよ」

客が三人集まれば、こっちのもの。誰かがいると、他の者も興味をひかれるし、安心して寄ってくるものだ。

ロザリーは悪い笑みを浮かべそうになるのを我慢して、にこやかに雑踏《ざっとう》へ声をかける。

「いらっしゃいませ～」

子どもにねだられ、限定という響きに揺れまくった女性は、結局、一匹だけ買った。ロザリーは木箱に入れて渡すつもりでいたが、ここでロバートが、しれっと小さな鳥籠を持ってくる。

「こちら、銀貨一枚の鳥籠です。ふわふわした可愛い子が、こんな鳥籠に入って部屋にいたらどうでしょう？　家具にも合って素敵ではありませんか？」

「ええ、そうね。それに鳥籠に入れておけば、うっかり踏むこともないかしら」

女性はついでに鳥籠も購入し、フワリーを入れて帰っていった。

（さすが、激戦区の店長。抜け目がない……！）

道理で見本の個体を入れていいと、鳥籠を貸してくれたわけだ。ロザリーは戦慄《せんりつ》した。驚きとともにロバートを見ていると、微笑《ほほえ》みが返ってくる。

ロザリーはへらりと笑い返し、気を取り直して呼び込みを再開する。目新しさが良かったのか、一日で全部売り切った。

夕方になって、テーブルの片付けをしていると、ジグリスが顔を出す。

「昼間、少し見てたんだが、嬢ちゃんは商売の才能もありそうだな」

「上手なことを言って～。褒《ほ》めても何も出ないわよ」

「世辞じゃねえよ」

ジグリスはそう言い返したが、ロザリーには彼の言うことはうさんくさくて仕方が無い。

「今日の売れ行きは、初めて見るものに惹《ひ》かれただけでしょうから、たまたまだと思うわ」

慎重に答えると、彼は首を傾《かし》げる。

「さて、どうかな。普通のペットと違って、この魔物は掃除に向いてる。使い道はいくらでもあるだろう。ロバート、どうだった？」

「喜んでください、レンベール伯爵夫人がいらしていましたよ」

ロバートの返事を聞いて、ジグリスはにやりと笑う。

「それはいい。お嬢ちゃん、悪運がいいな」

「はい？」

「レンベール伯爵夫人は、社交界での流行を作る、いわばファッションリーダーなんだ。あの方が買っていったのなら、数日後には貴族の間で流行すること間違いなしってことだよ」

「ええと……？」

それがどうしたのだと首を傾《かし》げるロザリーに、ロバートが微笑《ほほえ》んだ。

「よろしいですよ、ロザリーさん。委託の件、こちらで引き受けます。ロザリーさんは商売のことは気にしないで、他の金策に励んでください」

今回で結果が出たので、ロバートが後押ししてくれることが決まった。

「ありがとうございます！　よろしくお願いします！」

ロザリーはぱあっと明るい顔になり、深々と頭を下げる。その傍《そば》で、ジグリスは愉快そうに笑っていた。

「お嬢ちゃんが稼ぐ。返済金が減る。俺の借金取りとしての評価は上がる。うん、完璧だ。エラン様も喜んでくださるぞ。はっはっは」

その図を想像しているのか、笑いが止まらないようだ。ロバートはそんなジグリスに苦笑している。

「あはは……」

ロザリーも反応に困って、苦笑いを浮かべた。彼がロザリーを助けるのは、ジグリス自身のためでもある。それでも、助けてくれるだけありがたい。

そこへ、ヒースとドワールが歩み寄ってきた。

「なんだ、そこの借金取りは、何を高笑いしてる？」

「あら、ヒース。実はね……」

フワリーが完売したことと、レンベール伯爵夫人のことを伝えると、ヒースも悪い顔になる。

「そうか、かの伯爵夫人は、社交界では王妃様に次いで人気がある。良かったな。これならもっと早く来るんだった。見学しようと思ったのに、もう店じまいとは」

残念がりながらも、ロザリーにねぎらいの言葉をかけてくれた。

「ありがとう」

「これで、あの勇者をぎゃふんと言わせる道へ、一歩近付いたわけだ。くくく、最高じゃないか」

ジグリスとともにヒースが意地悪に笑うと、なんだか悪の大幹部が集合しているようだ。ロザリーは苦笑を深くする。そんな彼女の様子を、ヒースが不思議そうに見た。

「もっと喜べばいいのに。そういえば、君はあまり恨み言を言わないな」

「まだ整理できてないの。ヒースみたいに吹っ切れたら、いっそ楽なんでしょうね」

ロザリーは地面を見つめる。

今はまだ、「なんで？」とか、「どうして？」とか、答えの出ない問いをし続けていた。そして遠のいてしまったアスカルの姿に、どうしようもなく悲しさを覚えるのだ。

彼女の頭にドワールがぽふっと大きな手をのせた。

「そう落ち込むな、ロザリー。人の気持ちなんて、簡単なものではない」

「それに、怒ってる人を見てると、私のほうは冷静になっちゃって」

「分かるぞ。だが、ヒース殿は前向きな復讐をしたいと言うから安心だ。でなければ私は手伝わなかった」

ドワールの表現に、ロザリーは困惑する。

（前向きな復讐……？）

復讐という時点で、かなり後ろ向きな気がする。しかし、ドワールの言う通り、ヒースはアスカルを陥《おとし》れたいのではなく、ロザリーを助けることでアスカルを悔しがらせようとしているのだから、方法としては人道的だ。

「ロザリーのおかげだ。もしヘーゼルが死んでいたら、俺はあいつを殺してた」

「ヒースはアスカルに治療を頼みに行ったのよね？　もしかして、断られたの？」

「ああ。治療はものすごく精神力と体力を消耗するらしくてな。俺の頼みに使う余力はないと鼻で笑っていた」

「アスカル、私が教えた時、真面目に聞いてなかったからなあ。練習してコツを掴めば簡単よって言ったら、急に怒り出して……」

そういえば、昔からそういうことがたびたびあった。どうしてだろうかと、ロザリーは今更疑問に思う。するとドワールが、訳知り顔で言った。

「努力家で天才肌のロザリーに、男の自尊心をえぐられた、というところかの。もう少し素直な性格だったら、アスカルの能力は研鑽《けんさん》されていただろうにな。ヴァイオレット家の魔法使いという自負のせいか、両親以外からの教えには耳を貸さないところがあった」

これにヒースも同意する。

「ああ、あの男に助言すると、鬱陶《うっとう》しがられたな。しかし、ロザリーに簡単だと言われることについては、多少は同情するよ」

「え？　でも、練習すれば簡単……」

「君が特殊なんだと言ってるだろう。さ、仕事が済んだなら帰るぞ。今日はバーベキューだ」

ヒースは会話を切り上げ、縄でぶら下げている鳥とうさぎの魔物を持ち上げてみせた。ドワールが犬歯を見せて、にかりと笑う。

「外で魔物狩りをしてきたのだ。今日はがっつり食べるぞ。ロザリー、ストレスには肉がいい」

「ドワールが肉を食べたいだけでしょ。お祝いでもなんでも、いつも肉じゃない」

「肉は活力の源《みなもと》だ。当然だろう」

開き直ったドワールは、ふふんと胸を張った。ロザリーはテーブルを示す。

「ここを片付けたら戻るわ」

「では、先に帰って準備しておくよ。借金取り、君の助けがあったからだ。護衛の彼とともにうちに寄ってくれ。ご馳走《ちそう》しよう」

「おお、それはありがたい。さすが、貴族は評価のしかたが分かってるな」

ヒースに夕食を誘われたジグリスは、にんまりとした。ヒースとドワールは雑踏《ざっとう》に向かう。ドワールはバーベキューが楽しみなのか、尻尾がふっさふっさと揺れていた。

しばらくして片付け終わった頃、ロバートが代金の入った革袋を手に、ロザリーに話しかけてくる。

「今回、審査代が不要でしたから、売上を全額お渡ししますね。ちゃんと税金分はよけておいてください」

「え、税金……？　素材を売っていたけど、そんなこと言われたことないわ」

「それは窓口で引かれているんですよ。しかし、こういう商売だと別なんですよね」

ロバートが困り顔をすると、ジグリスが口を挟んだ。

「嬢ちゃん、村には店があっただろ？　聞いたことはないか？」

「だって、レイヴァン村は自治だもの」

「そうか、税金を払う必要がなかったんだな。ロバート、手数料を取っていいから、帳簿付けと税金の支払いも代理でやっておいてくれねえか。無理を言って悪いが」

ジグリスが頼むと、ロバートはにこやかに了承した。

「手数料をいただけるなら、構いませんよ。書記官の報酬に上乗せするだけなので」

「すみません、ショキカンってなんですか？」

ロザリーが問うと、ジグリスが説明してくれる。

城や領主家、役場や大きな商家では帳簿を付ける専門の人を雇っており、それを書記官というのだそうだ。小さな商店なら、店主が帳簿付けをしていることがほとんどらしい。

「なるほど、そういうことなら、書記官さんにお願いしようかしら……。私、甘えすぎですか？」

「人に仕事を任せるのは、甘えるとは言いませんよ。こっちも手数料は取るわけですし」

「そっか。そうですね」

「しかし、私がジグリスさんの紹介という、信用のある人間だからいいですが、普通はもっと気を付けて頼まないと駄目ですよ？　相手がよく知らないのを良いことに手数料を多くふんだくる人もいるので」

「ええ、そうですね。ご忠告ありがとうございます」

丁寧にお礼を言ったロザリーだが、今の状況はとても不思議だった。借金取りの伝手《つて》で、安全に仕事をしているなんて、いったいどういうことなんだろう。


その夜、オブシディアン家に戻ると、ロザリーはすぐに両親宛てに手紙を書き、魔法で鳥にして飛ばした。庭に出てから空に放ったので、皆が魔法の軌跡《きせき》を目で追う。

スズカケの木の下に椅子を並べ、すでに仲間達はビールやワインで乾杯している。煉瓦《れんが》を積んで簡単な炉《ろ》にし、金網をのせ、そこで肉や野菜を焼く。いいにおいに、空腹が刺激された。

「伝書鳥の魔法か。親に連絡を？」

ヒースが火から離れたテーブルでワインのお代わりをつぎつつ、ロザリーに話しかける。

「ええ。滞在先が決まったことと、商売が上手《うま》くいった報告をね。両親も村の周辺で魔物を狩っているから、それを売りがてら、フワリーを届けてくれるって言っていたの」

「フワリーが届いたら、ロバートの店に運んでくれ」

声が聞こえていたのか、ジグリスが口を挟んだ。肉をもごもごと頬張りながら言うので、ちょっと聞き取りづらい。

「分かったわ」

「お父様がいらしたら、こちらに泊まっていただければよろしいですよ。ねえ、若君」

新たに肉を切って運んできたマーサが、ヒースに提案し、彼が頷《うなず》いた。

「ああ、そうだな」

「決まりです。さあ、皆さん、肉の追加ですよ」

マーサの声にドワールがすかさず寄ってきて、肉を金網にのせて焼き始める。ヒースはワイングラスを手に火の側に戻り、ふと思い出したように言った。

「そういえば、情報屋を当たってみたら、君の伯父《おじ》は他の者からも追われているみたいだったぞ。おそらくエランの配下だろうが」

「そうだろうな」

ジグリスも同意する。ロザリーは身を乗り出す。

「何か進展があったの？」

「ようとして知れずってやつだ。幻《まぼろし》の魔物かってくらい、あっという間に逃げるみたいだな。一週間前の目撃情報なんてゴミだ。情報が入ったら教えるように頼んでおいた」

ヒースはそう話し、ヘーゼルやマーサに焼けた肉や野菜を取り分けてやっている。ロザリーの分も皿にのせて、自然と差し出してくれた。

「ありがとう。でも、貴族の人に給仕されて大丈夫なのかしら」

「貴族の子であっても、俺達には爵位もない。血筋が良いだけの宙ぶらりんだな。気にするな。それとも、焼き加減が気に入らなかったか？」

「ううん。私はしっかり焼く派だから、ちょうどいいわ。ありがとう。うん、おいしい！」

皿の隅に塩を入れて、肉を軽くつけて食べる。うさぎの魔物肉だろう。噛むと、ほろっとやわらかく、くせがないので食べやすい。

今日もよく働いたロザリーは、肉をがっつり食べたい気分だ。一方、ヘーゼルとマーサは野菜を中心に食べている。

ドワールがトングをカチカチと鳴らす。

「ロザリー、まだまだあるから焼いてやろう」

「鶏肉をよろしく！」

「分かった」

「ドワール様、俺がしますよ！」

火の前から離れないドワールにダビスが焦《あせ》っているが、ドワールはいいから座れと追い払う。ドワールは肉のことになるとかなりうるさいから、任せておけばいい。

お腹が少し満たされると、ロザリーは話を戻した。

「さっきの話だけどね。ケインズ伯父《おじ》は、それは逃げ足が速いの。お母さんの追跡すら振り切るのよ。なかなか苦労すると思うわ」

「まったく、君の村の住人はただ者じゃないな。勇者もしかり」

呆《あき》れを込めてつぶやくヒースに、ドワールが口を出す。

「アスカルは、レイヴァン村の創始者――紫の目の魔法使いの末裔だからなあ。数百年前、初代が住みついた時、ガント族と喧嘩《けんか》になったが、魔法使いが勝ったのだ。それで近くに住むことを許されたわけだよ。化け物みたいな魔法使いだったと、今でも語り草だ。ロザリーのようだったと思えば、納得だがな」

「もうっ、私はそんなにすごくないってば。だいたい、直系一族はアスカルの家で、うちは遠縁よ」

「先祖返りではないか？　魔力を扱う固有能力が村一番なのは事実だろう」

ドワールがロザリーに言い返すと、ヒース達が唖然《あぜん》とした。

「え？　ちょっと待て。固有能力？」

「ロザリー、あなたの魔法の扱いが神がかっているのは、親から子へしか引き継がれない能力のおかげなの？」

ヒースに続いて、ヘーゼルも腰を浮かす。

「そうよ。それがどうかしたの？」

「どうかしてるのは、君のほうだ。修練で身に着けた能力も素晴らしいが、固有能力なら話が違ってくる」

「どういうこと？」

何をそんなに気にしているんだか、ロザリーには分からない。どういうことか、ヒースが真面目に話し出した。

「子どもに受け継がれる固有能力を持つ民《たみ》は貴重な国の戦力だ。ところが借金のせいで、君が他国に嫁《とつ》ぐ。すると、貴重な能力がそちらに漏《も》れるわけだ。貴族の血を引く身としては、国の大きな損失を見過ごせない」

そんなことを言われてもと、ロザリーは面食らう。

レイヴァン村の人々が持つ固有能力が、とても貴重なのは知っている。なんと言っても、紫の目の魔法使いから受け継がれてきた能力だ。あの魔法使いは特異な存在だったから、迫害を逃《のが》れて、あんな辺境に住み着いたのである。

だが、国の損失と言われると、そこまでのことだろうかと首を傾《かし》げてしまう。彼女は自分をただの田舎者《いなかもの》だと思っているのだから。

ロザリーがピンと来ていないのが分かったのか、ヒースが手を振った。

「分かってないことは分かった。いいよ、君は気にしなくていい。目的は同じだ。勇者をぎゃふんと言わせる方向で、借金返済に励めばいい。俺達の本気度が変わっただけだ」

「ええ。どこの国の側妃か知らないけど、強力な固有能力を持つロザリーを、王家へお嫁に出すのは問題だわ。数年後、戦力の差が出てきてしまう。あなた達が辺境にいたおかげで、今までは影響がなかったのよ」

ヘーゼルは深刻そうにつぶやく。固有能力が狙われることは、ロザリーも知っていた。

「人身売買目当ての賊の襲撃は、たまにあったわよ。でも、村人は皆が戦士だもの。協力して追い払ったわ」

「それをこなせるレベルで強いんだ。危機感が増すな……」

「そもそも、ロザリー自身がかなり強いものね」

「ああ。戦《いくさ》では絶対に会いたくないタイプの魔法使いだ」

双子は話し合い、結局、本腰を入れてロザリーを応援することに決まった。

「ロザリー達の自由を守るためにも、国には固有能力について報告できない。ヘーゼル、俺達でがんばって助けよう」

「そうね、ヒース。私、はりきって魔法薬を作るわ」

「俺は伯父《おじ》の行方《ゆくえ》を探しつつ、エランのことも探《さぐ》ろう。後ろ暗いところがありそうだ。叩《たた》けば埃《ほこり》くらい出るだろ。騎士団の知人にも当たってみるか」

話がまとまり、ヒースが提案する。

「とりあえず、金策のために、しばらくは魔物の巣《ダンジョン》つぶしの依頼を中心にこなそうか」

「質問。魔物の巣《ダンジョン》つぶしって何？」

そこでロザリーは、右手を軽く挙げて問う。

てっきり魔物の巣《ダンジョン》に入って、魔物を狩るのだと思っていた。けれど、つぶすという表現を聞くに、それと違うように思える。

ヒースは面倒くさがることもなく、丁寧に教えてくれた。

「たまにな、洞窟や廃墟に住みついた魔物が、群れとなることがある。王と呼ばれる最も強い種をリーダーに据《す》えて、おこぼれ狙いの魔物がその配下につくんだよ。巣を守る手助けをする見返りに、餌《えさ》を分けてもらってるんだ。中には罠をしかける魔物もいて、駆除がなかなか大変になる」

ドワールがそれに続く。

「これは少数精鋭で片付けることになっているのだ。昔、中で見知らぬ冒険者同士が鉢合わせて、魔物と勘違いして殺し合いになる事故が続いてな。魔物の巣《ダンジョン》を見つけたら、すぐに国と冒険者ギルドに報告が来て、それぞれで分担してパーティを向かわせるんだよ。魔王退治だって、ある意味では魔物の巣《ダンジョン》つぶしと似たものだ。あれを終えた後も、勇者を遊ばせるわけにいかぬゆえ、他の巣をつぶさせているというわけだな」

「苦労に見合った報酬が出るのは魅力的だ。魔物の素材もたんまり手に入る。ロザリー向きだろ？」

そう言ったヒースに、ロザリーは頷《うなず》いた。

「そうね。魔物の巣《ダンジョン》つぶしはしたことがないから、ヒースとドワールにはお世話になるわ。よろしくご指導ください」

「君は素直でいいね。あいつに聞かせてやりたいよ」

ヒースの皮肉に、ドワールはペタンと耳を寝かせる。

「あやつはそんなふうにさまざまにロザリーと比較されておったからな。ひねくれてしまったのは、そのせいもあるかもしれぬ。だからとはいえ、私はもう付き合いきれぬが」

「それってつまり、アスカルが嫌な人になったのは、私のせいなの？」

「あわわ、落ち込むな、ロザリー。違うぞ。おぬしはおぬしで、がんばっておっただろう。アスカルはおぬしを好きだと言いながら、何かと否定していた。おぬしの自己評価の低さは、どう考えてもあやつのせいだ」

励ましのつもりなのだろうか、ドワールが焼けた肉を皿に山盛りにして、ロザリーに押しつけた。

「ろくでなし勇者め。ほら、ロザリーも飲むぞ。商売の成功を祝して、乾杯だ」

ヒースも悪態をつき、ロザリーにワイングラスを渡す。彼女は慌ててどちらも受け取ったものの、肉の皿がかなり重くて、急いでテーブルに置く。

「ええと……乾杯？」

ロザリーがおずおずとグラスを掲《かか》げると、皆、空へグラスを突き上げた。

「乾杯！」

三章　ロザリー、いちゃもんをつけられる

ロザリーが両親へ手紙を送ってから、一週間後。

オブシディアン家の小さな屋敷に、父イアンが訪ねてきた。フワリーや魔物の素材や魔石をたずさえている。

すぐに帰ると言うので、ヘーゼルが驚いて引き留めた。

「あら、もうお帰りになるんですか？　お疲れでしょう、泊まっていかれてはいかが？」

「お気遣いに感謝します、お嬢様。これを売ったら、すぐ村に戻る予定なのでお構いなく。それから皆さん、お世話になって申し訳ありませんが、どうか娘をよろしくお願いします」

イアンはオブシディアン家の面々に丁重にあいさつしてから、フワリーの引き換え用書類をロザリーに渡す。

魔物は門で三日の様子見をする決まりだ。イアンがいなくても、書類があれば引き取りに行ける。

「そうそう、ドワール君、アリシアちゃんからだよ」

それから彼はドワールに瓶《びん》と紐《ひも》の束を渡した。アリシアというのはドワールの妻だ。

「おお、肉のハーブと酒漬けか！　アリシアの作るものは美味《うま》いのだよな。手紙まで届けてくれてありがたい、イアン殿」

「魔法で凍らせておいたから、肉は腐っていないと思うよ。でも一応、気を付けてね」

ドワールはうむと頷《うなず》くと、紐《ひも》の結び目を読み始める。ロザリーは彼の手元を覗《のぞ》き込んだ。

「アリシア姉さん、何か急用なの？」

「いや、ロザリーをしっかり助けないと怒ると言っている。アリシアはおぬしに激あまだからな。子ども達は元気にしておるようだ。ほら見ろ、このたどたどしい結び目！　息子からの手紙だ」

彼は紐《ひも》の束のうち一本を取り出して、ロザリーの前に掲《かか》げる。他の紐《ひも》が几帳面《きちょうめん》な結び目なのに対し、結び目の間隔がアンバランスだ。

「なんて書いてあるの？」

「がんばって、だと」

ドワールのいかめしい獣顔が、でろっと溶けている。それをベルトに下げているポーチにいそいそと仕舞い込んでいた。

「私も皆に会いたいわ。獣人の子って、すぐに成長しちゃうでしょ？」

「十二で大人と変わらぬからな」

彼らの結婚が早いのは、成長が早いせいだ。大人になると成長がゆるやかになり、人間と変わらないくらい生きる。

二人の話をにこにこと聞いていたイアンが、少し申し訳なさそうに切り出した。

「それじゃあ、僕は帰るよ。次は一ヶ月後に来る。あまり捕まえすぎると、フワリーがいなくなるからね。ロザリー、無理しないように」

「お父さん達も」

イアンはロザリーとハグをかわす。そして、イアンはジグリスとともに屋敷を出ていった。今回の売り上げを、そのままジグリスに渡してから帰るらしい。

「山のような素材を平然と運んできて売っていくんだ。君の両親も常識外れのようだな」

屋敷の門でイアンの後ろ姿を見送り、ヒースが感慨深そうにつぶやく。

「ヒース殿、そもそもロザリーが武術や魔法を教わったのは、両親にだぞ。強いに決まってる」

ドワールの指摘に、ヒースはなるほどと頷《うなず》いた。ロザリーはフワリーの書類を見下ろす。

「三日後まで時間ができたわね」

「書類はヘーゼルに預けて、明日から次の魔物の巣《ダンジョン》に行こう。武器の手入れも済んだし、休息も充分とれたからな。ヘーゼル、フワリーの引き取りと、店への届けを任せていいか？」

ヒースの問いに、ヘーゼルはにこやかに了承した。

「ええ、分かったわ。任せて」

「私もお手伝いいたしますよ、若君」

マーサも名乗り出てくれ、話がまとまる。ロザリーはぺこっとお辞儀をした。

「よろしくお願いします、二人とも」

「いいのよ。私は戦えないから、魔物の巣《ダンジョン》には一緒に行けないもの。王都でできることは手伝わせてちょうだい」

「ヘーゼル、ありがとう！」

おっとりと優しいヘーゼルを拝《おが》むと、彼女に苦笑される。

「明日から、次の魔物の巣《ダンジョン》ね。腕が鳴るわ」

ロザリーはやる気に満ち溢れていた。

実はさっきまで、次の仕事に向けて打ち合わせをしていたのだ。

この一週間は、ランクの低い魔物の巣《ダンジョン》にチャレンジした。

当初、魔物の巣《ダンジョン》に挑《いど》むのが初めてのロザリーは、ぎこちなかった。レイヴァン村の周囲は草原か岩場がほとんどで、彼女は暗くて狭い洞窟で戦ったことがなかったのだ。明かりの魔法を灯《とも》していても、奥の暗がりから飛び出してくる魔物に驚き、距離感を誤れば壁にぶつかる。ヒースは長剣を、ドワールはハルバードを武器としているが、場所によっては短剣や手斧に持ち替えていた。

ロザリーは魔法使いなので武器を変える手間はないが、狭い場所で魔法が誤爆すると全員が危険なので、常に緊張していたのだ。

体力よりも精神面で疲れる仕事だった。

そして連携をとるコツを掴んだ。

行き帰りの移動に一日ずつ使い、三日で魔物の巣《ダンジョン》を制覇して、二日を休息に充てる。武器や防具も手入れをしないといけないから、魔物の巣《ダンジョン》つぶしを終えたら、最低でも三日は町で休むルールにした。

無理は怪我や体調不良につながる。適度に休息を入れるほうが安全だし、結局は効率が良いのだとヒースから教わっていた。

「ヒース殿の仕事のしかたは、冒険者というより兵士のようだな」

「俺は騎士のほうが長いからな。時には無理を通さねばならないこともあるが、そうでない時は休息も仕事のうちと考えているよ」

ヒースの真面目な性格は生活にもあらわれていて、彼は常に規則正しく動いている。そんな彼が言うことには、説得力があった。

ロザリーは休んでいると、どうしても借金のことが気になって焦《あせ》るのだが、次の魔物の巣《ダンジョン》つぶしへの準備期間だと思うことで、なんとか落ち着きを取り戻している。

「ヒースと知り合えて良かったわ。私一人だったら、無茶をやらかして倒れていたかも」

「役に立てているようで何より。この調子で、勇者をぎゃふんと言わせよう」

「……う、うん。真っ黒い笑みね」

ヒースの鋭い怒りを見ていると、ロザリーの気持ちは静まるのだ。

(こんな人達を敵に回して。アスカルってば、何やってんの?)

この調子では、王宮でも敵を作っているのではと心配になる。

(ああ、また。あいつの心配なんか、しないいんだから!)

大神殿でこりたはずなのに、無意識に考えてしまう。

ぶんぶんと頭を振って、アスカルのことを頭の中から追い払うと、彼女は気を取り直してヘーゼルにもお礼を言った。

「ヘーゼルも、魔法薬を用意してくれてありがとう」

「いいのよ。それに、材料はロザリーが採《と》ってきてくれるんですもの、とても楽をしているわ。余ったら仕事の分に回しているし」

奇病が治ったことで体調が落ち着いたヘーゼルは、さっそく魔法薬の調合師として腕を振るってくれている。

「ロザリー、私にはないのか」

「もちろんドワールにも感謝してるわよ。索敵《さくてき》が得意なおかげで、魔物からの奇襲を避けられるもの」

ドワールにもお礼を言うと、彼はにんまりした。彼は狼の獣人なので、鼻がきく。魔物の巣《ダンジョン》つぶしでは非常に助けられている。

「それからマーサさんも。ごはんがおいしいから、がんばれるわ」

マーサは嬉しそうに微笑《ほほえ》んだ。

「まあ、ありがとうございます」

「ごはんと言えば、あのオーブン焼きがまことにおいしかった。ちょっと出かけて、肉を手に入れてくる。後で料理を頼んでよろしいか」

「いいですよ、ドワールさん。できれば香草も摘《つ》んできてください」

「承知した」

ドワールはにかりと破顔し、屋敷を出ていく。王都の外に行くようだ。ヒースが止める暇もなかった。

「今日は休息日なんだが……」

「ヒース、止めても無駄よ。ドワールにとっては、お肉をたくさん食べるのが一番の疲労回復法なんだから」

「それなら仕方が無いな」

ヒースが苦笑して、ヘーゼルとマーサがくすくすと笑う。この家で過ごす穏《おだ》やかな時間のおかげで、ロザリーの気持ちはだいぶ癒《いや》されてきた。

「私はロバートさんの店に出かけてくるわ。マーサさん、何かお遣いはありますか？」

「それなら野菜をお願いします。こちらがメモです」

「分かりました。では、行ってきます」

ロザリーははりきって町へ向かうと、ロバートにフワリーの件を伝える。そして、翌日からまた魔物の巣《ダンジョン》つぶしに出かけたのだった。


十日後、仕事を終えたロザリー達は、王都に戻ってきた。

前回よりも規模の大きな魔物の巣《ダンジョン》だったので、その分、時間も長くかかっている。一日の休息をとり、ロザリーが店を訪ねると、ロバートがにこやかに出迎えてくれた。

「アスコットさん、こんにちは。良いお知らせと悪いお知らせがありますが、どちらから聞きたいですか？」

開口一番の問いかけに、ロザリーは面食らう。ロバートは背が高く細身で、三十代半ばくらいの男性だ。人が良さそうなのに、にこにこ笑顔で考えが読めない。くえない商人といった雰囲気に身構えてしまう。

少し迷い、ロザリーは口を開いた。

「ええと……では、良いお知らせからお願いします」

「はい。目論見《もくろみ》通り、社交界で流行《はや》り始めたようで、フワリーの入荷はまだかと、問い合わせが多く来ていますよ」

「そうなんですか、良かった！」

喜びで表情を明るくした彼女だが、すぐにまだ油断ならないと思い直す。悪いお知らせのほうが待っている。

「悪いお知らせって、もしかして委託の取引をやめるとか？」

「そうではありませんので、ご安心ください。では悪いお知らせを。フワリーが弱くて死にやすいことに、ぼったくりだとクレームが入っています」

「クレーム」

良くない響きだ。ロザリーの胸が騒いだ。

「それじゃあ、あの……もしかして返金とか？」

「ええ。彼らが騒いで営業妨害までするので、今回は返金して、ブラックリストにのせました。他の店にも情報を回し、場合によっては出入り禁止にしようかと」

ロバートは微笑《ほほえ》んでいるが、言っていることは容赦《ようしゃ》がない。

(こわぁー。王都のど真ん中で店をやってるだけあって、一筋縄ではいかない感じ)

背筋を震わせ、ロザリーは無意識に姿勢を正す。ロバートは苦い顔をした。

「申し訳ありませんが、その分だけお代から引いています」

「それは構わないんですけど、騒ぐって……？　ものを壊すとか？」

「大声で怒鳴りちらしていただけですが、店先でそんな真似をされると迷惑ですからね。それが一件なら分かるのですが、三件も続いたので、こちらで調べました」

「はあ」

調べたのか。それはすごい。商人の情報網、あなどるなかれ、である。

「どうやら彼らは、姫様の手先のようです」

「お姫様？」

寝耳に水だ。信じられなくて、慎重に確認する。

「アスカル――勇者が私に嫌がらせをしているんじゃなくて、お姫様なんですか？」

「ロザリーさんの事情は、ジグリスさんから聞いております。私も最初は勇者様の仕業《しわざ》かと思ったのですが、姫様の侍女の家につながりましてね。どうやら元婚約者のあなたのことを、あちらも調べていたらしいです。商売が上手《うま》くいくのを見て、邪魔したくなったようですよ」

「なんでそんなことを？　私は平民ですし、あんな雲の上の人からすれば、ぺんぺん草みたいな存在じゃないですか。そもそも、婚約者を奪ったのは、あっち……」

どうしてそんなことをするのか、ロザリーには分からない。これにはロバートもお手上げに見える。

「申し訳ありませんが、男の私には、女性の考えることはよく分かりません。ただの想像ですけれども――」

「はい」

「婚約者がいるのに、勇者様を奪った。それは、世間的に見れば外聞が悪いことです。その上、あなたが辺境にいれば何も問題がなかったのに、王都に出てきてしまった。ちょっとした拍子に実情が漏《も》れれば、姫の評判はガタ落ち。それを防ぎたいのでは？」

ロバートの予想を聞いて、やっとロザリーにも理解できた。

「えっと、つまり私のことが話題になると、私と勇者の関係が明るみになるかもしれないから、商売を失敗させて、とっとと王都から追い出そうとしているという意味ですか……？」

「想像ですよ？　しかし、ロザリーさんは平民ですし、今は借金問題を抱えています。王族が脅威《きょうい》に感じる要素はありません。もし気にするとすれば、勇者様との関係、この一点だけです。姫様は治癒《ちゆ》魔法に長《た》けた清らかな方だと評判ですからね」

婚約者のいる相手を奪ったとなれば、清純派のイメージは一気に塗り替えられるだろう。

（イメージダウンで、恥をかくわけね。なるほど。でもさ、それってておかしくない？）

ロザリーは眉根を寄せる。

責められるべきはロザリーではなく、婚約者がいるのに、姫に乗り換えた勇者だろう。アスカルが正規の手続きを踏んでロザリーと縁を切り、それから姫と婚約すればこんな面倒なことにはなっていなかったはずだ。

（アスカルが悪い。いや、どっちもどっちだわ。二人とも、理性的だったら良かったのよ！）

ぐわっと怒りが込み上げてきた。そこでロバートが気遣わしげにこちらを見ているのに気付いて、落ち着きを取り戻す。

「ロザリーさん、大丈夫ですか？」

「は、はい、大丈夫です。続けてください」

「ええ。ああいったやんごとない方は、自分では手を下しません。これからも人を使って何かしら邪魔をしてくるでしょうね」

せっかく軌道に乗ろうかというところで足を引っ張られ、しかもロバートの店にも迷惑をかける形になって、ロザリーは落ち込んだ。深々と頭を下げる。

「ご迷惑をおかけします。ええと、どうすれば？」

委託契約を切られるかもしれない。そう覚悟して問いかけたが、ロバートは質問を質問で返す。

「あなたならどう対策しますか？」

「え？　空気を読んで、委託をやめて身を引けって意味ですか？」

意図をはかりかねて訊《き》くと、彼はまさかと首を横に振る。

「そんなことは言ってませんよ。この程度の嫌がらせ、商売をしていれば時折あります。そのたびに業者と契約を切っていたら、こちらの信用がガタ落ちじゃないですか。あんまりひどい時はお願いするかもしれませんが、今のところは大丈夫ですよ」

思った以上に、ロバートはたくましい商人のようだ。

「もしあなたが店主だとして、どうするかをお聞きしたいのです」

つまり、これからも商売関係を続けていくにあたり、ロザリーが取引に値《あたい》するかを見極めたいという話らしい。責任重大だ。彼女はしばし黙り込んで考える。

「そうですね、私なら言質《げんち》をとります」

「ほう」

ロバートは面白そうに、にやりと笑う。続けるように促《うなが》され、ロザリーは頷《うなず》いた。

「まず、きちんと説明します。その後、購入後のフワリーの管理責任はお客さんにあるという念書にサインしてもらうんです。控えをこちらで管理すれば、何かあった時に対処しやすいかなって」

「ふふ。筋が良いですね。こちらでもその対応に変えました。納得しての購入です。もし、ただのいちゃもんでしたら、こちらも裁判所に訴え出られますからね」

ロザリーは挙手する。

「更に防御したいです！　魔物学者さんに依頼して、フワリーの調査報告を出してもらうんです。安全な生き物だと分かれば、フワリーが危険だというクレームは抑えられるかと」

そう、問題はフワリーは弱いとはいえ、魔物だという事実だ。もし次に嫌がらせをするなら、あの生き物がいかに危ないかを訴えるに違いない。

そう思ったロザリーの提案に、ロバートは目をみはった。

「ほう。その案はありませんでした」

「フワリーのことを、私の代理で発表したいっていう魔物学者さんがいたんです。王立騎士団に所属されている鑑定士さんらしくて。そちらに一匹差し上げる代わりに、引き受けてもらえないか頼んでみようかと思います」

「なるほど。王立騎士団には伝手《つて》がありますので、紹介を頼んでみましょう。急いで動いたほうがいいですね、少しここでお待ちいただいても？」

「はい。よろしくお願いします」

三十分ほどして、ロバートは紹介状を手にして戻ってきた。門で知人の名前を出して、この書状を渡せば話が通るはずだというので、ロザリーはすぐに出かけていった。


王立騎士団にやって来たロザリーは、門番に騎士の名前を告げて、紹介状を渡した。手紙を読んで、緊急の用件だと分かった騎士の青年は、急に来られるのは困るけど仕方無いと言って、魔物学者のいる研究室に案内してくれる。

「あなたが、あのフワリーという魔物を持ち込んだ方ですか！　どうぞ！　お話を詳しくお聞きしたかったんですよ」

魔物学者は二十代後半くらいの青年で、銀髪を後ろで束ね、瓶底《びんぞこ》眼鏡をかけていた。騎士の制服を身にまとっているのに、なんというか……もさい。

案内の騎士に丁重に礼を言い、ロザリーはお茶をご馳走《ちそう》になりながら、さっそく用件を切り出した。

「――なんと！　銀貨三十枚のフワリーを、タダでくださるんですか？」

「ええ。その代わり、安全性について、詳しい調査報告書を書いていただきたいんです」

「なるほど、クレーム対策ですね。分かりました。丁寧なものだと一週間は必要なので、また一週間後の夕方頃にいらしてください。――ああ、素晴らしい！　分裂して増えるなんて、どういう生態なのか。ところでこの魔物の生育環境は？」

魔物学者は喜んで引き受けてくれたが、ロザリーを質問攻めにした。

一通り答え、げんなりしつつロバートの店に戻る。彼はすぐに奥から出てきて、ロザリーに結果を問う。

「どうでした？」

「引き受けてくださるそうです。結果は一週間後になるので、売れ残っているフワリーはこちらで引き取ります」

「そういうことなら、こちらの倉庫に置いておきますよ。埃《ほこり》を食べてくれるなら嬉しいですし、私も増えるところを見てみたいです」

ロバートが好奇心でそわそわした態度になったので、ロザリーは微笑《ほほえ》ましくなる。

「いいですよ。大きい個体を選んで観察してください。ぶるぶると震え始めたら、分裂の前兆です」

「そうなんですか、楽しみです」

ロバートにフワリーのことを頼み、彼女はマーサに頼まれた野菜を買ってから帰路についた。

「ロザリー、随分遅かったな」

オブシディアン家の門を開けたところで、庭からヒースに声をかけられた。ラフな服装をしたヒースとドワールが、スズカケの木陰《こかげ》に椅子を並べて、お茶を飲みながら雑談している。

「二人はすっかり仲良しになったのね」

まるで親友みたいな二人の様子に、ロザリーの顔に自然と笑みが浮かぶ。ヒースはドワールのほうを見た。

「ドワール殿とは、勇者のパーティにいた頃から親しくさせていただいている。礼儀正しい方だから尊敬しているよ」

「ははは、おぬしのほうが余程真面目だ」

面映《おもは》ゆそうに目を細め、ドワールは歯を見せて笑う。ロザリーやヒースはなんとも思わないが、鋭い牙が丸出しなので、子どもなら泣き出しそうな笑い方だ。

「それで、何かあったのか？」

ヒースが問うので、ロザリーは店であったことを教えた。瞬《また》く間に彼の顔が強張《こわば》る。

「姫様が邪魔を……？　あの方は、どれだけ恥知らずな真似をすれば気が済むんだ」

「分かりやすく権力者だな。して、どうする？」

「正攻法で防御するわよ」

Sランク鑑定士を味方につけたことを話すと、ヒースとドワールは唖然《あぜん》とした。

「君は悪運だけは強いな」

「さすがだ、ロザリー」

訳の分からない褒《ほ》め方をするドワールに、ロザリーは内心で首を傾《かし》げた。

「そんな感じだから、心配しないで」

そう返すと、ドワールは頷《うなず》く。

「ああ、分かった。ところで、そろそろ朱夜《しゅや》が近いから、レイヴァン村に戻ろうと話していたのだ」

「レイヴァン村に？」

出稼ぎのために王都へ出てきたのに、どうして村に戻るんだろうか。不思議に思ってドワールを見つめると、ヒースがどういう理由か教えてくれた。

「ここで大規模討伐《とうばつ》に参加してもいいが、魔王討伐《とうばつ》の影響で魔物が弱体化しているだろう？　君の故郷周辺のほうが強い魔物が多いから、旨味《うまみ》も大きいだろうと思ってな」

なるほど、そういうことなら納得だ。王都周辺にいる魔物は、ロザリー達には物足りない弱さである。各地で大量に魔物が湧く朱夜《しゅや》に効率良く稼ぐなら、故郷に戻ったほうがいい。

それに、とドワールが気まずそうに付け足す。

「私も久しぶりに妻子に会いたいのでな。元々、魔王討伐《とうばつ》を終えたら、勇者のパーティは抜けて、故郷に戻るつもりでいたのだ」

「そうだったの？　ドワールってば、言ってくれたらいいのに。手伝わせちゃってごめんなさい」

「おぬしを放って帰ったら、アリシアに叱《しか》られるよ。おぬしは知らぬだろうが、妻は怒るとものすごく怖いのだぞ」

ドワールが鼻に皺《しわ》を寄せて、いかに怖いかを表現するので、ロザリーは笑いを零《こぼ》す。

「あんなに優しいアリシア姉さんが、怖いわけないじゃない」

そう返すと、彼は肩をすくめる。そして何故かヒースのほうを見て、残念そうに首を振った。

「いいわよ。レイヴァン村に帰りましょ」

「よし、決まりだ」

「それじゃあ、これをマーサさんに届けたら、ジグタリスさんの所に行ってくるわ」

せっせと金策に励むロザリーを信用したようで、最近のジグリスはたまに顔を出す程度だ。彼の口座へお金を振り込んでいるからだろう。

冒険者ギルドの銀行を使うのは、記録がちゃんと残るのでちょうどいい。一番怖いのが、返済金額を誤魔化《ごまか》されることだ。

「あの借金取り、いつもはどこにいるんだ?」

ヒースに訊《き》かれ、ロザリーは城に近い方角を指さした。

「貴族街よ。両替屋の二階に住んでるわ。そこに金貸しの窓口もあるんですって」

この答えは意外だったらしい。ヒースは目を丸くしている。

「あんなごろつきが、堂々と高級店通りにいるのか」

「ジグタリスさん、昔は大店《おおだな》の主人だったけど、店が火事になって首を吊るしかないってところでエランにスカウトされたんですって。恩があるから働いてるんだって言ってたわ」

よく考えると、ジグリスとは奇妙な関係だ。

借金取りのジグリスと、連帯保証人の父を持つロザリー。これだけ一緒に行動すればなんとなく親しみが出てくるもので、たまに雑談することがある。その中で彼の事情を聞いたことがあったのだ。

「そう聞くと、あの男も不憫《ふびん》だな。しかし損が嫌いな闇金《やみきん》王とやらが、どうして手を差し伸べる？裏があるはずだ」

「金勘定に詳しいのと、伝手《つて》の広さを利用したいんだろうって、ジグタリスさんは言ってたわね。ああいった闇《やみ》社会のボスが欲しがるのは、お金と情報なんだって」

「そんなにペラペラしゃべっていいのか？」

呆《あき》れているヒースに、ロザリーは苦笑を返す。

「私もそう思ったけど、そんなことを知ったからってどうしようもないだろって言われたら、確かにそうねって感じよね。それから、エランが好きなものは法の抜け道だって」

「おいおい……」

「でも、商人も似たようなものだって言ってたわ。それでね、ルールを利用する人より、ルールを作りだす人が一番強いって。だから王や貴族には敵《かな》わないんだって話よ」

「まあ、真理だな」

「なんだかんだ、ジグタリスさんって憎めない人よねえ。言いたい放題だから、たまにムカつくけど」

違う立場で出会えていたら、友人くらいにはなれただろうに。

そこで野菜を入れていた籠が肩からずり落ち、ロザリーは両手で持ち直した。屋敷に入る前に、ヒースが彼女の手から籠を取り上げる。

「自分で持てるわ」

「俺もマーサに言づけがあるから、そのついでだ」

止める暇もなく、長い足で先に行ってしまう。ロザリーは慌てて追いかけたが、結局、台所につくまで追いつかなかった。

「あら、またお出かけなさるんですか？　お水を飲んでくださいな。初夏ですけど、日中は日差しがきついですからね」

「ありがとう」

ロザリーがグラスの水を飲み干す間に、ヒースはお茶の入っていたカップを簡単に洗う。

「若君、置いておいてくだされば、私がしますから」

「カップ一つくらい、俺でも洗える」

渋い顔をするマーサに、ヒースはあっさりと答えた。

こうして見ると、彼はあんまり貴族らしくない。姿勢や仕草が綺麗で育ちの良さは感じられるのに、貴族特有の鼻につく雰囲気がないのだ。

「ヒースって貴族なのよね？」

「ん？　ああ、俺は騎士団での生活のほうが長いんだ。近衛《このえ》騎士団は貴族の集まりだが、いざという時は、王族を守って野を駆けることもある。そんな時に、身の回りのことが何もできませんってなると困るだろ」

「そういう訓練をするってこと？」

「そうだ。騎士見習いの頃は、ほとんど先輩の下働きと変わらないしな。泣く奴も多いぞ。おっと、ここだけの秘密だ」

彼がおどけて返すので、ロザリーもつい軽口に乗る。

「ヒースも泣いたの？」

「俺が泣くたまに見えるか？」

「全然見えないわ」

「はは。正直に言うと、ホームシックで泣いたよ。温室育ちに、いきなりの集団生活はきつい」

それこそ意外だが、ここでマーサが当時を思い出して目を潤《うる》ませた。

「私も泣きましたよ。若君がいじめられないか心配で。ヘーゼルお嬢様も、初めて若君と離れて寂しかったのか、しばらく毎晩泣いてらしたんです」

「なんの話？」

そこにヘーゼルが顔を出し、不思議そうに問う。そして自分の子どもの頃の失態が話題にされていたと分かると、顔を真っ赤にした。

「もうっ、マーサったら。それは時効よ」

「いいわぁ、お兄ちゃんと離れて寂しくて泣く妹。ヘーゼル、可愛い」

「そうだぞ、ヘーゼル。俺は嬉しい」

ロザリーとヒースがしみじみと言うと、彼女はますます赤くなる。

「変なことを言わないでちょうだい、二人とも」

からかわれたことを怒るヘーゼルに、皆が笑い出した。

結局、彼女は恥ずかしさのあまり台所から逃げる。その後、ロザリーもグラスを洗い、マーサに改めて声をかけた。

「それじゃあ、私、出かけてきます」

「はい、行ってらっしゃいませ」

すると、ヒースもマーサに出かけると言って、ロザリーについてくる。

「俺も一緒に行くよ。あの借金取りの家を確認しておこう。何かの時のために」

「用心深いわね」

こういったところ、ヒースは一筋縄ではいかない。連れ立って外に出て、門に手をかけた時、見知らぬ女性が駆け寄ってきた。彼女は思いつめた顔をしている。

「あの、あなたが勇者様の技を盗んだという、ロザリー・アスコットさんですか？」

突然投げかけられたあんまりな質問に、ロザリーは石のように固まった。

「え？　ええと……」

なんだこれは。もしかして、この人は勇者のファンで、自分を糾弾《きゅうだん》しに来たとか？　よし、スルーしようと即座に決め、ロザリーは作り笑いを浮かべた。

「いいえ、人違いです」

「失礼だぞ。盗んだのは勇者のほうだ！」

同時に、ヒースが言い返す。

（ちょっと、なんで素直に認めるのよ！）

ロザリーはヒースににこりと笑いかけた。

「ヒース？」

「悪かった。俺が悪かったから、そんな冷たい笑みでこっちを見ないでくれ」

彼は素直に謝ったが、事態は変わらない。

「ああ、あなたがそうなの」

一方、女性は目を潤《うる》ませる。疲れ切っている様子なので中年なのかと思っていたが、よく見ると二十代前半くらいだ。

彼女の体が急に沈んだため、ロザリーはビクッとした。倒れたのかと思いきや、膝をつき、その場に土下座したのである。

「お願いします！　どうか私の子の奇病を治してください！」

「え……ええ？」

予想とは大きく違う展開に、ロザリーは唖然《あぜん》と女性を見下ろした。

こんな女性を放っておくわけにもいかない。

ロザリーとヒースは予定を変え、ドワールもつれて女性を居間に通した。

マーサが用意したお茶を飲むと、女性はようやく落ち着きを取り戻したようでほっと息をつく。

「申し訳ありません、取り乱してしまって……。私、リサ・コートニーと申します」

リサは深々と頭を下げてから、そう名乗った。ひっつめに結った薄茶色の髪が、先ほどの騒ぎで少しよれている。ロザリーはさっそくリサに質問をぶつけた。

「あのう、リサさん。勇者の技を盗んだうんぬんっていうのはいったい……？」

「まさか勇者が言いふらしているのか？」

ヒースが目つきを鋭くして問う。リサは身をすくめ、ぶんぶんと首を横に振って否定した。

「違います。アスコットさん、あなたが治療した奇病の患者がいたでしょう？　あのおじさん、うちの隣人なんです。頼れる親戚もいなくて神殿でお世話になっていたのに、元気になって戻ってきたので、どういうことなのか聞いたんです」

「ああ、噂《うわさ》の出所はあの人ですか」

彼なら神官やロザリー達の会話を聞いていたのだから、ロザリーの名前だけでなく、あの時の推薦人が誰かを知っているのは当然だ。彼の話からロザリーの居場所にたどり着くのはそう難しくはない。ヒースは冒険者として名を上げているため、家を知っている者も多いだろう。

「おじさんは完璧に治っていました。勇者様から治療の技を盗んだのなら、あなたには治せるってことですよね？　私にとっては、どっちでもいいんです。治せるのか治せないのか、そこが大事で。神殿に頼みに行ったんですが、習得している神官がまだ少なくて、すごく順番待ちしているんです。それに、寄付金が高くて……勇者様にもお願いしに行ったんですけど」

「ええっ、どうやって⁉」

ロザリーは驚いて声を張り上げた。

「あの人、今はお城に住んでいるのよね？」

「そうだぞ。豪華な一室をあてがわれている。何度か出入りしたから間違いない」

ドワールが肯定した。

「今は姫の婚約者として、教育を受けている真っ最中のはずだ。魔物の巣《ダンジョン》つぶしに出かけている時以外は、ほとんど城にいるぞ」

つまり、庶民が簡単に会える存在ではない。けれど、リサはなんでもないことのように言った。

「魔物狩りに出かける時は王立騎士団から旅立つと聞いたので、毎朝出待ちしてました！」

「デマチって何？」

知らない単語だ。意味を知っているだろうかと、ロザリーはヒースのほうを見る。

「有名人などを、施設の出入り口で待ち構えることだ。劇場の俳優ならまだいいが、貴族相手にするのは危険だぞ。賊と間違えられるかもしれないので、やめたほうがいい」

ヒースの忠告に、リサはため息を返す。

「ええ。間違えられて兵士に捕まったんですが、事情を話したら不憫《ふびん》がって解放してくださいました。それに勇者様にも話は通してくださって……。でも、勇者様は診《み》てくれないそうですし、神殿より金額が高いと伺っています。それでそちらは諦めたんですが、神殿はまだまだ順番待ちで。息子はもう末期なんです、待っていたら死んでしまいます！　それで……」

「ここに来たのか」

ヒースが話をまとめると、リサはこくりと頷《うなず》いた。

「だって、技を盗んだということは、治療できるってことですよね？　息子を助けてくださるなら、全財産を出しても構いません。どうかお願いします！」

話すうちに興奮してきたのか、リサは長椅子を立ち、床に両手両膝をついて土下座する。ロザリーは腰を浮かせた。

「ちょっとやめっ、お、おち、落ち着いて！」

「ロザリーこそ、落ち着け」

ヒースが冷静にツッコミを入れる。

「まあまあ、いけませんよ。こんなことをされては」

隅に控えていたマーサがすっ飛んできて、リサを支えて椅子に座らせた。

「ロザリーさんは奇病を治せますよ。このお屋敷のお嬢様も末期でしたが、この方のご親切で治していただきました」

「本当ですか！」

リサの顔が輝く。そんな彼女を、マーサは強い口調でたしなめた。

「ですが、勇者様の技を盗んだというのは間違いです。盗んだのはあっちです。いいですね？」

「は、はい……」

マーサの迫力に気圧《けお》され、リサはよく分からないという顔をしながらも頷《うなず》く。

「失礼なことを言ってすみません……」

リサが謝る横で、マーサがロザリーを見てにこりと笑った。

「ええと、先日治療したおじさんとあなたの息子さんは、森に入るような仕事を？」

ロザリーの質問を、リサはなんで分かったんだろうとばかりの表情で肯定する。

「はい。うちは一家で薬草採《と》りの仕事をしていて――あ、薬草採《と》りっていうのは、薬屋や魔法薬調合師、薬草売りなどから注文を受けて、必要な薬草を代わりに採《と》りに行く仕事です。隣人は大のキノコ好きで、私達が仕事をする時に、一緒に来ることがたまに……。魔物がいるので、傭兵や冒険者を護衛に雇うんですよ。その分を少し出してくれるので、こちらもありがたくて」

護衛を雇う分の負担が減るから、同行を認めていたということか。ロザリーは肝心のことを問う。

「ゴブリンの木にも近付きます？」

「ええ。あの木は決まった場所に生《は》えることがないので、見つけたら必ずコブを採取します。高値で売れますし」

「決まりね。奇病の原因は、その木につく寄生虫なの」

ロザリーはそれから、病気についてリサに詳しく説明した。彼女の顔からサーッと血の気が引いていく。やがて、両手で口を覆《おお》った。

「では、息子の魔力器官に、その虫みたいな魔物がいるんですね。なんてこと……」

「コートニーさん、神殿ではいくらで治してるんですか？」

ヒースがそんなことを訊《き》くので、ロザリーはとがめる。

「ヒース」

「落ち着けよ。俺に考えがあるんだ」

ヒースが目で問うと、リサはすぐに答えた。

「金貨一枚です」

「勇者は？」

「金貨十枚だったかと」

「なるほど。それじゃあ、彼女が銀貨五十枚で治療すると言ったら、払えそうか？」

「厳しいですが、なんとか……」

「銀貨三十枚は？」

「うちの一ヶ月分の賃金くらいですが、ご用意できます。それなら、他の薬を買う余裕があるので、だいぶ助かります」

ヒースは顎《あご》に手を当てる。

「そうか。魔力を回復する薬も必要だからな。では、こうしよう。お代は一ヶ月分の賃金と同じ額」

「え？　銀貨三十枚にするんじゃなくて？」

彼の考えがよく分からず、ロザリーは問い返した。

「銀貨三十枚に固定すると、金持ちが金を浮かせようとこちらに来るだろ。だが、金持ちの一ヶ月分なら、神殿で払うほうが安い。順番待ちして、あちらで治療するほうを選ぶなら、そこまで容態はひどくないってことだし、神殿の客を横取りせずに済む」

その表現に、彼女は絶句する。

「客って……」

「寄付をとって治してるんだから、商売みたいなもんだろ」

「そうかもしれないけど、なんだか気が引けるわ。それにお金持ちが嘘をついたらどうするの？」

「貧乏人のふりをしてる奴なら、俺やヘーゼルが一目で見抜く。安心しろ」

ヒースはきっぱり断言し、リサに向き合う。

「コートニーさん、今回は銀貨十枚でいい。だが、代わりに頼みたいことがある。構わないか？」

「え？　な、なんでしょう……？」

リサは不安げな顔をした。何を頼まれるのかと心配になったのだろう。

「ロザリーの技術を見て、素直に思ったことを周りに言いふらしてほしい。嘘はつかなくていい、そういうのは態度に出るからな。それから、お代は一ヶ月分の賃金と同じ額だということも。それだけだ」

リサの表情がパッと明るくなる。

「それだけでいいのなら、喜んで！」

ロザリーがぽかんとしているうちに、話がまとまっていた。

（いいのかしら、お金をもらって……）

良心がうずいて仕方が無いが、すでに口を挟める雰囲気ではなくなっている。

（ヒース、仕事が早すぎよ！）

良いこととはいえ、ちょっと恨めしい気持ちになった。少しは自分の気持ちも聞いてくれたらいいのに。そんなふうにもやもやしつつ、ロザリーはヒースに促《うなが》され、すぐにリサの家に出かけることになる。

廊下に出ると、二階から下りてきたヘーゼルがヒースを呼び止めた。

「ヒース、ちょっと……」

二人で何かひそひそ話をした後、彼女はヒースに薬を渡す。

「どうしたの、その薬」

ヒースの後ろからひょこっと顔を出してロザリーが問うと、ヘーゼルは彼女も手招いた。ヘーゼルがリサのほうを気にしているのを見たせいか、マーサがリサに雑談を振る。その間に、彼女は小声で説明した。

「あなたが私を治療した時、私に眠りの魔法をかけていたとマーサから聞いたわ。次からは念のため、市販の睡眠薬を使ったほうが安全よ。この国ではね、お金をとる治療行為には資格がいるの。無償なら問題にならないけど、さっき、庭で話していたことが聞こえていたわ。お姫様があなたの足を引っ張っているんでしょ？　一応ね」

彼女が慎重にそう言う意味がロザリーにはよく分からず、聞き返す。

「そうなの？　でも、眠りの魔法は治療にはならないと思うけど？」

「それでも、治療の中で使うでしょう？　あなたを罠にはめたい人がいるのよ。ルール違反になると、難癖をつけられる余地があるっていうのが問題なの」

まるで子どもの口喧嘩《くちげんか》みたいな理屈だが、ヘーゼルが大真面目なので、ロザリーは笑えなかった。

「そうなると、私が奇病を治すのは駄目なんじゃ……？」

「あなたの場合、魔法技術よ。肉を魔力器官に擬態《ぎたい》させてから、魔力の糸を伸ばして、寄生虫を釣り上げるでしょ？　病気の原因を魔法の技術で取り除くだけで、神官の魔法は使っていない。治療としての魔法には当たらないわ」

「なんだかものすごく屁理屈をこねてるって感じね」

思わずそう言うと、ヘーゼルがやんわりと苦笑を向けてくる。彼女はロザリーの腕にそっと触れ、慎重に諭《さと》した。

「ロザリー、よく聞いて。邪魔をしたい人は、隙をついてくるのよ。予想できるものは、あらかじめ防御しなきゃ。やりすぎぐらいがちょうどいいの。でもね、ロザリー。あなたの魔法の腕は本当に素晴らしいから、自信を持って。あちらの方も治して差し上げてね」

「分かったわ。気遣ってくれてありがとう」

心配する気持ちが伝わってきて、ロザリーは真面目にお礼を言う。すると、ようやくヘーゼルの顔に笑みが浮かんだ。それから彼女はヒースを見上げる。

「ヒース、ちゃんとサポートしてあげてね」

彼はガッツポーズを返した。

「任せろ。これもロザリーの名を上げるためだ。国には、庶民のほうが多い。そっちを味方につければ、上も無視できないだろう。簡単には邪魔できなくなるぞ」

言っていることは賢《かしこ》いのに、くくと暗く笑うヒースはおっかない。

「う、うん。がんばるわ。ありがとう……でいいのよね？」

心配になって、ロザリーはそう問い返してしまった。


リサの息子を無事に治した翌日。ロザリー達はレイヴァン村に向けて旅立った。

皆に身体強化の魔法をかけて走り、疲れたらロザリーが治癒《ちゆ》を施《ほどこ》す。道中で魔物を狩り、素材を手に入れてまた走った。その繰り返しで進んだが、食事やトイレの休憩は必要なので、何度か休んでもいる。夕方になったら早々に野宿する場所を決め、テントを張って焚火《たきび》を熾《おこ》した。

「嬢ちゃんの強行突破にも慣れてきたぜ……」

同行しているジグリスのぼやきに、ダビスがうんざり顔で頷《うなず》く。ヒースが荷物から折り畳み式の鉄網を取り出し、焚火《たきび》が当たるように設置した。そして、その上にやかんをのせる。湯を沸かす準備を終えると、彼はちらとロザリーを見た。

「疲れてないか、ロザリー。MPが九百九十九でも、この人数では大変だろう」

「平気よ。休憩するたびに、魔力が少しずつ回復しているから」

パーティを組むにあたり、魔法を何回使えるかをお互いに把握しておかないといけないため、ロザリーは自分のMPの最大量をヒースに話してある。

「……今、ぽろっとものすごいことが聞こえたんだが」

「あれ？　ジグタリスさんには話してたと思うんだけど」

「聞いてねえぞ！」

「そうだっけ」

「そうか。奴隷《どれい》として売ることになったら、もっと条件の良いところを探してやるからな」

ジグリスがそんなことを言うと、ドワールがハルバードを彼のほうに倒した。ドスンと音を立て、斧の刃が地面に突き刺さる。「ぎゃわっ」と声を上げて足を引っ込めたジグリスは、青筋を立ててドワールに怒った。

「足がなくなっちまうだろうが！」

「そうかそうか、すまない。——ちっ」

「舌打ちしたのが聞こえたぞ！」

分かりやすい嫌がらせをするドワールに、ジグリスが抗議する。ロザリーはにこやかに言った。

「大丈夫よ、ジグタリスさん。切れてすぐだったら、私が治癒《ちゆ》魔法でくっつけてあげる！」

「そういう問題じゃねえんだよ。本当に嬢ちゃんはぶっ飛んでるぜ……。いや、も、だな。あんたらの怒りも分かるがね。これくらい能力があるなら、奴隷《どれい》でもまともな扱いを受けるぞ。使い捨てにはされねえだろ」

「そうだとしても、奴隷《どれい》なんか嫌に決まってるでしょ！」

「だが死ぬよりマシだろ。待遇の良い奴隷《どれい》なら、貧民よりよっぽどいい暮らしだ。飢えることはねえ」

ジグリスは煙管《キセル》に火を入れて、ふうと煙を吐く。

「俺も奴隷《どれい》みてえなもんだしな」

本人にとっては何げない一言だったのだろうが、野宿の場に重たい空気が流れた。ロザリーは眉尻を下げ、ゆるゆると首を横に振る。

「ねえ、やめよう。いきなりのネガティブ発言」

「はあ？　ただの事実だろ。いいか、お前達。嬢ちゃんを連れて逃げようなんて考えるのはやめておけ。エラン様の情報網は、周辺国にまで広がっているんだ。どこに逃げようが見つかるぞ。前に逃げた奴は結局捕まって、予定よりも悪い相手に売られてな。ボロボロになって死んじまったよ」

この話に、ヒースが反応を示す。

「周辺国？　どういうことだ」

「あの方は商売人でもあるってこった。確かどこか外国に鉱山を所有しているな。それから、画商として、貴族相手にも商売してる」

「画商？　貴金属や宝石ではないのか」

「客に注文されれば探すことはあるが、メインじゃねえな。それから奴隷《どれい》売買。絵のオークション会場で、奴隷《どれい》のオークションもするんだよ。俺もエラン様の供をしたことがあるが、好きにはなれねえな、あそこの連中は」

ぷかりと煙を吐き、ジグリスがうんざりした様子でため息をつく。ロザリーはなんとなく、彼に同情した。

「あなたもえらい人に拾われたものね」

「ま、おかげで妻子は田舎《いなか》で暮らしてるからな」

「奥さんと子どももがいたの⁉」

「おう。だが、あいつらは俺は死んだと思ってるだろうな。こんなのが出てきても困るだろうし、会うつもりはねえよ。ほら、これがそうだ」

彼が首から提《さ》げている大振りのロケットを開くと、家族の肖像画が入っている。ロザリーだけでなく、ドワールとダビスまで目を手で覆《おお》った。

「ムカつく人から、好感度が急上昇したわ」

「くうう、泣かすでないわ！」

「兄貴ーっ」

感涙している三人に、ジグリスは呆《あき》れの目を向ける。

「大丈夫か、お前ら。こんなの嘘に決まってんだろ」

ロザリーはくわっと目を見開いた。

「嘘なの⁉」

「こうやって同情させて、情報を引き出す。酒場でよく見る手口だ。勉強になっただろ」

「ジグタリスさん、最低！」

せせら笑うジグリスに、噛みつくロザリー。ドワールとダビスの目も冷たくなった。だが、いつもなら皮肉を言うヒースは、何か考え込んでいて静かだ。

ロザリーはヒースの横顔を覗《のぞ》き込む。

「ヒース、どうしたの？」

「いや、ちょっと気になることがあってな。……団長に報告かな」

「え？」

後半が焚火《たきび》のはぜる音でよく聞こえず、彼女は聞き返した。ヒースは手を振って返す。

「なんでもないよ。それより、湯が沸いたことだ。茶を飲んでから、食事の準備をしようか」

「そうね。今日もバーベキューにしましょ。野菜を持ってきて良かったわ」

すぐに使えるようにと、あらかじめ食べやすく切ったものを箱に詰めてきた。食事休憩の時に氷を入れておいたため、いたんでいる様子もない。野宿ではたいした料理は作れないので、バーベキューか煮込み料理くらいだ。

やかんを厚手の鍋敷きに移動させると、ヒースが茶こしを手にして茶を淹《い》れ始める。ロザリーはその間に、調理用の鉄板を鉄網の上にのせた。鉄板に油を薄く敷いて、今日狩ったばかりの魔物の肉と一緒に野菜を焼き始める。その世話をするのはドワールだ。ダビスがそわっとしたが、彼はすぐ傍《そば》に立って、周りを警戒する役目である。

手持無沙汰《てもちぶさた》なジグリスは、煙管《キセル》を吹かしつつ、ヒースに皮肉げな笑みを向けた。

「しっかし、涼しい顔して、黒騎士さんもくえない奴だねえ。王都に戻ったら、そのリサって女から、あちこちに噂《うわさ》が広がってる頃合いだろうよ。無駄がなくておっかねえぜ」

「上手《うま》くいけば……だな。あの調子なら心配はなさそうだが」

ジグリスに褒《ほ》められても、ヒースの返事はそっけない。思案げに、ロザリーのほうをちらと見る。

「コートニーさん、感激してたものね」

「戻ったら、奇病を治療したい患者が押し寄せてくるかもしれないから、覚悟しておけよ」

「ええ!?」

想像してみると怖いものがある。それに、良心が痛んだ。

「ねえ、困ってる人からお金をとるの？　やっぱり私、気が引けるなあ」

「気持ちは分かるが、今の君には余裕がない。ぼったくれと言っているわけじゃなし、収入に合わせたお代をもらえばいいんだ。技術を安売りするのは良くないぞ。その代金で君も助かって、あちらも助かる。お互い様じゃないか」

「そうかなあ」

ヒースの言葉に、ロザリーは首をひねる。まだ納得していないのを見て、ジグリスが口を挟んだ。

「ここは黒騎士さんの言う通りだな。いいか、嬢ちゃん。返しきれない親切は、逆に恨まれるもんだ」

「ええっ、なんで？」

「誰だって、自分の無力さを痛感したくないだろ？　ちゃんと代金を支払って、堂々と受け取りたいんだ。どうしても金がないなら、その時に考えてやりゃあいい。家事を手伝ってもらうとか、そういうのでもいいんだよ。対価として何かをしたってのが大事だな」

人生経験豊富なだけあって、ジグリスの言葉には重みがある。なるほどなあと頷《うなず》いていると、ヒースが渋い顔になっていた。

「その通りなんだがな……」

「おぬしが言うなという感じだな。悪党め」

鼻に皺《しわ》を寄せるドワールに、ジグリスはふふんと鼻を鳴らす。そして煙管《キセル》の煙をぷかりと吐いた。

レイヴァン村に戻ると、ドワールの妻アリシアが子どもを連れて、アスコット家に遊びに来ていた。

「ロザリー、お帰りなさい。聞いたわよ、大丈夫？　うちの旦那、ちゃんと手伝ってる？」

「ただいま。うん、大助かり。ごめんね、ドワールを借りて」

「いいのよ！　借金返済期限まで、こき使ってやって！」

真っ白でふわふわした毛並の狼獣人の女性は、ロザリーを抱きしめて言った。

「おいおい……」

子ども達にまとわりつかれながら、ドワールが苦笑している。

「あなた、お帰りなさい！　大役をこなして、誇らしいわ。無事で何よりよ」

「お前達も元気そうで良かった」

アリシアがドワールに近付いて、鼻と鼻を合わせてあいさつしてから、ハグして再会を喜んだ。

ころころした可愛らしい子ども達三人は、ドワールの腕や足、背中に飛びつくが、彼はそれを余裕で受け止める。かっこいいお父さんだ。

それからしばらくして、アリシアは所在なげに突っ立っているヒースに気付き、目をみはった。

「まー！　ロザリーったら、お婿《むこ》さんを連れてきたの？　残念だわぁ。アスカルと別れたんなら、うちの子と結婚するのはどうかしらと思っていたのに」

「え⁉　違うわよ！　彼は冒険者仲間。アスカルをぎゃふんと言わせたいからって、私の仕事を手伝ってくれてるの。勇者の元パーティの一人よ」

「あら、そうなの。それはどうも、うちの旦那がお世話になっています」

彼女はヒースにあいさつして、含み笑いをする。

「ふふ、それじゃあ、うちの子にもワンチャンスあるじゃない。やったわね」

「いやいや、年齢が離れすぎててかわいそうでしょ！」

一番年上の子で七歳だ。彼はロザリーと目が合うと、ドワールの後ろにささっと隠れてしまう。

「この子ったら、一丁前に照れちゃって」

あはははとアリシアが快活に笑った。

「肉のハーブと酒漬けを持ってきたから、後で焼いて食べなさいよ。イアンさんとミモザさん、毎日魔物狩りに出ていて忙しそうだから、たまに様子見に来ているのよね」

「アリシア姉さんも忙しいのに、ありがとう！」

彼女はにこやかに手を振って、ドワールを見上げる。

「いいのよ。じゃあ、またね。ドワール、帰りましょう。ロザリーに頼んで伝書を飛ばしてくれたら、前もってご馳走《ちそう》を用意しておいたのに。気がきかないんだから」

「悪かった！　帰ったばかりで小言は勘弁してくれ」

ちょっと尻に敷かれているところはあるが、ドワール達は仲が良い。子ども達がバイバイと手を振って、ドワールにまとわりつく。家族がそろって嬉しいみたいだ。ジグリスに断って、ダビスも彼らと帰郷するらしい。

「ヒースとジグタリスさんはうちに泊まってね。今日はお休みして、明日は朱夜《しゅや》に向けて打ち合わせしましょ！」

「ああ、そうしよう。お邪魔するよ」

「俺もいいのか？　てっきり宿に泊まれと言うかと」

ジグリスが確認するので、ロザリーは頷《うなず》く。

「当たり前でしょ。ジグタリスさんにはなんだかんだお世話になってるし、宿くらい提供するわ」

その日、彼女は、久しぶりの自宅でゆっくりと過ごした。

赤い月が昇る夜——朱夜《しゅや》の魔物の大量発生を乗り切り、ロザリー達は数日ぶりに王都へ戻ってきた。

「嬢ちゃん、ジグタリスの尻尾だけ集めて、酒に漬けて持ち帰ってきたが。それ、どうするつもりなんだ？」

他の素材は売ったのに、樽《たる》は持ち帰るロザリーを見て、ジグリスは不思議に思ったようだ。

ロザリーは宙に浮かべている樽《たる》を見て、にまりと笑う。この樽《たる》の中には、綺麗に水洗いしたジグタリスの尻尾を入れて、酒に漬け込んでいる。それには保存の他にも理由があった。

「ロバートさんに相談して、これも売ろうと思うの。この間、王都で買い物をしていたらね、蛇《へび》やトカゲを漬けたお酒が高値で売られていたのよ！　えっと、精力増強だったっけ？」

彼女は王都で見た商品からヒントを得て、新たな商売に目をつけていたのだ。にこにことそう語ると、なぜかヒースとドワール、ダビスが気まずそうに横を向く。

「何、どうしたの？」

「いや……」

ヒースは目をそらす。何が「いや……」なんだか謎だが、ロザリーは浮き浮きしている。

「栄養剤みたいなもんでしょ？　前にね、ロバートさんにあれって効果があるのか聞いてみたの。一緒に漬けてある薬草が良ければ効果的だけど、そうじゃないものは、ただ漬けてあるだけなんだって」

「あれって効果がないのか!?」

普段は黙っているダビスが、突然声を張り上げた。するとジグリスが呆《あき》れを込めて指摘する。

「なんだお前、ああいうのを買うのか」

「いや、だって……」

ごにょごにょとつぶやいて、ダビスは黙り込んだ。ヒースやドワールが彼に生温かい目を向ける中、ロザリーは首を傾《かし》げる。

「ええとね、とにかく漬けてあるだけのものもあるんだって。でもそれだけで単価が十倍になるって聞いたのよ。ジグタリスって一般的には強い魔物なんでしょ？　売り文句はこうかしら？『Aランク魔物の尻尾を漬けたこの酒を飲めば、ばっちり元気になります！』……とか」

ヒースは相変わらず微妙な顔で、ごほんと咳払いをする。そして、恐る恐るというふうに問いかけてきた。

「あのさ、ロザリー。それは天然で言ってるんだよな？　もしかして下ネタなのか」

「シモネタって何？」

村では聞いたことがない言葉だ。彼女が純粋な疑問を込めて返すと、ヒースは目に見えてうろたえた。

「あー、藪蛇《やぶへび》だったか。ドワール殿、頼む！」

「やめぬか、私が妻に怒られるだろ！」

「なんでアリシア姉さんに怒られるの？」

「うっ、いやあ。うむむ、ええとだなぁ」

ロザリーはドワールに問うが、彼は言葉を濁《にご》し、結局答えない。

「いや、こっちの話だ。まあ、いいんじゃないか。ジグタリスの肉は美味《うま》いから、酒に漬けて保管して、後で焼いても美味《うま》いだろうし」

アリシアがよくやる肉の保存方法でもある。洞窟の中の涼しい部屋で保管すると、程《ほど》よく味がしみ込んでおいしくなるのだ。

失敗しても売りようがあるので、ロザリーはうんうんと頷《うなず》いた。ジグタリスの酒漬けテールステーキという名で売り込んでもいい。

「一応、足をすくわれないように、薬草も入れようかな。酒と瓶代《びんだい》はかかるけど、利益は出ると思うのよね！　しかも長持ちするから、管理しやすいわ」

商売の算段を考えて、ついつい笑ってしまう。

「へえ、効果があるんなら、俺、買うよ」

ダビスが挙手するので、ロザリーは目を輝かせる。

「それじゃあ、モニターになって！　意見を聞かせてほしいの。体に良いのかしら」

「……ああ、うん。分かった」

困り顔で頭をガシガシとかきながら、やっぱり気まずげにダビスは頷《うなず》く。ジグリスがそんな彼を気の毒そうに見やってツッコミを入れた。

「嬢ちゃん、セクハラだぞ」

「は？　なんの話よ？」

ロザリーは訳が分からず、きょとんと聞き返す。

周りを見ても、皆、目をそらして答えようとしない。なんなのよと思いつつオブシディアン家に向かう。

やがて戻った館では門前に人々が集まっていた。奇病がどうとか騒いでいるのが聞こえる。どうやら奇病患者とその家族みたいだ。

「コートニーさん、なかなか良い仕事をするな」

ヒュウッと口笛を吹いて、ヒースが軽口を叩《たた》く。

先に冒険者ギルドで素材や魔石を売ってきたため、ほとんど手ぶらで助かった。この人込みを、荷物を持って突っ切るのはなかなか骨である。

「あっ、ロザリーさん。帰ってきてくださって助かりました！」

門で対応していたマーサの声で、患者がいっせいに振り返った。その眼差《まなざ》しの強さに、さしものロザリーもビクッとする。

「がんばれ、嬢ちゃん。じゃあ、俺らはここいらで退散するわ」

面倒くさい気配を察知して、ジグリスがダビスを連れてきびすを返す。

「あの悪党め、引き際が良くて腹が立つ」

「同感よ、ドワール」

ドワールの愚痴《ぐち》に全面的に同意したロザリーは、深呼吸をして気を取り直した。思い切って人々に話しかける。

「こんにちは。もしかして、奇病の患者さんですか？」

「それじゃあ、あなたが奇病を治せる方ですね！」

「はい、寄生している魔物を取り除けます」

「お願いします、夫を助けてください！」

女性の叫びをきっかけに、辺りが騒然となる。患者やその家族に詰め寄られて、ロザリーが埋《う》もれそうになると、ドワールがひょいっと抱えて腕に座らせた。そして、ゴンガンと鉄を鳴らす音が響く。ヒースが盾を叩《たた》いて音を鳴らし、右手を上げて人々の注目を集めたのだ。

「落ち着け。道端にいられると他の通行人の迷惑になる。庭に入ってくれないか？　末期——患者が食事もとれずに高熱を出している、そういう人をアスコット先生は優先的に診《み》てくださるそうだ」

「ちょ、ちょっと、ヒース……」

(アスコット先生って何⁉)

たじろぐロザリーに、ヒースはにやりと笑う。

「マーサ、ヘーゼルに番号札を作るように頼んできてくれ。その後、筆記具を持ってきてほしい。記録を付けたいからな」

「畏《かしこ》まりました、若君」

マーサはすぐに屋敷に飛んでいき、ヒースとドワールが患者達の整列に当たる。

「ロザリーはお茶でも飲んで、一息ついてきてくれ。皆、彼女は旅から戻ったばかりでな。水くらいは飲ませてくれるよな？　でないとミスをするかもしれない」

ヒースの呼びかけで、落ち着きを取り戻した患者や家族達は頷《うなず》く。

半ば脅《おど》しだが、彼の気配りはありがたい。

「準備してくるわ」

荷物を置いて旅装を解き、お水を一杯飲んでから対応しようと、ロザリーは屋敷に駆け込んだ。

それから三日、ロザリーはてんてこまいで働いていた。

奇病患者から寄生した魔物を取り除きつつ、ゴブリンの木には注意するようにと教えていく。

どうしても治療代を払えないと涙ながらに訴える患者や家族には、治った後に掃除などの家事を手伝ってもらう約束をしているうちに、彼女はちょっとした有名人になっていた。

「治療代は良心的な金額で、金持ちからは多くとり、貧民には情けをかける。しかもほんの短時間で寄生した魔物を釣り上げる技は、まさに神業《かみわざ》！」

「なんなのよ、ジグタリスさん。嫌がらせなの？」

患者がはけてようやく一段落つき、居間でお茶と軽食をとって休憩していたロザリーは、ジグリスがにやにやしてそんなことを言うのにイラッとした。

「周りで噂《うわさ》されてたんだよ。聖女様呼ばわりされる日も近いんじゃないか？」

「やめてよー！　ちゃんとお代はとってます！　施《ほどこ》しの精神じゃありませんっ」

叫ぶように言い返していると、向かいの席でお茶をしているヒースが、じとりとジグリスをにらむ。

「何をしに来たんだ、借金取り」

「嬢ちゃんへ報告にな。前に預かっていた宝飾品が、金貨百三十枚で売れたからよ。教えておくぞ」

宝飾品というと、両親が貯め込んでいたものだ。ジグリスに預けて、それっきりだった。

「わあ、すごい。がんばってくれたのね、ありがとう！　お父さんとお母さんは金貨百枚くらいだろうって言ってたし、たいしたものだわ」

「エラン様は損がお嫌いだからな、腕利きの商売人を配下に持ってるんだよ。これがその分の書類な。保管しておいてくれ」

悪党だが、ジグリスは金銭管理をしっかりしている。今も売買取引の書類を持ってきてくれたみたいだ。ロザリーは書類を受け取ると、一通り確認した。ジグリスの説明通りに記《しる》されている。

「ありがとう。奇病の患者さんもかなり減ったみたいだし、そろそろお店に行って、ロバートさんとジグタリスの尻尾酒について商談しなきゃね」

「そういや、そのジグタリスの尻尾酒、ダビスがモニターをしたんだったな。どうだったんだ」

長椅子の後ろに立つダビスを、ジグリスは振り返る。ダビスは無言のまま、親指を立てた。ジグリスは感心の声を漏《も》らす。

「へえ、効果あるのか。そいつはすげえな」

「薬草のことはヘーゼルに教わったのよ。ちょっと高いんだけど、効くみたいで良かった！」

「ヘーゼルに相談したのか……」

頭を抱えてヒースがうなるのはなぜなのか。

「なんなの？　栄養剤でしょ？」

「まあ、元気になるって意味なら、間違いはねえな」

ジグリスがにやにやしているのも不思議だ。ロザリーが首を傾《かし》げていると、台所からマーサが苦笑しつつ顔を出す。

「ロザリーさん、ちょっと」

「え？　どうしたの？」

マーサに手招かれて台所に行くと、彼女がひそひそと理由を教えてくれた。その内容に、ロザリーは顔を真っ赤にして叫ぶ。

「えええええ、そういう意味だったの!?　やだ、なんで教えてくれないの！　私が変態みたいじゃない！」

（まさか、夜の生活に効く薬だったなんて！）

そう口に出す度胸はなかったが、道理で男達の反応が今一つだったわけだ。

そんな彼女の様子に、ジグリスが膝を叩《たた》いて大笑いした。

「ははははは、嬢ちゃんは田舎者《いなかもの》らしく純朴で可愛いな。ははははは」

「もーっ、馬鹿にしてーっ」

ロザリーは無意識にしていたセクハラに気付いて、恥ずかしさで死にそうだ。

「最悪だわ、ロバートさんにまでなんて質問を……。ほんのり苦笑してたのは、このせいだったのね！　やだ、私、どんな顔をして会えばいいの!?」

「まあ、知らないのはあちらも分かってるだろうから、素直に謝ればいいのではないか？」

ドワールが無難なことを言い、男達はいっせいに頷《うなず》いた。

「……そうします。ご迷惑をおかけしてすみません」

しょんぼりして頭を下げるロザリーに、ようやく笑いやんだジグリスが声をかける。

「ま、目の付けどころはいいんじゃねえか？　あれが高値で売れるのは本当だしな。効果があるんなら、客は喜んで買うだろう」

「そうね。せっかく作ったし、経費だけでもカバーできたら嬉しいわ。とりあえずロバートさんに話してみる」

きちんと謝罪して、商品を出すくらいは許してもらおう。ロザリーはとにかく金を稼ぐのに必死なのだ。

「この一ヶ月ちょっとで、嬢ちゃんの親が仕留めた魔物の素材や魔石代も合わせて、だいたい金貨二百枚近く返してるのは見事だが、あと約五ヶ月だ。もしかするともしかするかもしれねえが、このペースでも厳しいな……。まあ、がんばってくれや」

「はあ。魔王がいたら強い魔物が多くて稼げたのにと思うと、なんとも複雑な気分だわ……」

ロザリーのぼやきに、ヒースも同調する。

「ああ、まさか魔王に戻ってきてほしいと思う日が来るとは思わなかったよ」

「同感だ」

ドワールもそう返し、三人そろってため息をつく。

その時、玄関のほうで呼び鈴が鳴った。誰かが訪ねてきたようだ。マーサが対応に出て、すぐ居間に戻ってくる。

「ロザリーさん、患者さんですよ」

「はーい、今、行きます」

ロザリーは残りのお茶を飲み干し、カップを台所で洗ってから玄関に向かった。

今回の患者は、自分で歩いてこられるくらい症状が軽い人だ。その患者と話していると、お代の代わりに家事を手伝いに来た人や、改めてお礼をするため、手作りのパイを持ってきてくれた女性などが集まる。

医務室代わりに使っている応接間からロザリーが患者を手招いたところに、衛兵と神官が連れだってやって来た。

「ロザリー・アスコットはいるか？」

衛兵の問いに、彼女は右手を挙げる。

「はい、私ですが……どちらさまですか？」

「こちらの神官殿から通報があった。不法な治療行為をしているとか、騎士団までご同行願う！」

衛兵が朗々《ろうろう》と告げる後ろで、神官が暗い笑みを浮かべていた。


いくらロザリーが強くても、衛兵に不法だの騎士団に同行だのと言われると、身がすくむ思いがする。周りは彼女を褒《ほ》めるけれど、そもそも、ロザリー自身はいたって平凡な田舎者《いなかもの》のつもりだ。犯罪者扱いされるのは、普通に怖い。

もっとも、前もってヘーゼルに危険性を教えられていたおかげで、動揺は幾分軽く済んだ。心がまえができていなかったら、頭が真っ白な状態で騎士団に連れていかれていたかもしれない。

（来たわね……！　負けないんだから！）

ロザリーは腹に力を入れて、衛兵と神官を強く見据《みす》えた。そんな彼女の態度に、衛兵が意外そうな顔をする。けれど、こちらの予想と違うのは、神官が通報したことだけだ。

後ろのほうからヒースがつぶやく。

「なるほど、表立って攻撃するつもりはないらしいな。神殿経由で来たか。あちらも慎重なことだ」

ロザリーが振り返ると、彼の冷静な横顔には、面白がるような、獲物をどう仕留めようか算段しているような、そんな獰猛《どうもう》な気配があった。

(この人、ピンチになると燃えるタイプよね)

ロザリーは少し呆《あき》れると同時に、仲間が頼もしすぎて、心に浮かんだ恐怖がすーっと薄れていくのを感じる。

魔物の巣《ダンジョン》つぶしでともに戦ううちに気付いた一面だ。

ヒースは騎士をしていただけあって、正面から向き合う品行方正な戦い方しかしないのかと思っていたのに、危なくなったら、その辺の石でも砂でもなんでも使って、敵を仕留めにいく。そういう時の彼は、いつもより生き生きしていた。

「失礼だが、不法な治療行為というのは、具体的にはなんだろうか？　アスコット先生は法に触れた覚えはない……とおっしゃりたいようだ」

ヒースが勝手にロザリーの代弁をして、衛兵に質問した。衛兵がむっと眉をひそめる。

どこかで目に見えない戦いのゴングが鳴った気がした。

衛兵は不愉快そうな態度で、ロザリーを頼ってきた患者達にも聞こえるように、大きな声で答える。

「金銭を得る治療行為は、資格がある者しかできない。彼女が医者なら、こちらは引こう」

これにヒースが堂々と応戦した。

「アスコット先生は魔法使いだ。彼女のしていることは、治療行為ではなく、魔法技術だよ。魔法技術を使って技術料をもらうのは、違法ではない」

「奇病患者を治しているのに、何が魔法技術だ！」

「では、一緒に治療の様子を見て、確認するといい。おいおい、そんなに怖い顔をするなよ。君のためを思って言ってるんだ。勇んで騎士団に連れて帰ったものの、魔法技術でしたなんて分かったら、君が恥をかく」

ヒースはちらっとロザリーを見て、わざとらしく鷹揚《おうよう》に言う。

「こちらのアスコット先生は、とても寛大《かんだい》な方だ。誤解だったと分かれば、名誉棄損と騒いだりもしないさ。なあ？」

「ええ。これから、この方に寄生した魔物を取り除くところだったんです。見学していってください」

まるで水を得た魚のようね……と、内心ではヒースの怖さにビビりながら、ロザリーは笑みを取《と》り繕《つくろ》う。今は味方だから良いが、敵には回したくない相手だ。

ヒースがわざとらしく強調した「名誉棄損」という言葉に、衛兵の表情に迷いが出た。裁判沙汰《ざた》になるのは、彼としても望むところではないらしい。

「……ということですが？」

結局、衛兵は神官に確認する。

「私が確認しましょう。あなたも立ち会ってください。違法だと分かれば、すぐに彼女を逮捕してくれますね？」

「ええ、違法だと分かれば」

神官は自信があるようで、ロザリー達に向けてにやりと嫌な笑い方をする。

（やな奴ね！）

ロザリーは心の中で愚痴《ぐち》を言いつつ、表向きはにこやかな態度で、患者を伴《ともな》って応接間に移動した。そして、まずは治療の流れとゴブリンの木の危険性について説明する。

衛兵も奇病の原因には興味があるのか、話を注意深く聞いている。

「内臓から寄生した魔物を取り出しますが、気味が悪いと思うんです。起きたままと、眠っているうちに終わるの、どっちがいいですか？」

「眠っているうちがいいです！」

青ざめた顔で、患者の男が叫んだ。今までの他の患者も、皆そう答えている。ロザリーは薬の瓶《びん》を手渡した。

「では、これを飲んでくださいね」

「なんだ、この薬は。薬師の資格がないと……」

「市販の睡眠薬です。薬局で買えますよ」

すぐに騒ぎ立てる神官に、ロザリーは言い返す。神官が黙り込み、衛兵は問題がないと頷《うなず》く。

「どうぞ、続けて」

衛兵が促《うなが》し、患者は睡眠薬を飲んで、五分くらいで眠りに落ちた。

ロザリーは生肉の上に魔石をのせた皿を、傍《かたわ》らのテーブルに置く。次に患者に触れて魔力を操り、魔力器官の状態を見た。これは神官だけが使える魔法――身体異常を確認する〈スキャン〉を使ったのと同じ状態になる。

「それは神官の魔法〈スキャン〉だろう！」

「違いますよ。これは私の持つ固有能力を使い、魔力を集中させて、魔力の流れの変化を見ているだけです。光らせているのは、明かりの魔法と同じですね。つまり、魔法技術ですよ」

実は神官の主張は正しい。ロザリーの言い訳は、屁理屈もいいところだ。だが、固有能力で同じことをしているのは事実なので、魔法技術だと押し切っても通用する。

神官がぐっと黙り込む。ロザリーは衛兵に、これが魔力器官に寄生している魔物だと、目に見える形にして教えた。

「こんなものが体内にいるのか！」

他の人と同じく衛兵も青ざめ、おぞましげに口元を歪《ゆが》める。ロザリーは衛兵と神官に注意した。

「いいですか、ここから先は繊細《せんさい》な技がいるので、静かにしていてくださいね。もし騒いだりして私の魔法技術が失敗したら、騒いだ人のせいですからね？」

特に神官を見て、責任の所在について強調すると、さすがの神官も口を引き結んだ。騒いで邪魔をしたくとも、傍《そば》に衛兵がいるから、誤魔化《ごまか》しがきかない。大人しくしてくれることを祈り、ロザリーは続きに取りかかる。

生肉を魔力器官に擬態《ぎたい》させてから、患者の口から魔力の糸を入れ、魔力器官にいる魔物をおびき出す。ゆっくりと、魚のような小エビのような芋虫《いもむし》もどきが出てきた。

ロザリーは患者の口を閉じ、そのまま生肉へ魔物を誘導する。そして、魔物が鎌に似た前脚を肉に突き立てた瞬間、すぐに火の魔法で魔物を焼《や》き焦《こ》がした。

「はい、終わりました」

「なんと見事な……！　神業《かみわざ》を拝見しました」

衛兵は拍手して、ロザリーの腕を褒《ほ》める。神官はというと、まだ悪あがきを続けるつもりか、うなるように言った。

「魔力の糸は、傷の縫合《ほうごう》に使うから……」

「もうやめなさい、神官殿。彼女は傷を縫ってはいないでしょう？　これでは、ただのいちゃもんです」

「ぐっ」

神官はうめき声を漏《も》らす。衛兵はロザリーに質問した。

「それで、こちらのお代はいくらなんですか？」

「患者さんの一ヶ月の給料分くらいです」

「固定ではない？」

「安くしすぎては、お金持ちがお金を浮かそうとこちらに来るでしょう？　お金持ちの場合は神殿のほうが安いから、あちらでちゃんと順番待ちして治療を受けるかと」

ヒースの受け売りだが、ロザリーはそう説明する。

「どうしても払えない貧民にはどうなさってるんですか？」

「その時は、家事などを手伝っていただいて、それを治療代にしています」

「払える者からは多くをとり、払えない者からはとらないのですか。だまされませんか？」

「こちらのヒース・オブシディアンさんの観察力が鋭いので、そんなことはありませんよ」

ロザリーがヒースを示すと、衛兵の顔色が悪くなった。

「オブ……シディアン？　まさか、黒曜石《こくようせき》の名を持つ高位貴族の……？」

「その一族であってるぞ」

「ひっ、そ、そんな。ご無礼をして、大変申し訳ありませんでした！　ですからどうか、僻地《へきち》に飛ばすようなことだけはっ」

衛兵は冷や汗をにじませながら、深く腰を曲げて頭を下げる。

「そんな真似はしない。君は職務に忠実だっただけだ。公平な判定に感謝する」

「は、はい！　かたじけなく存じます！　神官殿、こういったことは前もって教えていただかないと困ります！　さあ、帰りますよ！」

「……失礼します」

ものすごく不服そうなものの、神官は衛兵に引っ張られるようにして、オブシディアン家から出て行った。玄関扉が閉まった途端、ヒースが澄まし顔から一転、腹を抱えて笑い出す。

「あっはっはっは。見たか、ロザリー。あの陰険神官の顔！　最高にすっきりとやり込めてやったぞ、よくやった！」

「ヒースやヘーゼルが慎重なおかげよ。こちらこそありがとう」

彼につられてロザリーも笑いつつ、右手を高く上げてみせる。ヒースはハイタッチに応え、互いに健闘をたたえ合った。

しばらくして笑いやんだヒースは、以前つけられたいちゃもんについて思い出した様子だ。

「そういえば、フワリーのほうはどうなんだ？」

「ばっちりよ。権威ある鑑定士からの、危険性なしっていう調査報告書を手に入れたもの。これでもう、お姫様だろうと、こっちの足は引っ張れないわ！」

ロザリーは憤然と答え、ヒースが差し出した右手を、今度は自分からパチンと叩《たた》く。すっかり戦友だ。

「それにしても、さっきの衛兵の態度には面食らったわ。高位貴族って衛兵を僻地《へきち》に飛ばせるの？」

「父上が圧力をかければ……だが。今の俺にはそんな権力はない。血筋はそうだから、否定はしなかったがな」

「策士ねえ」

互いににやにや笑っていると、居間にいたマーサが慌てた様子で廊下に出てきた。

「若君、ロザリーさん、外を見てください」

「え？　どうかしたの？」

なんだか外が騒がしい。警戒したヒースが二人を先導し、玄関に戻って扉をそっと開ける。いつの間にか、門の外に大勢の人が集まっていた。

「神殿は高い寄付金を要求して、貧乏な奇病患者は治療しないくせに！」

「たった一人で治療してくれたアスコット先生を逮捕だって！」

「許せない！　横暴！」

「あんなごうつくばり神官の言いなりかよ。衛兵は民《たみ》の味方じゃないのか！」

さっきの神官と衛兵を取り囲んで、人々が抗議している。ロザリーは唖然《あぜん》とした。

「何これ、どういうこと？」

「さっき、元患者の方がいたでしょう？　ロザリーさんの危機だって、周りに助けを呼びにいったみたいで。あっという間にこれだけ集まったんですよ」

マーサの説明に、ヒースがなるほどねえとつぶやく。

「君がしたことにも感謝しているようだが、神殿への不満がたまっていたみたいだな。君への対応が弱い者いじめにしか見えなくて、とうとう怒り爆発ってとこか」

「そんなふうに落ち着いてる場合？　ちょっと待って、ストップ！」

人々が衛兵と神官を手でバチバチと叩《たた》き始《はじ》めたのを見て、ロザリーは急いで割って入った。

「なんで止めるんだ、アスコット先生！」

「連れていかせないわよ。中に隠れていてください！」

彼らは殺気立っているものの、ロザリーを庇《かば》ってくれている。その優しさに、彼女は胸がじーんとなった。

「あの……ありがとう。でも、誤解は解けたのよ。奇病の治療は、固有能力によるもの――つまり魔法技術であって、違法な治療ではないって認めてくれたわ」

「それじゃあ、先生は無事に済むんですね！　良かった！」

誰かが明るい声を上げ、わっと拍手喝采《かっさい》が湧き起こる。だが、そんな和《なご》やかな雰囲気の中、神官が声を張り上げて水を差した。

「何がアスコット先生だ。勇者様の技術を盗んでおいて、よくも堂々としていられるものだな！」

「だから盗んでないってば！　手柄を盗んだのは勇者！　私じゃない！」

すかさずロザリーは言い返す。その剣幕に、神官がたじろいだ。周りもざわつく。

「なあ、神官さん、アスコット先生の言うことが正しいんじゃないか？」

誰かが問うと、神官は眉を吊り上げる。

「何っ、勇者様を愚弄《ぐろう》する気か！」

「それじゃあ、あんたは勇者様が治療するところを見たのか？」

「姫様を治してくださった。あの方は、高貴な人しか診《み》られないのだ」

神官はすぐに反論した。どう見ても勇者に傾倒している様子だが、人々は納得していない。

「俺は前に神殿で順番待ちしていたが、一日に五人程度しか診《み》られないと言われた」

「それは、技術を会得《えとく》するのに時間がかかっていて……」

「普段から治療慣れしている神官様ですら、それほど難しいものなのに、アスコット先生は一人を十分くらいで治療してしまうんだぞ。勇者様は高貴な方しか診《み》ないなんてもったいぶってるが、実は盗んだ技術を扱うのが難しくて、時間がかかっているだけなんじゃないか？」

この鋭い指摘に、周りからも「そうだ、そうだ」と声が上がる。

「な……そ、それは……」

だんだん自信がなくなってきたらしい。神官はしどろもどろになり、急にぶち切れた。

「知るか！　私は下っ端なんだ！　尊き方々のお考えなど知るよしもない！　まったく不愉快な連中だな。帰る！」

神官は人々をかき分けるようにして、肩を怒らせて去っていく。

「なんだ、あれは……」

その態度に呆《あき》れて、衛兵が唖然《あぜん》と見送る。

「図星なんじゃないか？」

「怪しいわね」

皆がひそひそとささやく。

結局、その場は丸く収まったものの、この日の疑念は噂《うわさ》となって、少しずつ王都に広まっていった。

四章　ロザリー、最後の賭けに出る

　魔物退治や魔物の巣《ダンジョン》つぶし、奇病の治療、フワリーとジグタリスの尻尾酒の商売。

　できることを全てやって順調に稼いでいたが、借金返済期限まで残り一ヶ月となり、ロザリーは頭を抱えていた。

「どうがんばっても、金貨五百枚は足りないわ……」

　ロザリーは帳簿を眺めて、ため息をつく。何回も見直した。厳しく見積もれば、不足分は金貨六百枚近い。

　伯父《おじ》の行方《ゆくえ》はまだ分からなかった。ジグリスは、これだけがんばったからせめて嫁《とつ》ぎ先を選ばせてやると言って、側妃としてロザリーを求める王の名簿を持ってくる。どれもこれも父親より年上で、怒って投げ返したのはつい昨日のことだ。

　平民なら大出世だとジグリスは言うが、ロザリーには玉《たま》の輿《こし》なんて全然嬉しくない。村に戻って、好きな人と結婚して、温かい家庭を築ければそれでいいのだ。そりゃあ年頃の娘らしく、少しくらいおしゃれをしたいが、ドレスまでステップアップするのは勘弁してほしい。結婚式で一度着られたらそれで充分である。

　ここに来て、ずっと見ていないふりをしていた現実が急にのしかかってきた。

頭がぐるぐるしてしまい、どうにも寝つけず、彼女はそっと庭に出る。

庭のあちこちには薄《うっす》らと雪が積もっており、澄んだ空気のおかげで、星がよく見える。ふうと息を吐くと、白く染まった。ネグリジェの上に毛織のショールを被って厚着をしていても寒い。おかげで頭が冷える。

スズカケの木は葉が落ちて寒々しい様子だ。枝には雪が積もっている。夏の終わりには鈴のような丸い実がたくさんついていたのを思い出すと、どうしても寂しさがあった。

この木の下に皆で集まってバーベキューをしたことを思い出す。たった五ヶ月前のことが、もう何年も前のことのように感じた。

それくらい怒涛《どとう》の日々を、必死に駆け抜けてきたのだ。

(これで借金返済できなかったら、家族は離れ離れになって二度と会えなくて、私はお父さんより年上の人の何番目だかの妃になって。それでアスカルは、お姫様と幸せに暮らすのね……)

借金はアスカルのせいではない。でも、こんな大変な時こそ、彼が傍《そば》で励ましてくれたらどんなに心強かったことか。

しかし、彼はロザリーを捨てて、お姫様を選んだ。

あんなにがんばっても、選ばれなかったことがつらい。ロザリーには何も価値がない。そう言われたような気がした。

(振られたことより、ずっときついよ)

気持ちが追い込まれているせいだろうか。婚約破棄されてから時間も経ち、今更すぎる話なのに、昨日のことみたいに思えて涙が出てきた。両手を顔に当てて、しゃがみ込む。

その時、キィと玄関扉が開く音がした。

「ロザリー、体調が悪いのか？」

誰かが駆けてくる足音がして、続いてヒースの声が上から降ってくる。

「ヒース……なんでもないの」

ロザリーは顔を見せないように反対方向を見たが、ぐすんと鼻をすする音がしたせいか、ヒースがぎょっと息を呑んだ。

「君、もしかして泣いてるのか？」

ロザリーは急いで涙を拭いて、顔をそむける。

「どうしてここに」

「え？　扉が開く音がしたから、一応、様子見にな。泥棒だと困るだろ」

彼はこともなげに答えた。上下の絹の寝間着の肩に、コートを引っ掛け、手には長剣を持っている。彼はいつもそうやって、ヘーゼルやマーサが気付かないところで家族を守っているのだ。

「……ごめんなさい、ちょっと気分転換をしたかっただけなの」

「それは悪いことをしたな」

困ったような答えの直後、沈黙が落ち、やがてヒースが言葉を引っ張り出した。

「残り一ヶ月で過敏になっているのは分かるが、まだ結果は出てないんだ。そう落ち込むことはない」

優しい言葉をかけられて、余計に涙腺がゆるむ。ロザリーの目からぼたぼたと涙が落ちていき、ヒースがひくっと頬を引きつらせる。ロザリーは夜目がきくほうだから、その様子がありありと見えた。

「ごめん、ヒース。手伝ってくれたのに、アスカルをぎゃふんと言わせるなんて無理だと思うの。本当に、どうお詫《わ》びしたらいいか」

「待て待て、落ち着け。俺が勝手にやってることだろ、君が謝ることじゃない」

「なんて優しいのーっ」

感動のあまり、目の前が見えない。

「ヒースはきっと良いお嫁さんを見つけて、幸せな家庭を築くと思うわ」

「君のほうこそ、そうだ。なかなかいないぞ、君ほどのお人好しは」

「私は……たぶん無理よ。借金のことがなくても、婚約者に捨てられちゃうくらい、魅力がないんだもの」

自分で言ってみて、自分の言葉が胸に突き刺さる。ため息をついてうつむいた。

「……あのクソ勇者」

ヒースが何かをぼそっとつぶやいたが、目元をこすっていた彼女にはよく聞こえず、問い返す。

「え、何？」

「なんでもない。君は高い能力があるくせに、驚くほど自己評価が低いな。ロザリーはよくがんばってるよ。君を馬鹿にする人がいたら、俺は――というより俺達が黙ってないぞ」

「どうするの？」

ちょっとした好奇心で訊《き》いてみると、彼は真面目に答える。

「正面から殴り込みか、もしくは」

「他にもあるの？」

「弱点を探《さぐ》って、急所をつく」

「ヒースってそういうところは性格が悪いわね」

つい噴き出して指摘するロザリーに、ヒースは嫌そうに眉根を寄せた。

「これくらい普通だ。君が優しすぎるんだ」

「お世辞でも嬉しいわ」

褒《ほ》め言葉がくすぐったい。ふふふと笑っているうちに、鬱々《うつうつ》とした気持ちが晴れていた。

「ありがとう、ヒース。元気が出たわ。そうね、あと一ヶ月あるんだもの、四の五の言わずにがんばってみる」

袖で涙を拭き、ロザリーは立ち上がる。ネグリジェの裾が少し雪で濡れてしまったようで、やや冷たい。

「ロザリー」

ふいに、ヒースが硬い響きで名を呼んだ。なんだろうかと見上げると、彼はロザリーの左手を握って、こちらに顔を近付けた。そしてささやくような声で問う。

「逃がしてやろうか」

「……へ」

意外な言葉だった。ぽかんとして、ロザリーはヒースの真剣な目を見つめ返す。彼は表情にほんのり苦いものをのせて、言い訳するみたいに言う。

「返済期限を延ばせたら、そのほうが良かったのだろうが。知人に調べてもらったところ、正式な契約だから無理だと言うんだ。君も、君のご両親も何も悪くはないのに、伯父《おじ》の犠牲《ぎせい》になるのはあんまりだ」

そして、すっと目を細めた。

「しかも、本人はまだ逃げている」

「ヒース」

止まったはずの涙が、また浮かんできた。

ロザリーの家のことは、ヒースには関係ないのに。アスカルさえ言ってくれなかったことを、彼は言ってくれる。

「あなた、本当に優しい人ね」

左手を取っている彼の右手に、ロザリーは自分の右手を添《そ》えて、包み込む。

「ありがとう。その気持ちだけで、充分よ」

どんなに嫌でも、結果から逃げるつもりはない。そうなればきっと関係ない人達まで傷付くし、ロザリー達はもっと立場が悪くなるかもしれない。

「……何かしてほしいことはあるか？」

絞り出すような問いに、ロザリーは少し考える。

「そうね。それじゃあ、そこの小石を拾ってちょうだい」

「え？　これか？」

ヒースは不思議がりながら、足元の小石を拾う。ロザリーはそれを大事に受け取った。

「小石なら、借金取りにも取り上げられないでしょ？　これを見たら、きっとつらい時でも、今日のヒースの優しさを思い出すと思う。私、それで幸せになるわ」

「ロザリー」

うめくみたいに名を呼んだヒースは、ロザリーを抱きしめた。

「……頼む。逃げると言ってくれ」

彼が胸を痛めてくれていることが分かって、ロザリーは薄く微笑《ほほえ》んだ。こんな仲間と過ごせただけでも、がんばってみた価値はあったと言える。それが誇らしい。

彼女はヒースの背に、そっと手を回す。

「ごめんね」

そこまでヒースを巻き込むつもりはない。

抱擁《ほうよう》が強くなったが、ロザリーにはもう、言うべきことは見当たらなかった。

◆

翌日、オブシディアン家の居間に集まって、ロザリーはヒースやドワールとともに、次の魔物の巣《ダンジョン》つぶしについて話し合っていた。次は少し遠出して、大きな巣に当たることになりそうだ。

魔物の巣《ダンジョン》つぶしには慣れてきたが、毎回、中の状況が全く違うので気が抜けない。

地方によって魔物の生態系は違うため、冒険者ギルドからの情報で、おおよその魔物について理解しておく。それから装備品と必要な食料について確認すると、午後に買い出しをすることになった。

ロザリーは気にしないようにしているが、ヒースの視線を感じる。それでも彼が昨夜のことには触れないので、知らないふりに努めていた。

（ここまで考えてくれるなんて、意外だったな）

ヒースは、あくまで勇者に復讐するために行動をともにしているのだと思っていたから、抱擁《ほうよう》された時にはドキッとした。

（いやいや、あれはあくまで友達へのハグよ、ハグ！　誤解しちゃ駄目よ、ロザリー！）

アスカルに婚約破棄された前例があるのだ、「彼に惚れられたのかも」なんて、絶対に思わない。

仲間か友人レベルの好意はあってほしいが……

「おぬしら、喧嘩《けんか》でもしたのか？」

違和感に気付いたドワールの質問に、ロザリーはぎくりとした。すぐにぶんぶんと首を横に振る。

「そんなわけないじゃない」

「そうか？」

納得がいかなさそうに首を傾《かし》げるドワールに、どう言い訳したものかと困っていると、ジグリスが騒々しく訪ねてきた。

「久しぶりだな！　良い知らせがある。お嬢ちゃん、やっとケインズを捕まえたぞ！」

意気揚々《ようよう》と現れたジグリスは、まるで劇みたいに大袈裟《おおげさ》な仕草で戸口を示す。縄をかけられた伯父《おじ》のケインズ・アスコットが、ダビスににらまれながら、意気消沈して立っていた。

赤茶色の髪と緑の目、顔立ちはロザリーの父とよく似ているが、恰幅《かっぷく》が良くて少しお腹が出ている小太り体型である。この見た目にだまされて油断すると、あっという間に逃げる俊足の持ち主だ。髪はぼさぼさ、睡眠不足なのかくっきりと隈《くま》を作り、灰色のコートはよれて、疲れ切っている。

ケインズ伯父《おじ》に怒っていたロザリーだが、こんな様子を見ると同情してしまう。

（いやいや、だまされちゃ駄目よ！）

自分を叱《しか》りつけ、眉を吊り上げ腰に手を当ててケインズの前に仁王立《におうだ》ちした。

「伯父《おじ》さん！」

「ロザリーか？」

ケインズは彼女を見つけてハッとし、途端に青ざめて周りをきょろきょろと見る。誰を探しているのか、すぐに察した。

「母さんはいないから、安心して。でも、弁解もなく逃げたお仕置きで、崖《がけ》から逆さ吊りの刑だからね！」

ケインズは顔を引きつらせる。

「お前な、ミモザのそういうところには似なくてもいいんだぞ！」

「お父さんに頼み込んで、連帯保証人になってもらっておいて、逃げるなんてあんまりよ！　今まで散々お父さんに迷惑をかけておいて、どれだけ恩知らずなの⁉」

青筋を立てて怒るロザリーに、彼はしおしおとうなだれた。

「そ、それは申し訳ないことをしたが、エランに捕まったら臓器を売られると思って、怖くて仕方無かったんだ」

「はああ？　それじゃあ、私達が臓器を売られるのはいいわけ⁉」

「本当に申し訳ない！　悪かった！」

そのまま座り込んで、しくしくと泣き始めたケインズは、まるで泥水をかぶったネズミみたいに、みすぼらしく頼りない。

「うっ」

こんなふうに大の男に泣かれると、さしものロザリーの勢いもしぼんでしまった。元々、彼女は怒りがあまり長続きしないタイプだ。弱っている人を見ると、反射的に駆け寄りたくなる。たとえ元凶のケインズでも、ロザリーにとっては「助けなくてはいけない人」だった。

どうしたものかと困っていたところ、空気を読まないジグリスが図々《ずうずう》しくもお茶を催促《さいそく》する。

「とりあえず俺は疲れたから、お茶でも出してくれないか」

「仕方無いですねえ」

マーサはテーブルにつくように促《うなが》し、台所に向かう。ダビスがケインズを床に座らせようとするので、ヒースが止めた。

「皆もテーブルに。……その彼も、石床は冷えるからこっちに。君達は逃がさないようにしっかり見張ってくれ」

ヒースはケインズにも椅子に座るようにすすめ、ジグリスとダビスに釘を刺した。

食堂には十人ほどが食事できる大きなテーブルがある。ジグリスとダビスは、扉から一番遠い位置に、ケインズを間に挟んで座った。

騒ぎを聞きつけ、ヘーゼルが奥の部屋から顔を出す。

「やっと捕まえたのね。良かったわね、ロザリー」

マーサを手伝い、皆のお茶とお菓子を用意していたロザリーは重々しく頷《うなず》く。

「本当よ！　返済期限まであと一ヶ月ってとこまで逃げるなんて、信じらんないわ！」

怒りながら、ロザリーはケインズの前にお茶を置いた。ガチャンと茶器が激しい音を立て、ケインズがビクリと肩を揺らす。

「最近、ジグタリスさん達が忙しそうにしてたのって、伯父《おじ》さんを見つけたからなの？」

ロザリーはジグリスのほうを見る。ここ最近、ジグリスらがオブシディアン家にあまり顔を見せなかったので、他にも借金取りの仕事があるのかと思っていた。

「まあ、それもあるが……そんなもんだな」

ジグリスはあいまいに頷《うなず》く。なんでそんなに歯切れが悪いのだ。ロザリーは眉をひそめる。そこでジグリスはこめかみに青筋を立て、ケインズをにらみつけた。

「この野郎、幻《まぼろし》の魔物並みの逃げ足なんだぜ。まるで猪《いのしし》みたいに壁を駆け登って逃げられた時は、ついアイテムで爆破してやりそうになった。危ない危ない」

ケインズにかなり手間をかけさせられたことで、激怒しているようだ。ケインズが怯《おび》えてぶるぶると震え始めた。

「自業自得とはいえ、こんな連中に追い回されたのは同情する」

ヒースのつぶやきに、部屋の面々はいっせいに同意を示す。

「それで、いったい何があったの？　借りたお金はどこに消えたの？　いくら残ってるの？」

ロザリーは矢継《やつ》ぎ早《ばや》に質問し、ケインズに詰め寄る。もしお金が残っているなら、完済できるのではと希望が芽生《めば》えた。しかし、ケインズは目をそらす。

「金なら使い切った……」

「鉱山の開発で？」

「魔鉱石の鉱山だ」

「魔……鉱石？」

ロザリーは周りを見た。それが何か分からなかったのだ。すると、ヘーゼルが教えてくれた。

「魔鉱石っていうのはね、魔石が化石になったもののことよ。化石燃料ね」

「化石？」

「大昔にね、世界は何度か滅んだそうなの。その時に死んだ魔物から魔石だけが残って、地層になっている場所があるんですって。似たようなものに、魔鉱泉っていうものがあるけど、それは地下から湧き出している魔力を多く含んだ水だから、魔鉱石とは違うものよ」

「魔鉱泉なんてものもあるの？」

興味津々《しんしん》で身を乗り出すと、ヘーゼルが続ける。

「そうよ。この国では魔石が資源としては有名だけど、魔鉱石の鉱山や魔鉱泉がある国なら、そっちのほうがよく使われているそうよ。魔物や人間、動物は魔力を持っているでしょう？　この世界も一つの生き物だと見たら、魔力を持っていても不思議ではないわ。だから魔鉱泉は、神の泉とも呼ばれているの」

「面白い！」

「さすが、ヘーゼル。博識だ」

ロザリーは合槌《あいづち》を打ち、ヒースが褒《ほ》める。ヘーゼルは照れた様子でうつむいた。

「ちょっと詳しい人なら、誰でも知ってるわ」

「謙虚なところもいいぞ」

「もうっ、ヒース、やめてちょうだい！」

ヘーゼルに怒られても、ヒースは笑い返すだけだ。双子がじゃれ合っている横で、ケインズは世界の終末のような沈んだ顔をしている。

「間違いない、事前調査でも魔鉱石が採《と》れたんだ。絶対に儲《もう》かると確信してた！　どうしても資金が欲しくて、闇金《やみきん》王エランに頼んだが、それでも一年あれば余裕で返せる見込みだったんだ！」

彼は半泣きで言ったけれど、ドワールの目は冷たい。

「それで、失敗したのだろう？　話を持ちかけたのが詐欺師《さぎし》だったのではないか」

「違う！　鉱夫も雇って掘り始めたまでは良かったんだ。そしたら……奴が……」

ケインズはぶるぶると震えて、悪夢を見たみたいに青ざめる。

「奴？」

ロザリーは眉をひそめ、全員の視線がケインズに集中した。

「竜だ！　竜の巣を掘り当てちまったんだ！　鉱夫にも死傷者が出て、機材も駄目になって。弁償と損害賠償を払ったら、すっからかんになったんだよ！」

ううっと引きつった声を上げて、彼は泣き始める。

思いも寄らなかった理由に、ロザリー達は息を呑む。鉱山開発をしていて竜の巣を掘り当てるなんて、不幸もいいところだ。

「竜……」

魔王の側近クラスの魔物だ。ケインズは逃げ足は速いが、戦うのはそこまで強くはない。天災にあったようなものだ。

「竜っていやあ、火竜か？」

ジグリスが興味を込めて問うと、ケインズは首を横に振る。

「分からねえ。黒くてよ、目が金色でギラギラしてた。口からは火じゃなくて、紫の霧《きり》みたいなのを吐いてな。それを浴びた鉱夫は苦しんで死んじまったんだ」

「毒の息か？」

今度はヒースが問う。

「たぶんな。引っ張って外まで出したが、体が紫になって……あんな死体は初めて見た。怖くて怖くて。全員を逃がして、穴を塞《ふさ》いで、それから逃げ出すので精いっぱいだったんだよ。俺が甘かったんだ。まさかあんなのにぶつかるなんてよぉ……！」

「ケインズさん、それじゃあ、そこは魔物の巣《ダンジョン》ってことになる。場所は？　竜の巣があるなんて、冒険者ギルドにも報告が上がってないぞ」

厳しい顔で、ヒースは問い詰める。

魔物の巣《ダンジョン》を放っておくと、広がって手に負えなくなっていく。見つけ次第、報告する義務があるのだ。そして小さいうちに、冒険者が魔物の巣《ダンジョン》をつぶしてしまう。

「報告はしてない」

ケインズは気まずそうに首をすくめ、ため息をついた。

「そうにらまないでくれ。あの竜はどうも巣穴から動かないみたいなんだ。作業の前準備のために三ヶ月くらい山で過ごしていたが、一度も見かけなかった。逃げた後も追ってこない。出入り口もない様子だ。あれが魔物の巣《ダンジョン》と呼べるのか、俺には分から……分からないです、すみません」

ジグリスと目が合って、ケインズは慌てて敬語で言い直した。ヒースが軽く手を挙げ、ケインズにまた質問する。

「その山は、まだあなたの土地なんですよね？」

「え？　ああ、返済期限までは俺のものだな。山だけで金貨五百枚だ。でも、あんなのが住んでるから、売値は下がるぞ」

山を売るつもりなのかと問うケインズに、ヒースは否定した。

「いや、所有者の希望があれば、こちらに優先権があるから、その竜退治を俺達で引き受ければいいんじゃないかと思ったんだ」

「俺達……？」

ケインズは周りを見回す。ドワールが自身の胸を叩《たた》いた。

「私と、ロザリーと、ヒース殿の三人のことだ」

「はあ!? お、おまっ、何を考えてるんだ！ ロザリーをそんな危ない場所に連れていくなんて！」

途端にケインズが泡をくい、ガタガタと椅子を鳴らして立ち上がるが、ジグリスとダビスに肩を押されて座らされた。

「ケインズ殿、何をそこまで焦《あせ》っているのだ。ロザリーは強い魔法使いだぞ」

不可解そうに問うドワールに、ケインズはぶんぶんと頭を振る。

「おまっ、ドワール！ お前はロザリーと幼馴染《おさななじみ》のくせに、どうして知らないんだ」

「ちょっと伯父《おじ》さん、それは言わない約束」

「黙ってなさい、ロザリー！」

ケインズに怒鳴られ、ロザリーは渋々口を閉じる。あえて仲間にも黙っていたのに、これでＨＰの低さがばれてしまう。

「ということはお前、言ってないんだな」

「だから、なんのことだ？」

けげんそうに問うヒースに、ケインズは首をゆるく振る。

「ロザリーは確かに優秀な魔法使いだ。だが、これだけ強いのに、どうして勇者に選ばれなかったと思う？　勇者の素質がなかったから？　いや、あったとしても無理だ」

「どうしてですか？」

ヘーゼルが聞き返す。仲間達もそういえば不思議だなとつぶやいている。ケインズは息を吸い、一気に暴露した。

「ロザリーのＨＰは紙みたいなものなんだ！　ジグタリスだろうと、一撃でも攻撃を食らえば死ぬんだよ！」

その瞬間、食堂の空気が凍りついた。


「どういうことだ、ロザリー」

真っ先に口を開いたのは、ヒースだった。声は低く、詰問する調子である。

「え？　さすがに一撃では死なないわよ～」

ロザリーは笑って誤魔化《ごまか》そうとしたが、彼は怖い顔で追及する。

「それじゃあ、ＨＰはいくつだ？」

「……二撃で死ぬくらい？」

「ロザリー！」

ヒースがテーブルを叩《たた》いて怒るので、ロザリーは首をすくめて、慌ててドワールの後ろに逃げた。

ドワールはじと目で口を開く。

「ロザリー、今回は庇《かば》わぬからな。どうして私にも黙ってたんだ」

「だって、教えたら遊んでくれなくなるでしょ」

「おぬしな！」

ドワールにまで怒られて、彼女は不承不承《ふしょうぶしょう》自分の席に戻った。

「百よ」

「え？」

「だから、ＨＰ！　百なの！」

ジグタリスの攻撃力は五十くらいだから、二撃で死ぬ計算だ。間違ったことは言ってない。

「ＭＰは九百九十九で、魔力を扱う固有能力持ちだろ。それで、ＨＰが百？　なんだよ、その数値。バランスが悪すぎるだろ！」

ヒースに噛みつかれ、ロザリーは気まずさに小さくなった。

「そんなことを言われても、レベルが上がっても伸びないんだもの」

ケインズが仕方無さそうに口を開く。

「レイヴァン村はな、たまに他所《よそ》から来た人の血が混ざるものの、村内で婚姻を繰り返してきたせいか、こういう弊害《へいがい》が出るようになったんだ。魔法使いとしては優秀だが、ロザリーみたいに、ＨＰが低いといった形でな」

「近親婚の影響か、なるほどね」

ジグリスがぽつりと言った。ケインズは自分自身を顎《あご》でくいっと示す。縛られているので両手は使えない。

「俺だってそうだ。足は速いが、攻撃力は低い。だから戦いには向かないんだ。このままじゃ村が滅ぶってことで、最近では、何人かの若者を外へ出稼ぎに行かせてる。嫁や婿《むこ》を外で見つけるようにって言い含めてな。ロザリーの父親――イアンもそうだ。ミモザは王都で傭兵をしていて、それが縁で出会ったらしい」

「どうして言わないんだ」

ドワールがじとっとにらんできたため、ロザリーは眉尻を下げて返す。

「言えるわけがないでしょ。村の弱点なんだもの。固有能力狙いの悪党に知られたら厄介《やっかい》だわ」

「まあ、そうだが。しかし私にくらいは教えてくれても良かろう！」

「だってドワール、弱い人とは一緒に遊べないって」

「小さい頃は確かにそんなことも言ったが、おぬしは強いだろうが！　弱点があるなら、考えて遊ぶに決まっておろう！」

「……ごめんなさい」

黙っていたのは悪かったと思うけれど、そんなに怒らなくても……ロザリーはだんだんすねね始める。

「竜については文献を当たるとして、ロザリーは竜退治には連れていかない」

静かな口調で、ヒースがきっぱりと言った。ロザリーは腰を浮かせる。

「は⁉　なんでよ、ヒース！　これは私の問題よ！」

「他の魔法使いを探して、ドワール殿と退治する。ＨＰ百の君を連れていけるか！　知らずに魔物の巣《ダンジョン》になんて連れていった自分を殴りたいよ。君も君だ、無謀というんだ、そういうのは！」

「私ほど、魔法を上手《うま》く扱える魔法使いが他にいるっていうの⁉　攻撃に当たらなきゃ問題ないのよ。結界や回避で、一度も攻撃を受けたことはなかったでしょ！」

「今後もそうとは限らないだろ！」

ロザリーとヒースの激しい言い合いに、周りは面食らっている。ヘーゼルがヒースの傍《そば》に行き、その肩に手を当てた。

「ヒース、落ち着いて」

「ロザリーも」

ドワールもなだめたが、ヒースは席を立ち、ロザリーにもう一度言い放つ。

「とにかく、君のことは連れていかない。話は終わりだ」

「ちょっと、ヒース！」

一方的に会話を切り上げられ、さすがのロザリーも頭にきた。食堂を出ていく彼を、すぐに追いかける。二階へ続く階段の踊り場で、その腕を掴まえた。

「待って、話はまだ終わってないわ」

ヒースはちらりとこちらを見て、至極冷静に言う。

「役割分担だ。君は君で、ここで商売をすればいい」

「竜なんて、ジグタリスよりずっと危険な魔物なのよ。私や伯父《おじ》さんの問題なのに、どうしてヒース達に任せるのよ。おかしいでしょ⁉」

「それじゃあ、君のご両親に助けてもらえばいい。手紙を出しておいてくれ」

「お父さんとお母さんに頼むのは分かるけど、私もがんばるわ。ねえ、ちょっと……きゃ！」

ヒースがまた歩き始めたので、ロザリーも追いかけようとした。だがヒースに鬱陶《うっとう》しげに手を振り払われ、階段から足を踏み外す。

ぐらついた視界に焦《あせ》りながら、魔法で体を浮かせようと意識を魔力へ向ける。そのまま魔法を発動させる前に、彼に腕を引っ張られて、腰を抱き寄せられた。集中が途切れて、あっという間に魔法が霧散《むさん》する。

とっさに助けてくれたようだが、それでヒースもバランスを崩し、階段に座るような姿勢になる。

「いって、腰を打った」

「えっ、大丈夫？　あっ」

ロザリーはヒースに抱き着いていることに気付き、かあっと顔を赤くする。ドワールにはいくらでもくっつけるが、さすがに年頃の人間――それも異性は恥ずかしい。慌てて離れようとして、腰に回った手に止められた。

「おい、下がると、また階段から落ちるぞ」

「ご、ごもっともです」

失態にますます顔を赤くし、謝る。

「えっと、ごめんなさい。でも、魔法で浮けば大丈夫だったのよ」

「そういうところは可愛げがないよな」

ロザリーはムッとした。

「なんで喧嘩《けんか》を売るのよ！」

「助けてくれてありがとうって、笑っていれば充分なのに。手を貸さなくても平気だと言うだろ、君は」

「だって、『手間をかけさせるな、面倒くさい』って……」

「あのクソ勇者と一緒にするな。助けたのに必要ないって言われると、結構ぐさっとくるんだぞ」

「ごめんってば。ありがとう！　だから離して？」

腰を支えている手に阻止されて、身動きが取れない。ひそかに焦《あせ》る彼女を、何故かヒースはじっと見つめる。

「なあ、どうして俺が怒ってるか……分かるか？」

「怒ってるの？」

思わずそう質問した彼女は、ヒースの目が凍えたのに気付いて、自分の質問が失言だったことを悟った。冷静そうに見えた紫紺《しこん》の目には、苛立《いらだ》ちが浮かんでいる。

「怒ってる。ＨＰがたった百しかないと聞いて、どんな気がしたか分かるか？　どの魔物の巣《ダンジョン》も、ＨＰが二千くらいないと厳しいのに。そんな場所に、か弱い女を連れていった、うかつだった自分に腹が立ってる」

「私、か弱くないわよ⁉」

「HP百はか弱いと言うんだ！」

首をすくめたロザリーだが、どうしてそんなに彼が怒るのか、謎で仕方が無い。

「ヒースは手伝ってくれてるだけよ。私、元々は一人で魔物退治をするつもりだったもの。きっと一人でも魔物の巣《ダンジョン》つぶしに行ってたわ。ほら、効率と安全性が上がっただけで、他には何も変わらないじゃない？」

不思議に思いながらそう言って、急にピンときた。

「そっか。ヒースは責任感が強いものね。戦士は自己責任で戦うんだから、あなたが負担に思うことはないのよ？　私は分かっていて挑戦してるから、これは私の責任で、ヒースは関係ないわ」

「……関係ないのか」

ヒースの眉間《みけん》の皺《しわ》が深くなる。

また言葉を間違えたみたいだ。

どうしてそんな傷付いた目をするのかと、ロザリーはたじろいだ。

「ヒースは、アスカルへの復讐のために、私を手伝ってるんでしょ？　私はとても助かっているけど、言わば利用しているだけなんだし、そこまで気に病《や》まなくても」

「つまり、俺は君を利用するだけ利用して、君が死んでも何も思わない冷血漢だと言いたいのか」

「なんでそうなるの？　私の命の責任まで、ヒースが負う必要はないと言ってるだけよ」

自責の念に駆られているのだろうと考え、気にするなと言っているのに、ヒースはどんどん不機嫌になっていく。

「もういい。とにかく、君は連れていかない。ここで留守番だ」

ヒースはまた一方的に宣言する。ロザリーが反論する前に、体が宙に浮いた。彼はひょいっと彼女を抱えたかと思うと、そのまま踊り場に下ろす。

一連の行動に彼女が唖然《あぜん》としているうちに、ヒースは素早く階段を上《のぼ》り、自分の部屋に入ってしまった。

バタンと荒々しく閉められた扉には、拒絶がにじんでいる。

「意味が分からない！　ヒースの頑固者！」

結局、話は平行線のままだ。ロザリーは怒って扉に向けて叫び、壁を支えに立ち上がる。そして、階段を素早く下りていき、食堂の扉を乱暴に開けた。

「伯父《おじ》さん！　その山ってどこにあるの？」

「え？」

椅子に縛られているものの、手は自由にされているため、紅茶とお菓子にありついていたケインズは、口の端にクッキーのカスを付け、ぽかんとロザリーを眺める。ずいぶん間抜けな顔だ。食堂にはジグリスとダビスはいるが、ドワールとヘーゼルはいない。

ロザリーが部屋の中を探す仕草をしたからか、マーサが口を開いた。

「お二人は竜について調べると言って、王立図書館のほうにお出かけになりましたよ。ロザリーさんも紅茶をお代わりしますか？」

マーサが気を利かせてくれたが、ロザリーは断る。

「ありがとう、でも私はいらないわ。さ、伯父《おじ》さん。教えないと、今すぐレイヴァン村に連絡して、お母さんを呼ぶわよ？」

「ひっ、ちょっと待て。ええと、ここだ」

「お母さん」の単語に青ざめたケインズは、懐《ふところ》から地図を取り出して山の場所を教える。レイヴァン村よりも北に位置する、ユーフィール王国の西部にある山だ。

「皆に教えないといけないから、ちょっと描き写させてもらうわね」

「ああ」

ロザリーは地図を手に、いったん自分の部屋に戻る。そして白紙を地図の上に重ねて窓にくっつけ、外からの明かりで透《す》かして、浮かび上がった線を描き写す。それを終えるやすぐに食堂へ戻って地図を返した。

「ありがとう、伯父《おじ》さん」

お礼を言うと、ケインズは青ざめてぶるぶる震えて懇願《こんがん》する。

「ロザリー、頼む。まだエランのところには行きたくない。拷問《ごうもん》されて死ぬなんて嫌だ。せめて返済期限まで待ってくれ！」

「ですって、どうかしら、ジグタリスさん？」

ロザリーはちらりとジグタリスを見た。ロザリーだってケインズに非業の死なんて遂《と》げてほしくないが、ここにエランの手下がいるのだ。彼の意向次第である。

「俺は構わんぞ。契約書は正式なものだから、まだこいつをどうこうはできねえしな。それより山まで案内させたほうが、よほど使えるだろ」

「……らしいわ。その竜のことが片付いたら、お母さんと、特にお父さんに謝ってちょうだい。兄に裏切られて落ち込んでたんだから。これ以上逃げるようなら、私も容赦《ようしゃ》しないからね？」

脅《おど》しをかけると、ジグタリスは、ケインズはぶんぶんと何度も頷《うなず》く。

「それじゃ、ジグタリスさん、伯父《おじ》さんのことは任せたわ。私はちょっと出かけてくる」

「ん？　どこに行くんだ」

「買い出しよ」

「それならロザリーさん、お遣いを頼んでも？」

マーサからついでに買い物を頼まれて、メモを手に、ロザリーはすぐに出かけていった。

買い出しと言っても、商売でも日用品でもなく、旅の買い出しだ。買い物はするので嘘はついていない。皆の目がないのを良いことに装備品と食糧をそろえると、ロザリーはその夜にはこっそりとオブシディアン家を旅立った。


翌朝、主人よりも早く起きてきたマーサは、居間のテーブルに手紙を見つけた。

それがロザリーの置手紙だと知るや、悲鳴を上げる。

「若君！　お嬢様！」

階下から叫ぶ声に、急いで駆けつけたヒースとヘーゼルは、その理由を知って頭を抱えた。

――親愛なるオブシディアン家の皆さんへ。大変お世話になりました。ヒースが止めるので、私一人で竜を退治してきます。それでは、また後日。

ロザリー・アスコットより

ヘーゼルが手紙を読み上げ、目を潤《うる》ませる。

「ヒース！　あなたがロザリーを締め出すから！」

ヒースに詰め寄る彼女に、マーサも加勢した。

「そうですよ。ロザリーさんは責任感が強いんですから、他人任せにするわけがないでしょう。昨日の買い出しはこれだったんですね。嘘ではないけど本当のことを言ってないあたり、確信犯だわ！」

これだから頭が良い子はと、愚痴《ぐち》るマーサ。

「だからって、HP百を連れていけるか！」

ヒースも言い返したが、すぐに真顔になると、二階にとって返す。客室に、ジグリスとケインズが泊まっているのだ。

「おい、ケインズさん。山ってのはどこにあるんだ！」

「へ？」

「だから！　魔鉱山だよ！」

深く寝ているところをヒースに強襲され、ケインズは寝ぼけて瞬《まばた》きを繰り返す。ヒースが苛立《いらだ》ちながら事情を話すと、隣のベッドで起き上がったジグリスがつぶやいた。

「そういや、嬢ちゃんも場所を聞いてたな。皆で使うからと地図を借りていたが、あの時には一人で出かけるつもりだったんだな」

途端にケインズは青い顔をして、おどおどと周りを見回す。

「た、た、大変だ！　ロザリーなら四日もあれば着いてしまうぞ。これが地図だ」

「ケインズさんは、これがなくても案内できるか？」

「ああ、問題ない」

「それなら、俺は先に出てロザリーを止める。ヘーゼル、ＨＰ回復薬とＭＰ回復薬、あるだけくれ！」

ヒースが頼むと、ヘーゼルはすぐにきびすを返す。そして、一階にある魔法薬を作るための作業部屋で瓶《びん》を革袋に詰めて戻ってきた。

「はい、今あるのは、これで全部よ」

「よし。身体強化なら俺も使えるから、なんとか追いつけることを祈っていてほしい。ドワール殿にもよろしく言っておいてくれ、頼む」

「ええ、任せて」

ヒースはヘーゼルに後のことを頼むと、すぐに屋敷を飛び出した。

◆

夜中に屋敷を抜け出したが、そういえば王都の門は、朝にならないと開かない。うっかり忘れていた。

西門の前で待機して、朝日が出て開門するや、ロザリーは王都を出る。身体強化の魔法を使って、地図通りに街道を駆け抜けた。

（やっぱり、ヒースの言うことは納得できないわ）

皆は止めるが、ロザリー一人だけでも竜退治に挑戦すべきだ。自分の強さにおごったことはない。HPが低いからこそ、防御と回復、俊敏さを念入りに鍛《きた》えてきた。

結界で防御し、攻撃はよけ、一撃くらっても即座に回復すれば、ロザリーは死なずに済む。魔法使いとしての素質がありながらも、HPが低い娘を生かそうとする両親に、それはもう厳しく訓練された。

親が彼女のしたいようにさせてくれるのは、彼らが技術を叩《たた》き込んだと自負しているからだ。

「でもね、ロザリー。あなたはただの女の子だということを、忘れないように」

母は思い出したように注意する。

「とにかく逃げること。生きていれば、再挑戦できるからね」

心配そうに、父も言う。

死にそうな事態を避けるため、状態異常を確認できるように、〈スキャン〉を覚えたし、それを治癒《ちゆ》する魔法も使えるようになった。

また、小さい頃は、ＨＰが低いことも長所に思えたのだ。ＨＰが低かったから、アスカルに守ってもらえた。王子様に守られるお姫様みたいで嬉しかったことを覚えている。でも、そのうち面倒くさがられて、邪険にされた。彼の隣にいるために、必死に訓練して戦えるようになったが、結局それも無駄になった。

誰かを頼る生き方は、もうしたくない。伯父《おじ》のせいとはいえ、借金はロザリーの問題だ。他人任せにするより、自分でどうにかしたい。

そうしたら、今まで努力してきた自分が報《むく》われる気がする。

街道にいる魔物は無視して、休みも入れながら、彼女は四日かけて目的地に着いた。

山がどれかはすぐに分かったが、地図を見ても、どこが入り口かはっきりしない。ふもとを歩き回るうちに、壊れた機材が転がっているのを見つけて、ようやくそこだと分かった。

「うーん、この辺かな。トンネルが岩で塞《ふさ》がってる……」

鉱夫を逃がしてから、出入り口を塞《ふさ》いだとケインズは言っていた。魔法で入り口だけ崩したのかもしれない。崩落しているなら厄介《やっかい》だが、出入り口のみなら岩をどかせばいい。

入り口を開けたら、すぐに竜との戦闘になるだろう。解毒の魔法も使えるが、致死性のものだったらロザリーの治療も間に合わないので、結界を張る必要がある。ただ、結界を張りつつ戦うのは難しい。魔法は二つ同時には使えないのだ。

（お父さんとお母さんに頼んで、三人でチャレンジすればいいかな？）

それなら他人任せにはならない。

ひとまず中の状況を少し確認できないだろうか。中にいる竜に気付かれない程度の小さな穴があったらいい。情報を集めて、対策をしてから竜退治に挑《いど》めば、安全性はぐっとアップする。そこで上のほうの岩を、魔法で浮かせようとしたところ、後ろから腹に誰かの手が回った。

「きゃー⁉」

びっくりして、身体強化をかけたまま、思わず右肘で攻撃する。が、それも手の平で止められた。

「あっぶな！　俺の肋骨《ろっこつ》を粉砕する気か⁉」

ぜいぜいと肩で息をしているヒースが、口元を引きつらせる。後ろから抱き着いた人物が分かって、ロザリーは目を真ん丸にした。

「ヒース⁉　何すんの！　いきなり抱き着かれたら、びっくりするでしょ！」

「君が出入り口を爆破しようとしていたんで、必死に止めただけだ！」

「爆破なんてしないわよ！」

そんな考えなしな真似はしない。失礼な人だ。

「そうか、分かった。勘違いで良かった。――ふう、間に合った」

彼は手を離したが、代わりにロザリーの右腕を掴む。

「おい、暴れるなよ。逃げるのも駄目だ。いいな？」

「よくない！　止めても無駄だからね！」

暴れるに違いないと考えたのか、身構えたヒースが彼女の体を、ひょいっと両腕に抱えた。

「そうか、分かった。とりあえず話し合おう。危険地帯からは離れるぞ」

「ちょ、ちょっと」

身動きを封じた上で移動するので、ロザリーは冷や汗をかく。ヒースは剣術と格闘術のプロだ。人体のどこを押さえれば動けなくなるか分かっている。それなら魔法だと思ったものの、実力行使に移る前に、ヒースがため息をついた。

「俺達は仲間だと思ってたのに、話も聞かずに魔法を使うのか？　悲しいなあ」

「うぐっ」

「君のことを信用してるのに、裏切られるのはつらい」

「う、うぐぐぐ」

「一方的に否定した俺も悪いが、謝罪する機会もくれないのか……」

「わ、分かったわよ！　ちゃんと話し合います！」

彼が弱いところをバンバン突いてくるので、ロザリーは渋々折れた。自分を信用してくれている仲間に謝罪も聞いてもらえないと悲しまれては、お人好しの心がうずく。

ヒースはそのまま山を下りて、木陰《こかげ》に野宿場所を作った。焚火《たきび》を熾《おこ》して暖をとりながら、水筒を片手に一服する。

「身体強化の上、町ごとに貸し馬を借りて飛ばしてきたんだぞ。まったく、君の移動速度はすさまじいな」

「追いつくヒースもなかなかだけどね。それで、何？　私を締め出すっていう話なら、聞きませんからね」

つんとそっぽを向いて、ロザリーは宣言する。ヒースは本当に渋々という態度で答えた。

「それについては、気持ちとしては許容できないが、ロザリーを放っておいたら無謀に一人で突っ込みそうだから、もう言わない。仕方無いな」

「それじゃあ！」

ロザリーが期待を込めて身を乗り出すと、彼はため息まじりに頷《うなず》く。

「分かったよ。竜退治は、ロザリーも一緒だ。ただし、条件がある。竜についてはヘーゼル達が調べてからこちらに来る。戦闘は情報を得て、できることは全てやってからだ。君のご両親にも連絡して、加勢してもらおう」

「分かったわ。手紙を送っておくわね」

善は急げと、ロザリーは荷物から筆記具と便箋《びんせん》を取り出して、両親宛ての手紙をしたためる。そして魔法で鳥に変化させて、レイヴァン村へ向けて飛ばした。魔法の鳥には休息は必要ないので、三日もあれば届くだろう。

そうしている間に、ヒースは旅用のマントを敷いて、草がふかふかしている辺りに寝転がった。

「ああ、疲れた。こんな強行軍、初めてだ」

ここまで疲れきっているのを見ると、さすがにロザリーにも罪悪感が湧く。

「だって私と家族の問題を、ヒース達に任せるのはおかしいでしょ。でも、仲間のためにここまでがんばるなんて、ヒースって本当に良い人ね」

良心にチクチクと刺さってくるものを誤魔化《ごまか》すようにヒースを褒《ほ》める。すると彼が起き上がり、マントの上に座り直した。むすっと不機嫌そうな顔をしている。

「仲間というだけじゃない。俺がどうして怒ったのか、まだ分からないのか」

彼がどうして怒っているか。その話はまだ続いていたのかと、ロザリーは驚いた。

「……自責じゃないの？」

少し考えてみたがやっぱり分からず、そう訊《き》き返す。それ以外に、彼が怒る理由は見当たらない。

ヒースはまたため息をつき、頭を抱えた。こちらに向き直り、理由を話す。

「ロザリー、これまでの旅で君は死んでいたかもしれない。想像して、怖かったんだ」

「そりゃあ、仲間が死ぬのは怖いと思うわ」

「本当に、分かってくれない人だな。俺は、君を喪《うしな》うのが嫌なんだ」

「ええ」

それはさっきも聞いた。彼女のあっさりとした反応に業《ごう》を煮やし、ヒースが隣までやってくる。

「だから、俺は君を特別視してると言ってるんだ」

「うん、仲間――」

――って意味でしょ？　と言おうとしたが、途中で遮《さえぎ》られ、苛立《いらだ》たしげに告げられた。

「つまり、恋愛の意味で好きってことだ！」

ロザリーはぽかんとヒースを見つめる。彼はバツが悪そうに、うなじをかく。

「そこまで意外か？　そりゃあ、勇者への復讐のために手伝い始めたのも本当だが、君みたいな人と一緒に暮らしていて何も思わないほど、俺は人間ができてるわけじゃないんだが」

「人間ができて……え？」

「自分で言うのもなんだが、健全な若者だからな。魅力的で、働き者で、心配になるくらいお人好しで気立ての良い女が傍《そば》にいるんだ。気にならないほうがおかしくないか？」

「……ええと」

ロザリーは目を泳がせた。

働き者のところは、まあ分かる。かなり動き回っている自覚はある。だが、魅力的や気立てが良いという部分はどうだろう。彼女は改まってヒースに話しかける。

「あのね、ヒース。私、婚約者に捨てられたのよ？　魅力なんて、全然ないと思うのよね」

「あいつの見る目がないんだ。むしろあんな男に、君はもったいない」

ヒースがきっぱりと言い切るので、ロザリーは言葉を失くす。

「そうでなくても、俺は元々、君みたいな小柄な女性がタイプなんだ。顔も可愛いし、特に笑った顔は好きだ」

外見を褒《ほ》められ、ロザリーの顔が熱くなる。

（小柄で、顔が可愛いですって⁉）

今まで異性にそんなことを言われたことはない。気恥ずかしさとともに気持ちが舞い上がり、落ち着こうと努力する。だって元婚約者のアスカルにも言われたことがないのだ。

「貴族には、もっと綺麗で可愛い人がいるでしょ？」

「まあな。見た目は綺麗だが、相手の実家の権力か顔しか見てないし、腹の内を読めない人が多い。

君も王宮に勤めたら、どんなものか分かるさ。俺は一緒にいてほっとする素朴《そぼく》なタイプが好みだ」

素朴《そぼく》というか、ただの田舎者《いなかもの》なのだけどと、ロザリーは苦笑する。

「我《わ》が儘《まま》を言って周りを困らせたり、無理難題を押しつけて部下が駆け回るのを笑ったり、わざと緊張させて失敗するように追い込んでいじめたりしないだろ」

それは、いったいどういう女性だ。

ヒースの独特なたとえに、ロザリーは面食らった。

「……ねえ、それはヒースがたまたま悪い人だけ見てたんじゃない？　悪いことは言わないわ。きっと同情してるだけよ。好きなんて勘違いだわ。後悔するから、考え直したほうがいいと思う」

「ほら、こんな時でも、君は相手の心配をするんだよな。そういうところも好きだ」

不覚にも、ロザリーの目がじわっと潤《うる》んだ。そんな細かいところを見てくれて、こんなふうに評価してくれている。その事実が嬉しい。

「で、でも、私は平民だし……」

「俺とヘーゼルは家を追い出されているし、気になるなら外国に行けばいい。貴族といったって、この国でだけのことだ。俺はどこでも暮らせるタイプだから、気にならないよ」

確かに、冒険者として第一線にいるだけあって、生活力がある人だ。それに、そうと知らせずに、陰でヘーゼルやマーサを守っているのを見ていた。これほど頼りがいのある男もそうそういない。

「他に質問は？」

「私は借金があるの。このままじゃ返し切れないから、焦《あせ》ってて」

「知ってる。竜を倒せれば、どうにかなるはずだし……、本気じゃなかったら、自分の立場が悪くなるのを分かっていて、逃がそうかなんて訊《き》かない」

「確かに……！」

ロザリーは衝撃を受けた。

あの時点で気付くべきだったのだ。婚約者にも捨てられるような自分が、まさか異性から好かれるなんて思っていなかったので、なんて仲間思いの良い人だと感動していたが。

「好みのタイプに素朴《そぼく》を挙げておいてなんだが、俺自身は裏もあるし、下心もあるほうだよ。だからかな、君みたいな、裏表がない素直な女性に惹《ひ》かれるのは」

堂々と下心があります宣言をされてしまった。ロザリーはどうすればいいのか困って、とりあえずヒースから距離をとろうとする。けれど、手首を掴まれて止められた。ぎくりとする。

「待った。こうしよう。君は俺が気にしないと言っても、後ろめたく思うタイプだろう。竜退治が終わって、借金返済期限が過ぎた後でいい。返事を聞かせてくれ」

「返事って……」

「俺は告白した。あとは君の気持ち次第だ。問題があったとしても、できる限り解決すると約束するよ。まあ、たいていのことはどうにでもなる」

ヒースは自信たっぷりに言い切った。

こんな男前にこんなふうに言われたら、ほとんどの女はぐらっとくるだろう。ロザリーも眩暈《めまい》がした。確かに彼なら、何が起ころうとどうとでもしそうだ。それをするだけの行動力と賢《かしこ》さを兼ね備えている。

（こんな人を解雇しちゃうって……。この国の上の人は大丈夫なの？）

アスカルのせいとはいえ、人を見る目がないのではないか。

「でも、気になるから、今の時点で俺をどう思ってるかは教えてほしい」

「えっ」

後回しでいいのかとほっとした瞬間に、驚く質問をぶちこまれて、ロザリーは動揺した。手首を握る手が強くなり、ヒースがじっと見つめてくる。

「う……」

顔が勝手に赤らむ。どうやら逃げられないようなので、彼女は早々に抵抗を諦めた。答えるならば真面目に考えようと、一つずつ挙げていく。

「ええと、良い人、ね。それから仲間思いで、作戦立案が得意なタイプよね。ピンチでも冷静に対処できて、ええと、家族には甘い」

なんだろう。緊張で冷や汗が出てきた。友達を褒《ほ》めているのだと自分に言い聞かせていると、ヒースは質問を追加する。

「顔や容姿はどうだ？　結構、女受けはするほうなんだがな」

「顔……？　普通に格好いいと思うけど？」

「君の好みの話だ」

「え？　うん、そうね。格好いいし、背が高いところも好……って何を言わせられてるの、私⁉」

誘導尋問に引っかかっていることに気付き、あたふたした。零《こぼ》した本音は元に戻らない。

「そうか、好みか。それは良かった」

にやりと笑って、ヒースはロザリーの手首に顔を近付けた。そこに口付けが落ちるのを、ロザリーは呆然と見つめる。

手首へのキスの意味は、欲望だ。

彼は言葉にはしないだけで、態度で「ロザリーが欲しい」と表した。

(展開が速すぎて、ついていけない！)

照れと恥ずかしさで頭から湯気《ゆげ》が出そうだ。これまでアスカル一筋で来たせいで恋愛に疎《うと》いロザリーでも、ヒースがあからさまに迫っているのは分かる。

ロザリーがカチンコチンに硬直しているのに気付いたのか、そこでヒースはパッと手を離した。

「それじゃあ、また後日。ゆっくり考えてくれ」

「え、う、あ」

「そんなに焦《あせ》らなくても、何もしない。……獲物はある程度弱らせてから仕留めるのが一番だしな」

彼がぼそっと怖いことを付け足すので、ロザリーは立ち上がる。

「ヒース、少し先にある町に行きましょう。あなたと二人きりで野宿するのは、ちょっと……いえ、だいぶ気が引けるわ」

半年近く同じ家で過ごしてきたおかげで、ヒースの性格はなんとなく分かっていた。彼は欲しいものを手に入れるためにはどんな労力もいとわないタイプだ。勇者に復讐しようとロザリーを手伝っている辺りからも、それが分かるというものだった。

「ああ、それはいいな。俺もさすがに疲れたから、部屋でゆっくり休みたい」

「そ、そうね」

ロザリーは魔法で水をかけて焚火《たきび》を消し、すぐ下の地面も枝で軽く掘ってよく冷やす。地面の中に熱がこもって、山火事の原因になることがあるのだ。その間にヒースは荷物をまとめ直し、マントを羽織《はお》る。

「さ、行こうか」

「ええ」

そしてヒースは歩き出す。彼はさっきまでと全く違い、いつも通りの雰囲気だ。

（え？　さっきと同一人物なの、これ）

少し後ろを歩きながら、ロザリーはまじまじと彼を観察する。仲間として長く過ごしているので、彼のことはよく分かっているつもりだった。まだ知らない面があることが驚きだ。

裏があるし、下心があると言っていた。こんなふうにいろんな顔を隠せるのだとしたら、貴族の世界が魑魅魍魎《ちみもうりょう》の巣とたとえられるのもよく分かる。

（もしかして、怖い人に好かれてしまったんじゃないかしら、私……）

不安が湧いたが、すぐに思い直す。彼は嘘をついているわけではない。それもまたヒースの一面で、ロザリーが知っている家族思いの良い人な部分も、彼に違いはないのだ。

もんもんとしていると、ヒースが振り返った。

「あんまり怖がるのも失礼だなあ、とか考えてるだろ？」

「やめて、言い当てないで！　怖い！」

ヒースにしてみれば、ロザリーの考えなんてお見通しのようだ。ロザリーが怖がると、ヒースは面白そうに笑った。どうやらからかっただけらしい。やっぱり怖い人だ。


それから一週間が経ち、ケインズ所有の山近くにある町の広場で、二人は皆と落ち合った。

ロザリーの両親、ジグリスとダビス、ヘーゼルとドワール、そしてケインズだ。マーサだけ王都に残ったそうだ。ヘーゼルはロザリーを見つけるなり涙目になり、その手を取る。

「ロザリー、無事？　怪我はない？　そう、良かった。一人で竜退治に行くなんて手紙があって、私がどれだけ心配したか分かる？」

「それは、ごめんなさい。でも、やっぱり他人任せは嫌で……」

「本当に真面目なんだから！　ところで」

ヘーゼルがロザリーの耳元でささやく。

「ヒースは紳士のままだったかしら」

「へ!?」

「ああ、良かった。大丈夫みたいね」

彼女はよほど安心したのか、ロザリーをぎゅーっと抱きしめた。そんな妹に、ヒースが心外そうに言う。

「ひどいな、ヘーゼル。俺は自制心が強いんだ。告白にとどめておいた。今は返事待ちだよ」

「ちょ、ちょっとヒース！」

小さな声のまま、ロザリーはひっくり返った声で抗議した。

「私はヒースの気持ちには気付いていたから、気にしなくていいのよ。最初の頃は、あなたを利用するんだって言ってたのに、そのうちあなたのことばかり見てるんだもの。分かりやすかったわ」

「なんの話だ？」

ドワールがぬっと顔を出し、ロザリーは飛び上がる。

「なんでもない！」

その慌てように、ヘーゼルとヒースが笑いを零《こぼ》す。

そんなロザリー達の横では、彼女の両親がケインズに圧をかけていた。特に母ミモザはこめかみに青筋を立てている。

「お義兄《にい》様～？　お久しぶりですわぁ。お元気でしたか？」

「ひぃっ。そ、そちらも元気そうで何より……」

「楽しいお仕置きが待ってますよ。ふふふ」

「嫌だーっ」

ケインズは弟であるイアンに泣きつこうとしたが、イアンの態度も冷たい。

「今回は庇《かば》わないよ、兄さん。まずは僕に言うことがあると思うんだけどね」

「申し訳ありませんでした！」

ケインズは土下座して謝った。顔をぐしゃぐしゃにして泣きながら情けなく謝る姿に、イアンの顔がだんだん困ったものになっていく。

「なあ、ミモザ。これくらいでいいんじゃ……」

「イアン君の頼みでも、駄目です。崖《がけ》から逆さ吊りのお仕置きはしますからね！　まずはそこに住みついている竜を退治してからよ。お義兄《にい》様、これ以上逃げたら、分かってますよねえ？」

ミモザに脅《おど》しつけられ、ケインズは何度も頷《うなず》いた。

「逃げません！」

「よし！」

それでいったん話は終わり、適当な食堂に入って、食事をしつつ竜退治について話し合う。へーゼルが数枚の紙をテーブルに出す。

「それらしき竜について、文献を見つけたからまとめてきたわ」

「暗黒竜？　魔王クラスの大物じゃないか！」

書類を見たヒースが驚きの声を上げる。ミモザがけげんそうに、彼の後ろから文献を覗《のぞ》き込んだ。

「確か魔物を食べまくった竜が、最終的に進化する大物よね？　手紙で読んだ内容だと、出入り口の無い山の中に引きこもってるんでしょ？　どうやって魔物を食べるのよ」

すると、ケインズが青ざめて、震えながら言った。

「魔鉱石だ！　そうか、あいつが魔鉱石の鉱脈に住みついて、魔石を食ってるんだ。嘘だろ！　それじゃあ、どっちにしろ、儲《もう》けはたいしたことないってことに……」

魂《たましい》が抜けた様子で頭を抱えるケインズをちらっと見て、ミモザは話を続ける。

「なるほどね。魔石を食べて、大きくなったわけ。それじゃあ、今も居座ってるのはなんで？」

「魔石が残ってるんじゃないかなあ」

イアンがのんびりと指摘すると、ケインズがガタタッと椅子を蹴って立ち上がる。

「そうか！　それなら、まだ儲《もう》けられる！」

「お義兄《にい》様、うるさい」

「すみませんでした」

ミモザににらまれ、ケインズは即座に謝って静かになった。ミモザは義兄に丁寧な話し方をするが、力関係はあきらかに彼女が上である。

ヒースが読み終えた文献を回してきたので、ロザリーも目を通した。ドワールが横から問う。

「ロザリー、なんて書いてあるのだ？」

「黒い鱗《うろこ》と金の目を持つ禍々《まがまが》しい竜。毒の息を吐く。それは猛毒のため、たちまち辺りに死が満ちる。そして世界に静寂をもたらす。魔王と並び立ち、時に魔王と争う」

端的にメモされたそれを読み上げると、ジグリスが「うへぇ」とうんざり顔をする。

「俺とダビスは、ここで留守番するぜ。巻き込まれたら死んじまう。ケインズ、お前はちゃんと手伝えよ」

「ええっ、俺は逃げるしか取り柄がな……はい、すみません。そうします」

ケインズはうろたえたが、皆からいっせいににらまれて、肩をすくめてうなだれた。ロザリーはバンバンとテーブルを叩《たた》く。

「伯父《おじ》さんに拒否権があるわけないでしょ。私達でかなりがんばって稼いだんですからね！　この竜さえ倒せば、一発逆転の可能性があるわ！」

「レイヴァン村の精鋭魔法使いが二人、この私、大斧使いのミモザもいるのよ？　竜退治を手伝うほうが、戦闘奴隷《どれい》にされて死ぬまでこき使われる未来よりマシでしょう」

戦う気満々のミモザは得物——大きな斧を椅子に立てかけている。イアンに出会う前は、傭兵として孤高の女戦士をやっていた。そして、イアンと組むと、破壊力が倍になる。特にイアンに危機が迫ると、火事場の馬鹿力を発揮することもあるのだ。

「死ぬ気でがんばります！」

「よし！」

ケインズの返事に、ミモザは頷《うなず》いた。ドワールがむうと鼻の頭に皺《しわ》を寄せる。

「しかし、毒の息が厄介《やっかい》だな。直撃を避けられても、洞窟の中にいるんじゃ、充満しちまうだろ？」

「でも魔物も、水種以外は空気がないと生きられないわ。どこかに空気穴があるんじゃないかしら」

ヘーゼルが意見を出し、ミモザがふんわりとえぐいことを問う。

「じゃあ、空気穴をふさいで、酸欠にさせて殺す？」

「お母さん、怖い……。苦しくなって暴れたらどうするの？」

「自分から外に出てきてくれるんなら、楽でいいじゃない」

「大雑把《おおざっぱ》ねえ」

そこでヒースが挙手して、口を挟んだ。

「良い案かもしれんぞ。ケインズさん、竜の巣にぶつかった時、どれくらい姿が見えてたんだ？」

「頭だけだぞ。と言っても、俺は出入り口付近にいたんだ。鉱夫の叫び声と竜の鳴き声で分かった」

「体よりも巣穴のほうが大きいものだ。あの山の規模で、中に空洞がぽっかりあいているとして……天井が崩落しやすいな」

ヒースのつぶやきに、今度はイアンが考えを述べる。

「暴れさせて天井が崩落すれば、少なくとも密室ではなくなる……か。しかしそれだと、竜任せになるから確約とまではいかないな。むしろ、我々で天井を壊す方向にしようか」

「え？　爆破するの？」

ロザリーが質問すると、イアンはおっとりとした口調で、丁寧に返す。

「そんな大規模魔法を、最初から使わないよ。爆薬をそろえるにしたって、金がかかりすぎる。ここは山にあるものを活用しようか」

「何それ」

「水脈だよ。まず、ロザリーが魔法で水を大量に流す。雨の魔法がいいかな？　それから、染み込んだところで、僕が凍らせる。氷は膨張するから、水路から岩にヒビが入ったり、隙間ができるはずだ。とどめに、二人で植物を生《は》やそうか」

「根っこで、亀裂を加速させるのね！」

巨大な堤防も、蟻《あり》の巣によって壊されるという。魔法でその現象を引き起こすというわけだ。ミモザがにこにこと笑う。

「あとは天井の重みで、勝手に崩落するってことか。イアン君、あったまいい～。かっこいい」

「そうかな」

ミモザに褒《ほ》められて、イアンは照れ笑いを浮かべたものの、すぐに苦笑に変わる。

「あの山の規模となると、僕のＭＰはこれで半分はとられちゃうなあ。ＭＰは五百なんだけど」

「ＭＰ回復薬は、ロザリーとイアンさんに渡しておくわ。道中、大急ぎで作ったのよ」

ヘーゼルが鞄《かばん》から追加の魔法薬を取り出して、テーブルに置く。

それから、竜退治の流れについて、更に細かく話し合った。

「黒辛子《くろからし》もどきを二樽《ふたたる》だな。すぐに用意しよう」

買い出しはジグリスがやってくれるそうなので、任せることにする。

この頃には皆は食事を終えており、ロザリーはため息ばかりついているケインズに発破《はっぱ》をかけた。

「伯父《おじ》さん、大事な役目なんだからね！　がんばって！」

「分かったよ。はああ、俺の足の速さがこんなことに使われる日が来るとは……」

「結界で援護するから！　大丈夫よ！」

「お前こそ気を付けるんだぞ、ロザリー。ああ、心配だ。なんでお前達は落ち着いてるんだ？」

ロザリーを心配して気が気でないケインズに対し、両親はあっけらかんとしている。

「そんなにやわに育ててないわよ。ねえ、イアン君」

「まあでも、危ないと思ったら逃げるんだよ」

ミモザはいつも通りの大雑把《おおざっぱ》さだが、イアンはほんのり苦笑して注意を付け足す。

「よし、それじゃあ、準備が整うまで、外で動きのシミュレーションをしておこう」

ヒースが周りを見回すと、ロザリー達は声をそろえて返事をした。

◆

ジグリスがはりきってくれたおかげで、翌日には黒辛子《くろからし》もどきを樽《たる》で二つ分、そろえられた。

その日は武器や防具の最終チェックをして、皆で山を歩き回り、竜の巣にある空気穴を探し出す。

もしもの時の逃げ道も確認した。

質問されたらすぐに答えられるくらいにシミュレートを終え、準備が完了。

次の日、朝日が昇ると同時に作戦を開始することに決まり、皆、早々に休んだ。


作戦当日、まだ日の出前の薄暗い時間に、ロザリー達は山にいた。

山の朝は冷える。ふうと息を吐くと、空気が白く染まった。

さすがに緊張して、手が震えてしまう。それを寒さのせいだと誤魔化《ごまか》すため、ロザリーは両手に息を吹きかけて温めている。

パキッと枝を踏む音がしたので振り返ると、黒い鎧姿《よろいすがた》のヒースが歩み寄ってくるところだった。

脇に兜《かぶと》を抱えている。

「ロザリー、本当にやめる気はないのか？」

傍《そば》までやってきて、ヒースはそう訊《き》いた。やめてほしいとその目が言っているが、ロザリーは気付かなかったことにする。

「やめないわ。やれるだけやって、それでも駄目だったら諦めもつくでしょ？　でも、ここでがんばらなかったら、きっと後悔すると思う。失敗した時ももちろんだし、上手《うま》くいっても、あなた達の誰かが怪我をしたら、人任せにしたことを一生責め続けるでしょうね」

ロザリーは今まで、アスカルに未来を預けてしまっていた。今は、自分で人生を選びたい。だから、どんなに緊張していても怖くても、絶対に逃げないのだ。

「……それは嫌だな。君の立場なら、俺もそう思うだろう」

ヒースを見上げ、ロザリーは感じていることを正直に話す。

「ヒース、私ね、ここでなんとかできたら、今までの努力が報《むく》われる気がするの。それに、誰かを頼りにして、振り回されるのはもう嫌。私、結婚する人の後ろをついていくんじゃなくて、隣に並びたい」

好きだと言ってくれている人だからこそ、分かっていてほしい。

「私が転んだら支えてもらって、相手が転んだら私が支えるの。そういうのがいい」

「ああ。そうしたらいいさ。俺なら、嫁は甘やかすけど」

「ちょっと！」

「別にいいだろ。この世で一人くらい、特別扱いする人間がいても。君は誰にでも平等に優しいけど、俺は平等に扱われるのは嫌だ」

ロザリーは苦笑を浮かべた。

「困った人ね」

「うん。その顔、いいな。もっと困らせたくなる」

「もうっ」

ちゃんと話を聞いてほしくて、ロザリーは眉を吊り上げる。

「分かった分かった。そうしてほしいなら、そうするさ。お姫様の願いを聞くのが、騎士の務めだからな」

ヒースはからかうみたいに返しながら、ロザリーの右手をすくうようにして持ち上げた。そのまま指先に軽くキスを落とす。

「全部終わったら、約束通り、返事を聞かせてくれよ？」

最後に紫紺《しこん》の目を細めて、色気たっぷりに微笑《ほほえ》まれる。ロザリーはカチンと固まった。

「はい……」

赤くなったロザリーを上機嫌に見て、ヒースは持ち場のほうへ向かっていく。残されたロザリーのもとへドワールが近付いてきた。彼も腕や上半身に鎧《よろい》をつけ、ハルバードを背負っている。

「ロザリー、そろそろ作戦開始だぞ。ん？　なんだ、ヒース殿と何かあったのか？」

「え？」

「まるで求愛している時のような、甘い香りが」

狼獣人のドワールは、ヒースがいた辺りをくんくんと嗅《か》ぐ。彼の気持ちが、においにだだ漏《も》れだなんて思ってもいなかった。何故だかロザリーのほうが恥ずかしい。

「そ、そんなわけないじゃないの。それじゃあ、持ち場につくわね！　岩が飛ぶかもしれないから、気を付けて」

「そちらもな」

ドワールは不思議そうにしながら、杖《つえ》を手に駆け出すロザリーに手を振った。

（集中しなきゃ駄目よ、ロザリー！　まずはヘーゼルが空気穴から燻《いぶ》して、私は雨の魔法！）

雨の魔法は、干害対策で編み出された魔法だ。勢いは使い手が調整できる。乾燥地帯にあるレイヴァン村でも重宝しており、村人ならば皆使え、普段からよく見ていた。

念には念を入れ、空気穴の前で黒辛子《くろからし》もどき一樽分《ひとたるぶん》を藁《わら》や薪《まき》とともに燃やし、洞窟内に煙を充満させ、竜を燻《いぶ》すことにした。ロザリーとイアンの魔法で崩落しなかったとしても、暗黒竜が煙のくささに暴れれば、その確率は高くなる。

戦闘には参加しないが、燻《いぶ》し役はヘーゼルが買って出てくれた。

崩落に巻き込まれるといけないので、山を囲むようにしてそれぞれ安全圏に立つ。作戦開始は笛の音と決められていた。

もう一時間ほど前から、ヘーゼルが煙を起こしている。そろそろ煙くなってくるだろう。

——ピ————ッ。

山の東側に着いたロザリーの耳が、笛の音をとらえた。手に持っていた砂時計をひっくり返して地面に置くと、彼女は気合を入れてハンマーに似た形の杖《つえ》を頭上高く構える。

「始めるわよ！」

魔力を練り上げて、魔法を発動させた。西側にいるイアンも同時に使い始めたはずだ。

次第に雲が出てきて、空には黒雲が立ち込める。そして、どっと雨が降り始めた。

それほど木が生《は》えていない岩山なので、土砂崩れが起きる危険もある。安全圏を見極めたが、巻き込まれないとも限らない。緊張とともに雨を降らせ続け、砂時計が三回分——十五分が経った時点で、魔法を止めた。

地面に染み込むまで時間がかかる。三十分ほど待っていると、山のどこかから竜のうなり声が聞こえてきた。煙がくさいのだろう。

それ以外は、静かだ。イアンが水脈を鑑定して、凍らせている頃合いである。

二度目の笛の音がして、ロザリーは土止めの魔法を使う。土が流れやすい斜面に植物を生《は》やして、土砂の流出を防ぐために使われる緊急用の魔法だ。その場に生《は》えている雑草に魔力を注いで、無理やり成長させるものだから、当然、草が枯れるのも早い。

木を選んで成長させていく。土止めではなく、根を深く伸ばして地面にヒビを入れるために。

やがてもろくなっていた天井部が陥没《かんぼつ》し、それにつられて、内側へどうっと土砂が落ちていく。

「ギャオオオオ！」

燻《いぶ》されていたところに岩が落ちてきて、暗黒竜は怒ったらしい。つんざくような鳴き声が響き、暴れ始めた。岩を巣穴から外へ放り出し、斜面は顎《あご》や頭突きで内側から崩して外へ叩《たた》き出す。

これを合図にヘーゼルは退避しているはずだ。

「うわぁ、これは凶悪ねぇ」

朝日が差し込む中、山とほとんど変わらない、巨大な竜が姿を現した。黒い鱗《うろこ》、いかつい体。角は二本生《は》えていて、金の目はギラギラと輝く。だが、巨体のわりに、背に生《は》えている翼は小さい。

（飛ぶ気がなかったから、成長させてない……とか？）

小さな翼は謎だが、今はその原因について考えている余裕はない。ロザリーは東半分にいる自分、ヒース、ドワール、ケインズに結界を張る。西側では、イアンが彼とミモザに結界を張っているはずだ。戦闘が始まれば、ロザリーとイアンは後方支援が中心になる。

どの魔物も、心臓と胃の間辺りに核――魔石を持っている。暗黒竜の記録によれば、その位置は鱗《うろこ》で分かるそうだ。逆鱗《げきりん》になった金色の鱗《うろこ》があるという。

ミモザが穴の縁に立ち、斧に朝日を反射させて、暗黒竜をあおった。そうしながら走ってその場にとどまらないようにする。囮役《おとりやく》に苛立《いらだ》って、暗黒竜は紫色の息を吐いた。

しかしそれは結界に阻《はば》まれて、ミモザには害をなさない。

ロザリーはイアンの姿を近くに見つける。彼が手を振った。毒の息を吐くにはためがいるようだ。ミモザが安全圏に入ったのを見て、ロザリーがイアンとミモザに結界を張り直して引き継ぐ。

大人数の結界維持はＭＰをがりがり削るので、ＭＰの多いロザリーが担当することに決めていた。魔法による攻撃はイアンの仕事だ。雷をひらめかせ、氷の礫《つぶて》をぶつけ、暗黒竜の気をひく。

その間に、ドワールが樽《たる》を担《かつ》ぎ、ヒースとケインズがその後について、暗黒竜の体に飛び移った。ほとんど山みたいな体なので、竜にとってはささいな刺激だったのだろう。気にとめず、イアンとミモザに毒の息を吐く。

それでも生きているイアンとミモザに苛立《いらだ》ったのか、腕をぶんと振って攻撃した。二人はそれをジャンプでよけ、ひらりと後方に着地する。

「ほーら、こっちだよ！　グズ、真っ黒、えーと……」

「のろま！」

馬鹿にしようと努力しているが、二人とも罵倒《ばとう》の語彙《ごい》が十歳かそこらの子ども並だ。結局、「馬鹿」に落ち着いて、連呼し始めた。

ロザリーは笑いそうなのを我慢して、結界を維持する。

そうこうするうちに、三回目の毒の息が吐き出された。竜が口が閉じる前に、ドワールが樽《たる》を投げ、俊足で宙へ跳んだケインズが、それを蹴り飛ばす。そして、口の中へ樽《たる》がゴールインした。

（決まったわ！）

あの樽《たる》には黒辛子《くろからし》もどきがぎっしり詰まっている。ズガシャッという音を立てて、樽《たる》が割れる。

忌々《いまいま》しげに暗黒竜が噛んだのだ。

「うおわああ。っと、助かった」

「兄さん、こっちへ！」

ケインズはそのまま落ちていくが、イアンが魔法で浮かべて救出した。

「グッ、グゲッ⁉」

暗黒竜はぎょっと目を丸くする。その目から涙が零《こぼ》れ落ちた。

激辛の黒辛子《くろからし》もどきを一樽分《ひとたるぶん》食べ、舌がしびれているのだろう。

（黒辛子《くろからし》もどき、竜にも効果がてきめんね……！）

だがこの黒辛子《くろからし》もどき、激辛なのが売りなのではない。ヘーゼルが言っていた通り、「薬草」なのだ。効果は解毒である。

一樽分《ひとたるぶん》の黒辛子《くろからし》もどきを燃やしたのも、食べさせたのも、毒の効果を弱めるためだ。煙として吸い込んでいるだろうし、口から摂取した分もある。

そして激辛のあまり動きが止まれば、ヒースとドワールの出番だ。二人は使い捨て用の短剣を、暗黒竜の目に深く突き刺した。

「グギャアアアア！」

つんざく悲鳴に、ロザリーは眉をひそめる。さすがにかわいそうになるが、放っておいても世界の――人間や動物、果ては魔物にとっても害悪となる存在だ。退治するしかない。

「ごめんな！」

イアンが謝って、短剣に雷を落とした。申し訳なさそうにしているわりに、最大威力の雷が目から体内へ入り込み、暗黒竜の臓腑《ぞうふ》を焼く。どんなに大きな魔物で皮膚が硬かろうと、内側はただの肉の塊《かたまり》にすぎない。

「逆鱗《げきりん》が無い！」

ヒースが叫んだ。

「こっちも見当たらぬぞ！」

ドワールも叫び返す。そんな中、動きを止めていた暗黒竜がぶるぶると震え出した。ポロリと落ちたのは短剣だ。

「え？」

二本とも落ちた。眼球が盛り上がり、内側から再生していく。

（傷が治癒《ちゆ》していってる！）

その事実に気付いて、ロザリーの背筋がゾッとした。

「二人とも、気を付けて！」

ヒースとドワールが急いで背中側に周り、突起にしがみつく。その直後、暗黒竜は腕を振り回して暴れ始めた。口からも紫色の息が飛び出す。

ロザリーの目の前に、暗黒竜の頭が迫った。

「あ……」

結界はある。だが、その頭突きは、足元の地面をえぐりとった。

「嘘。きゃっ」

ロザリーは結界ごと、宙に放り出される。

結界があるから攻撃は防げる。しかし、結界の中で頭を打てば、死に繋がるのだ。とっさに体を浮かべようとして、ロザリーは迷った。

魔法は、同時に二つは使えない。

ここで自分に浮遊の魔法を使ったら、結界が壊れて、仲間達が毒を浴びてしまう。

――自分か、仲間か。

ほんの一瞬が、数分ほどに思えた。

頭を抱え身を丸くして衝撃にそなえながら、ロザリーは仲間のほうを選んだ。

◆

「う……っ」

少しの間、気を失っていたらしい。気付くと、ロザリーは暗い地底にいた。

「いたた」

頭を庇《かば》ったつもりだったが、落下した時に結界内でぶつけたようで、ズキッと痛む。体のあちこちも痛い。

どうやら岩の上にうつぶせで倒れているようだ。額《ひたい》に右手を当てると、ぬるっとした液体が手の平につく。血だろうか。そこで左の指先が水に浸《つ》かっていることに気付き、ハッと飛び起きた。

結界が消えている。周りに円形に落ちている石や岩を見るに、落下するまではもちこたえていたらしい。

（お父さんが他の皆に結界を張り直してくれていたらいいけど……）

手早く自分にスキャンをかけて、異常がないか調べた。傷を見つけ、全て治療する。あの衝撃で死んでもおかしくなかったが、運良く助かったみたいだ。それに毒にも侵《おか》されていない。

「ん……？」

ロザリーは不思議に思った。かなり魔法を使ったから、MPは四分の一以上減っているはずなのに、なぜか全快している。

もしかして、かなり長く寝ていたのだろうか。それなら自然回復なので納得だが……

きょろきょろと周りを見て、とりあえず端のほうに寄る。幸い、天井にあいた穴のおかげで、薄暗いながら足元は見えた。この明るさなら、まだ昼間のはずだ。恐る恐る上を見ると、暗黒竜が空をにらんでいる。近くに仲間の姿は見えない。

（皆、生きてるよね？）

家族や仲間の死体があるのでは……？

そんな想像をしてしまい、不安が胸を覆《おお》う。けれど、すぐに頭を振ってイメージを追い散らした。

（どうにかして、上に戻らないと……）

あいにくとロザリーは空を飛ぶ魔法は使えない。アスカルは使えたので、こんなことなら彼に教わっておけば良かったと後悔しつつ、空を見上げる。魔法で体を浮かせて崖《がけ》をよじ登るのが一番だろうが、その間は結界を張れないので、暗黒竜に攻撃されたら終わりだ。

（どうしよう……）

ひとまず死角を選んで、壁際を進む。

こちらは尾があるほうらしい。暗黒竜が背を向けているのが救いだ。それにしても、鞭《むち》のように長くしなやかな尻尾だった。それを見ていて、ふと違和感を覚える。

(こんなに立派な尾があるのに、攻撃には使わなかったわよね)

翼も小さい。空から攻撃すれば、ロザリー達などひとたまりもないだろうに、暗黒竜はあくまで巣穴から動かなかった。それが不思議だ。

壁沿いを静かに移動し、登るのに安全そうな場所を探す。倒れていた辺りから続いていた水たまりが一気に大きくなり、ロザリーは足を止めた。どうやら地下水が湧いているようだ。

そこで何げなく寄りかかった岩が動き、ロザリーは悲鳴を上げそうになる。

(ひっ、びっくりした。これも、尻尾⁉)

口を両手で塞《ふさ》いで、静かに下がった。心臓がバクバクと鳴っている。

声を上げなくて良かった。

竜に気付かれたら、ロザリー一人ではひとたまりもない。

自分に結界を張る。あいにくと隠れる場所がなく、数秒、その場に立ち止まった。なんの反応もないことに、ほっと息をつく。

(ふう。尾で周りを把握するタイプではないみたいね)

魔物の中には、目が悪く、尾を使って状況判断するタイプがいる。暗黒竜はそれとは違うらしい。

体には突起がついていたが、尾はつるっとしている。トカゲの尾と同様に、するっと先が細くなっていた。その先を見ると、泉に浸《つ》かっている。

（え？）

注意深く観察していて気付いた。尾の辺りから、水面に小さな波が立っている。

振動しているというより、頭のようなものが動いているのだ。尾の先端に見えたものは舌だった。

黒いトカゲに似た何かが、地下水を舌ですくって飲んでいる。

（何、この魔物。よく分かんないけど、叩《たた》いたほうが良さそう）

尾にも頭があり、胴体にも頭がある。どちらかが本体なのか、二つが繋がっている魔物なのか。

文献に載っていた暗黒竜の倒し方が通じないのだ、なんでも試すしかない。

攻撃しようとして、ロザリーは杖《つえ》を持っていないことを思い出した。落下した時に手放してしまったのだろう。できれば尾の先端には近付かず、巨大な竜にも気付かれずに攻撃したかった。ならば岩を使うしかない。

ロザリーは結界を解くと、自分自身に身体強化の魔法をかけた。両手で持てる程《ほど》の大きさの岩を持ち上げ、ゆっくりと魔物に近付く。

そして振りかぶり、トカゲの頭に勢いよく投げつける。トカゲはギャッと悲鳴を上げ、ばたっと動かなくなった。

――その瞬間、暗黒竜の体にボコボコとコブができる。

嫌な予感がしたロザリーは、すぐに結界を張り直した。その判断は正しかった。暗黒竜の肉体が内側から弾け飛び、ドォンと大砲めいた音が響く。まるで風船が割れた時のようだ。ものすごい風と毒の気体が辺り一帯に吹き付けるが、結界に阻まれてロザリーには影響がない。

――それよりも。

「核はどこ⁉」

薄暗い中、目をこらす。

視界の端で、何かが動いた。どうやら先ほどの魔物、この短時間で復活したらしい。ちょろちょろと駆け出していくトカゲを追い、ロザリーは水場を走る。一度しゃがんで、スカートの裾から太《ふと》腿《もも》に装着したナイフを取った。

（こっちが本体ね。間違いない！）

先ほどかけた魔法の効果がまだ続いている。ロザリーはナイフをトカゲに投げた。

「グギャッ」

それはちょうど心臓と胃の辺りに刺さり、ポロリと魔石が零《こぼ》れ落ちる。ロザリーは素早く近付いて、拾い上げた。

「大きいけど、白い魔石だわ。そんな……」

これでは高く売れても金貨一枚にしかならない。

魔王レベルの暗黒竜ならば、虹色の魔石のはず。それで一発逆転できたかもしれなかったのに。

なんとも言えない脱力感に襲われる。期待していただけに、頭が真っ白だ。

岩場に呆然と座っていると、突風が起きて、毒の霧《きり》を外へ押し流していった。

しばらくして、仲間がロザリーを呼ぶ声が聞こえてくる。その声はだんだん近付いてきた。

「ロザリー！」

ヒースが彼女を見つけ、一目散に駆け寄ってくる。

「良かった。生きていたか！」

その後ろで、ドワールや両親が安堵《あんど》の表情を浮かべたのが見えた。目の前まで来たヒースは、がっくりしているロザリーの様子に不安を抱いたようだ。結界のせいで近付けないのに焦《じ》れて呼びかける。

「おい、どうしたんだ。怪我をしてるのか？　結界を解いてくれ！」

「あのね……」

彼女が結界を解くと、説明する前にヒースに飛びつかれた。あちこち触られて、異常がないか確認される。

「血がついてるぞ、怪我は!?」

額《ひたい》から垂れた血が、上着についていたのがいけなかったらしい。上着をめくろうとするので、ロザリーは慌てて裾を押さえる。

「うひゃっ、ちょっと落ち着いてよ、ヒース！　私は治癒《ちゆ》魔法を使えるのよ？　だから待ってってば、ストップ！」

彼の頭にチョップをして止めると、不満げな顔をされた。

「俺は心配して……」

「分かるけど、脱がすのはやめて！　怪我は治したから無傷！　それに怪我していたのは頭だし、他は打撲《だぼく》か打ち身！」

「すまん」

顔には出ていないが、彼もパニックになっていたのかもしれない。バツが悪そうに、頬をかいた。

ロザリーが上着の乱れを整えた頃には、皆も到着している。

「ロザリー、無事だね？　崖《がけ》から落ちた時は心臓がつぶれるかと思ったよ」

イアンはロザリーの様子を確認して、ほうと息をつく。ミモザも表情をやわらげた。

「何があったの？　急に竜が弾けて死んで、びっくりしたわ。でもあなたが生きているからだって分かって、探しに来たの」

ミモザによると、ロザリーが転落したことで、皆いったん退避したらしい。

「ヒース君が助けに行くって聞かなくて、止めるのが大変だったのよ」

「そ、そう、ヒースが……。ごめん、皆。ありがとう」

先ほどの剣幕でも、心配は充分に伝わってくる。気恥ずかしくなって首をすくめたロザリーだが、気を取り直し、改めて皆にも謝ってお礼を言った。しかし、どうしてもため息が出てしまう。

暗黒竜の尻尾の話をすると、ケインズがうめいた。

「擬態《ぎたい》するタイプの魔物じゃねえか。ああいうのは同種にしか化けられねえからな、ドラゴン種だろうが……。魔石が白いってことは弱いんだろうに、なんだって暗黒竜に擬態《ぎたい》できたんだ？　ただの革袋みたいになっちまって……。これも素材には使えそうだが、金貨五百枚は無理だろう」

「そうよね。魔王レベルが、あんなに簡単に倒せるわけがないよね。これでどうにかなると思ってたのに、こんなのってないわ」

情けなくて涙が出てくる。そんなロザリーを、ミモザが抱きしめた。

「泣かないで、ロザリー。せめて娘だけでも逃がしてあげたいわ」

「ごめん、僕が連帯保証人にならなければ、君達を巻き込まなかったのに」

「そんなことを言ったら、俺のせいだろ」

イアンも二人を抱きしめて、ケインズが心底申し訳なさそうに顔を歪《ゆが》めて落ち込む。なぐさめ合う一家を見るドワールもしょんぼりして、耳と尾が垂れている。

「まだ時間はあるのだ、もうひとがんばりしないか？　なあ、ヒース殿。……ヒース殿？　何をしているんだ」

ドワールはヒースのほうに歩み寄ってくる。ヒースは水場にしゃがんで、湧水を見ていた。

「おかしいだろ。暗黒竜もどきは、ここから動こうとしなかった。そして、この魔物は水を飲んでいた。異常に強い魔物に擬態《ぎたい》できるってことは、この水に意味があるんじゃないか？」

「何？　イアン、ちょっと鑑定してみてくれ」

ケインズが食いついて、イアンを呼ぶ。べそべそと泣いていたイアンは、袖で涙を拭きながら水場にやってきた。

「これ？　ええと……魔鉱泉だって」

「え？　ヘーゼルが言ってた、あの魔鉱泉？」

ロザリーはぱちくりと瞬《まばた》きをする。その拍子にぽろっと涙が零《こぼ》れ落ちたが、今は気にならない。

魔鉱泉と言われてみると、さっき不思議に思ったことがあった。

「……あ！　そういえば、ここで目が覚めた時、何故か魔力が全回復してたのよ」

「おぼれたのかい？」

「大丈夫よ、お父さん。手が水に浸《つ》かった状態で気絶してたみたいで」

「皮膚から魔力だけ吸収したのかな。それはすごいなあ」

イアンはそう言うと、手ですくって湧水を飲んだ。ぎょっとしたのはミモザである。

「イアン君!?　駄目だよ、毒の影響があるかも！」

血相を変えてイアンにしがみつく。様子が急変しないかと、心配そうに彼を見つめた。当のイアンは笑顔を返す。

「すごいよ、ミモザ。ＭＰが回復した」

「そうなの？　毒は？」

「さっき鑑定したけど、この水は汚染されていないんだ」

「そうならそう言ってよ。びっくりしたじゃないの」

ほっとするミモザの後ろで、ケインズがガッツポーズをして天を仰《あお》ぐ。

「よっしゃあああ！　魔鉱石の鉱脈はまた探すとして、魔鉱泉があるなら、こっちのもんだ！　これを担保に借りるか、前払いで売る契約でもできれば、金貨八百枚はいける！」

「こんな水で？」

魔鉱泉なんて身近にないので、ロザリーだけでなく、イアンやミモザも疑わしげにケインズを見つめる。

「借金取りに訊《き》いてみれば早い」

ヒースが外を示すので、ロザリーは頷《うなず》いた。

「それもそうね」

「ケインズ殿の言うことはいまいち信用ならんからな」

「なんでだよ！」

ドワールだけでなく皆が同意したため、ケインズは心外だと叫ぶ。

「兄さん、仕方が無いよ。人望の問題だ」

「イアン君の言う通りね」

実の弟とその嫁にもきっぱりと言い切られ、彼はちょっと涙目である。

「お前達まで！　ひどいぞ！」

金を借りておいて逃げたのは彼なので、皆はそんなケインズのことは無視して、いったん巣穴から出た。


「これはすごい。本物だ。ケインズの言う通り、これは宝の山だぞ。売るより、前払いで契約してくれる商会を探したほうがいいが、この規模なら国のほうが契約したがるかもしれねえな」

さすがは元やりての商人だけあって、ジグリスはひと目で魔鉱泉の価値を見抜いた。

「どうして国が出てくるの？」

ロザリーの問いに、アスコット家の面々も首を傾《かし》げている。

「この国ではあまり使われてねえが、魔鉱泉は燃料だ。燃料ってのは、金になる。これがないと動かない道具があるとして、道具を使えば燃料が減って、また燃料を買うだろ？　必ず消費があるから、買い手はなくならないってことだ。それに兵力ともみなされる」

「そうか。その道具が武器となる魔法製品だとしたら、この資源で道具をいくつも動かせるってことか。それに、飲んだり触れたりするだけで魔力が回復するなら、魔力回復薬としても価値を持つ。戦《いくさ》で魔法使いを投入する時を考えると恐ろしいな……」

ヒースがうなるように言い、ロザリー達は顔を見合わせた。

使い方を間違えれば、アスコット家は破滅するかもしれない。

それならば国と契約をして、買い取ってもらったほうが安心だ。

「よし、そういうことなら、父上と話をつけてくる。国の要職についているからな、見過ごせないだろう。このままだと、エランに差し押さえられる。他国に売られたらたまったもんじゃない」

「それはありがたい」

嬉しそうなケインズに、ヒースは固い声で続けた。

「そもそもあなたがたを他国に渡すのは、国の防衛面でも良いことではないからな。その代わり、こちらの売り上げについては、税金を納めてもらうぞ。いくら自治の村の人間だろうと、この規模の利益はまずい。いずれ国ににらまれて罪を着せられて取り上げられるより、対価を払ったほうが得策だろう」

ケインズはこくこくと頷《うなず》く。

「欲をかいて破産するよりいい。いいでしょう！」

「税金を多く納めれば、国はあなたがたを無視できない。国内での発言権が強まるので、どこその勇者のように姫と婚約しなくても、一目置かれるだろうな。良かったな、ロザリー」

急にヒースが名を呼ぶので、ロザリーは目を丸くする。

「え？」

「これだけでも評価がかなり上がるってことだ。君のお父さんは、借金の連帯保証人になっていたんだから、当然、利益配分も受け取る契約のはずだ。つまり勇者はいずれ富豪となる娘を、自《みずか》ら振ったというわけだ。ざまあみろだな！」

「でも、アスカルはお姫様と結婚するのよ？」

似たような立場ではないのかと首を傾《かし》げるロザリーに、ヒースは毒舌を返す。

「王家で貴族や姫の機嫌取りをするより、君みたいな人の好い女性と一緒になったほうが、お金を引き出しやすいだろ？」

「うわあ、全然嬉しくないわ」

彼の言い分は分かるけれど、あんまりあけすけすぎて、ロザリーは口元を引きつらせる。

「もっと喜んだらどうだ」

「なんか、半信半疑で……」

ロザリーは家族を見る。両親も狐につままれたような顔をしていた。

「魔鉱石なら分かるけど、魔鉱泉とはね」

「奴隷《どれい》にされないなら、なんでもいいわ。時間さえもらえれば、残りも一年あれば返せるしねえ」

ミモザの返事を聞いて、ヒースがにやりと笑って指を鳴らす。

「そうだ、さっさと返しに行こう。こっちも最後の仕上げだ。腕が鳴るよ、まったく」

ロザリーにはなんの話だか分からないが、彼はやる気に満ち溢れた顔をしている。それがどう見ても悪役の表情なので、ロザリーは苦笑した。

「よっしゃあああ。これで臓器を売られずに済む！」

一方で、ケインズは泣いて喜んでいるが、ロザリー達はなんとも言えずに顔を見合わせた。そんな温度差に、ジグリスが不思議そうに口を挟む。

「黒騎士の言う通りだ、もう少し喜べばいいのに」

「その通りだぞ」

ドワールも不服げに促《うなが》すが、イアンは苦い表情を崩さない。

「返済終了の証明書をもらわないと、安心できないんだ。相手は裏社会のボスだよ？」

「イアン君が言うくらいだから、かなり悪い人だわ」

「そうよ、お父さんが警戒するなんて、よっぽどなんだから」

イアンが全く喜ばないので、ミモザとロザリーも不安な顔になる。イアンはロザリーよりも、ずっとお人好しなのだ。ドワールもぶわっと毛を逆立てた。

「イアン殿が……それは怖いな。よし、その書類をもらうまでは、私も付き合おう」

「もちろん、俺も同行するよ」

ヒースも表情を引き締め直す。

それから、皆で魔物の死体を切り刻んで小さくする。何に使えるか分からないが、防具の素材になるかもしれなかった。


一週間後。

ロザリー達はジグリスの案内で、貴族街にいた。貴族や富豪が多く住む区画で、商店を開くにも特別許可証が必要な地区だ。

「裏社会のボスって、スラムとかにひっそりと住んでるんだと思ってたわ」

まさかこんなに堂々と表にいるとは。ロザリーがそんな感想を言うと、ジグリスがさらっと答える。

「表向きは、貴族や富裕層向けの商売人だからな」

「大物の悪党は政治に食い込んでいることが多い。国を裏から駄目にするんだよ。俺が闇金《やみきん》王エランを気にするのは、そういう理由だ」

ヒースが訳知り顔でそんなことを言った。

「そういえば、ヘーゼルとドワールは？」

一緒に行くと言っていたのに、姿がない。いつもはジグリスの傍《そば》にいるダビスもいなかった。珍しいことがあるものだ。

「後から来ると言っていたぞ」

「え？　場所を知ってるの？」

「ああ」

どうして後から集合するのか、ロザリーには謎だが、急用でもあるのかもしれない。

「まあ、忙しいんだよ」

「なんか怪しいわね。なんでジグタリスさんが誤魔化《ごまか》すのよ」

「うるさいな。それから、俺はジグリスだ。いい加減にしろよ！」

ジグリスはキッと彼女をにらんで言い返し、富豪の屋敷の前で足を止めた。広々とした庭の向こうに、二階建ての瀟洒《しょうしゃ》な屋敷が建っている。ジグリスが門番に用件を話すと、彼はロザリー達の武器を一瞥《いちべつ》した。

「申し訳ありませんが、エラン様は恨みを向けられることも多い方。武器はこちらでお預かりします」

門番の言うことは至極当然だ。借金を踏み倒そうという者が、エランを殺そうとしないとも限らない。ロザリー達は顔を見合わせる。

「大丈夫だろう。得物がなくても、戦えるからな」

ヒースがそう言って、最初に長剣を門番に渡す。魔法もあるから大丈夫かなと、皆もそれに従った。

前庭は石像がいくつかあるくらいで、華美という雰囲気ではない。意外に思いながら玄関前に着くと、今度は執事とメイドによる身体検査を受け、隠していた武器も取り上げられてしまった。

ロザリーはものすごく不安になったが、ケインズが借りた額が大きいため、借金返済証明書をもらうにはエランに会わなくてはならないのだとか。

そして玄関ホールに通されて、度胆《どぎも》を抜かれた。魔石を使った照明が輝き、噴水の台座には水が流れている。壁には絵が飾られていた。豪華な内装に驚いていると、玄関先から対応している執事の男が説明する。

「こちらはショールームにもなっておりまして。噴水や照明は見本品ですね。どちらも売り物です」

なるほど、商人らしい無駄のなさだ。

執事についていくと、応接室に通された。

奥には庭に面した窓があり、天井にはシャンデリアが下がっている。その上に、女神トランを模《も》した石のオブジェがのっていた。首飾りの金色の石が見事だ。

白い大理石の床に、モスグリーンの壁紙が落ち着いた雰囲気を演出しており、部屋の真ん中には長テーブルが置いてある。大人数用の部屋に通されたようだ。

しばらく待っていると、背の低い小柄な男が入ってきた。ひと目でエランだと分かる。目つきが鋭く強面《こわもて》で、裏社会のボスというだけあって、風格があるのだ。

灰色の髪の前髪だけを上げていて、暗灰色《あんかいしょく》の目で観察するみたいにロザリー達を一瞥《いちべつ》した。白灰色の上着とズボンには、銀糸《ぎんし》で刺繍《ししゅう》がされている。身なりはスマートだが、首飾りや指輪についた大振りの宝石が、どこか趣味が悪い。

「ケインズ・アスコット！　逃げたと聞いていたが、金を調達したらしいな」

「ええ、耳をそろえて持ってきました。こちらが残りです。返済証明書をください」

一瞬、ビクリと震えたケインズだが、残金を入れた鞄《かばん》をテーブルにのせる。

四日で王都に戻ってきた後、ヒースが実父であるオブシディアン侯爵とともに王に掛け合い、契約を整えてくれた。そして、王家は魔鉱泉の取引代金を、前払いで出してくれたのだ。

王家は最初、金を出すのを渋ったらしい。

定期的に魔鉱泉を買い取る契約より、山を買い取るほうが安くつく。むしろ借金返済ができなかったことで所有者がいなくなったら、山の権利を買い取ろうと考えたようだ。

しかしヒースがそこで、脅《おど》しをかけた。

王家が契約しない時は、国内の富豪か他国に話を持ちかけるだけだ。今ならば王家に利益が出ると分かっているのに、他国や平民に金をかすめとられていいのか？　それに、借金返済ができなかった場合、王家が動く前に、エランに魔鉱泉の土地の権利をとられるだろう、と。

この説得に王家は揺らぎ、とうとう契約したのだった。

王家に腹を立てているヒースだ。王家は、交渉を持ちかけることで自国への義理は果たしたと判断したヒースが、余所《よそ》に話を持ち込むのを恐れたらしい。それに、エランの存在も大きかった。

そんなふうに国を動かすほどエランが敵視されていることが分かって、イアンが警戒するのも当然だと思ったロザリー達である。

「……ふむ」

エランは革袋の中身を数えると、一つ頷《うなず》いた。

「確かに金貨二千枚、これで完済だな」

テーブルの上の呼び鈴を鳴らし、執事を呼びつける。そして、担当者に返済証明書を用意するように命じた。

「どうだね、待っている間、一緒にお茶でも」

エランはメイドを呼ぼうとしたが、ケインズが素早く断った。

「いいえ、結構です」

彼の顔には、早く帰りたいと書いてある。

(伯父《おじ》さんったら、もうちょっとしっかりしてよ！)

ロザリーは心の中で文句を言った。とはいえ、ケインズの態度は情けないが、お茶を断るのは正解だ。何を入れられるか分からないと、あらかじめヒースには飲食しないように注意されていた。

それから三十分ばかり、エランがゆったりと茶を飲み、ロザリー達は緊張して静まり返っているという状況が続いている。空《から》になったカップを執事に片付けさせ、エランはゆったりと構えて、薄く微笑《ほほえ》んだ。

「そうそう。借金には利子が付き物だとご存じかな？」

「え？　契約書には、期限までに返せば利子は付かないと……」

焦《あせ》って契約書を取り出すケインズ。やはり間違いないと頷《うなず》く。

「そう書いてあります。正式な契約を、違《たが》える気ですか？」

ケインズは強気に出たものの、エランが静かに笑っているので、声が尻すぼみになった。

「私は損が嫌いだがね。今回の件は、ある程度の金が返ってくるなら、『返せない』までが折り込み済みだった。驚いたよ、まさか本当に返すとは」

「は……？　どういうことですか、鉱山が上手《うま》くいけば、どちらにしろ、返せていましたよ。返済計画書、お渡ししたでしょう。あなたはそれを見て納得できたから、貸してくれたのでは？」

「いいや。もし軌道に乗っていたとしても、上手《うま》くいかなかっただろうね」

その話し方にゾクッとした時、ノックの音が響いた。エランが返事をすると、応接室の両扉が大きく開く。

「返済証明書だ。だが、利子として、そちらのお嬢さんを頂くつもりだよ。すでに側妃として輿入《こしい》れさせる約束ができていてね。その国における我が商会への十年の優遇処置があれば、貸した金くらい取り戻せる……そういう予定だった。困るんだよ」

返済証明書を持つ執事の後ろには、柄《がら》の悪い男達が武器を持って並んでいる。

それを見た瞬間、ロザリー達は素早く椅子を立った。エランから距離を取って壁際に下がる。ロザリーは後ろのほうに隠された。

「だから用心したほうが良いと言っただろう」

「イアン君の直感、さすがだね～」

ため息をつくイアンの隣で、ミモザがのんきに褒《ほ》めている。そんなミモザに、ケインズは泡をくって叫ぶ。

「そんなことを言っとる場合か！」

「庭のほうも塞《ふさ》がれた。囲まれたな」

ヒースが冷静に指摘し、ミモザとともにファイティングポーズをとる。格闘でも強い人達なので、最初の攻撃さえしのげば、武器を奪って反撃できるはずだ。

しかし、だ。ロザリーはどうしても物申したかった。我慢できずに叫ぶ。

「そもそも、なんで私だけなのよ！　元は伯父《おじ》さんのせいでしょっ。連帯保証人の家族なのに、順番が違うじゃないの！」

「若い女で、MPが九百九十九の固有能力持ちなら、どう考えても君の商品価値が一番高い」

エランに教えられても、全然喜べない。

「嬉しくないからね！」

ロザリーはすぐに言い返す。ヒースは冷静に指示を出した。

「ロザリー、イアンさん、魔法で援護してくれ」

「はーい！　まずは結界！」

「了解。窓側の敵を吹っ飛ばすよ」

ロザリーとイアンは魔法を使ったが、何も起きずに目を丸くした。

「え？　なんで……？」

「MPは減ってるけど、どこかに消えてしまうな」

「天井のあの石だわ！　女神像！」

魔力の流れを掴んだロザリーは、天井を指差す。女神トランを模《も》した石像のネックレスとなっている、金色の石だ。

「有能な魔法使いが来るというのに、対策をしないわけがないだろう？　あの石像は滅多と出回らない秘宝でね。魔法の魔力だけを吸い取って魔石にため込むんだ。今までも、お前達みたいな魔法使いが青い顔をして捕えられたよ」

「こ、この悪党っ！」

分かってたけど！

ロザリーはそう叫ばずにはいられなかった。エランは憎たらしく笑う。

「ふふ。飛んで火にいる夏の虫ってね。——さあ、お嬢さん。大人しくこちらに来れば、お仲間は解放してあげよう」

「なっ」

ロザリーは驚き、心が揺れた。家族はまだしも、ヒースは単純に巻き込まれただけだ。その迷いを見透《みす》かしたみたいに、ヒースが手を上げて止めた。

「駄目だ、ロザリー。君が大人しく従ったとして、約束を守るとは限らない。それに、大丈夫だ。恐らく、そろそろ……」

彼は意味深なことをつぶやく。詳しく聞く前に、ミモザがこぶしを構えた。

「近付いた奴から、ぶん殴るよ！」

女傭兵の憤怒《ふんぬ》の形相に、庭のほうにいる悪人達はたじろぐ。

「あいつって大斧使いのミモザだろ」

「素の身体能力も、ずば抜けて強いっていう……」

どうやら彼らは彼女の噂《うわさ》を知っているらしい。警戒する彼らに怒りを見せたのはエランだ。

「情けない奴らだな。そいつらを取り押さえろ！　その娘を捕まえた者には褒美《ほうび》をやる！」

怒鳴りつけ、報酬をちらつかせて激励《げきれい》すると、男達の様子が変わった。おいしい獲物に飛びかかろうと、応接室に踏み込む。

その瞬間、なぜか庭のほうから、開いている窓を通り越して、男が吹っ飛んできた。ドサッと床へ倒れる彼の姿に、室内の空気が凍る。

「……は？」

誰の声だったか分からない。もしかしたらロザリーかもしれない。エランや男達も動きを止めた。

「大変です、エラン様！　屋敷が王立騎士団に囲まれています！」

廊下から、誰かが叫んだ。

「何っ？」

腰を浮かせるエラン。言葉通り、周りから剣戟《けんげき》の音や怒号が聞こえてくる。

「何が起きてるの？」

身をすくませるロザリーに、ヒースが振り向いてにやりと笑う。

「だから、大丈夫だと言っただろ」

「え？」

どういうことだと唖然《あぜん》としているうちに、玄関を突破した騎士達が、廊下にいた悪党達を一網打尽にした。

「くそっ、お前達、私を逃がせ！　金貨をくれてやる！」

エランが命令し、腕に覚えのある男達が騎士達を止める。その間に窓から脱出しようとしたエランだが、ぎくりと動きを止めた。窓の外にはドワールとヘーゼル、ダビスの他、騎士が十数人立っている。

ドワールがエランに罪状を突きつけた。

「そこまでだ、エラン。脱税と詐欺《さぎ》、国内での奴隷《どれい》売買、それからええと、なんだったか、ヘーゼル殿」

「誘拐に、放火。もろもろの罪ですよ、ドワールさん」

いつも通り落ち着いているヘーゼルが、おっとりと微笑《ほほえ》んで答えた。ドワールは大きく頷《うなず》く。

「うむ、そういうことだ。団長殿、あとはよろしく頼む！」

「はっ」

白銀の鎧《よろい》に青いマントを付けた騎士団長が、エランを捕まえて、瞬《また》く間に縄をかける。エランは顔を赤くして怒鳴った。

「なんだ、どういうことだ！　脱税？　証拠を出してもらおうか！」

「もちろんだ」

ここで、ヒースが前に出る。

「お前、外国と絵の取引をしているよな。そこの借金取りから聞いて、ピンと来たんだよ。この国は罪人を奴隷《どれい》とするのは合法だが、商人が奴隷《どれい》を扱うのは禁止されている。てっきり合法の国まで行って売るのかと思っていたんだが――」

ヒースがちらりと騎士団長のほうを見ると、彼の後ろから、配下が嬉々として証拠の書類の束を見せつけた。ヒースはそれを手で示し、ふっと笑う。

「まさか、絵のオークションを開いて、国内で堂々と売るとはね」

「どういうことです？」

イアンが恐る恐る問うと、ヒースがからくりを説明する。

「奴隷《どれい》として売る予定の人物の肖像画を、オークションにかけていたんだ。絵を買った人が、奴《ど》隷《れい》を手に入れる権利を持つってことだ。表向きはただの絵の取引だから、今まで明るみにならなかった」

ヒースはゴミを見るような目で、エランを一瞥《いちべつ》した。

「他にも、息のかかった商会を使って、価値のない絵を高値で買い取らせて、資金洗浄したりしていたな。いやあ、実に賢《かしこ》い。――お前の敗因は、俺を敵に回したこと。それから、信頼できない人間を傍《そば》に置いたことだな」

「誰だ、その裏切り者は！」

恐ろしい形相で配下をにらみつけるエランの前に、ジグリスが出る。

「俺だ」

これにはエランだけでなく、ロザリーもぎょっとした。

「ええっ、ジグタリスさんが騎士団の調査に協力したの？」

「ジグリス、貴様！　商会を駄目にして、首をくるしかないところを拾ってやった恩を忘れたか！」

激昂《げっこう》するエランに、ジグリスが冷たい目を向ける。

「俺の店に放火をしたのは、あんたなんだろう。すっかりだまされたぜ。そうだよな、あんたみたいな悪人がほしがるのは、金と情報、裏切れない手足《ぶか》だ。あんた、いつもこうやって救済するように見せかけて、都合の良い駒を手に入れてたんだ」

「うわぁ……最悪。なんて非道なの」

我ながら陳腐《ちんぷ》な言葉だが、ロザリーはそんな感想しか出てこなかった。

騎士団長が苦い顔で説明する。

「彼の件は数年前のことだが、もしやと思って、今回、調査し直した。役人に金を渡して、口裏を合わせるとはな。もちろんそちらも逮捕したぞ。他にも怪しい事件がいくつかある。叩《たた》けばいくらでも埃《ほこり》が出てきそうだ。ジグリス殿には感謝している」

騎士団長にお礼を言われたが、ジグリスはあまり嬉しくなさそうだった。

「俺は、最初は協力する気はなかったが、エランにだまされていたことを黒騎士に教えられてな。ただの復讐だ。善人ぶった覚えはねえよ」

「それでも、本物の悪党を捕まえる後押しになった。ありがとう、ジグリス。ついでに、エラン。お前と繋がって裏で悪いことをしてた貴族も、まとめてしょっぴいてもらったよ。有能な騎士団の皆さんには感謝しかないな」

ヒースは快活に笑っているが、騎士達は何故かうんざり顔でため息をついている。これは相当こき使ったようだ。

「ヒース君、これを機にエランを捕まえるつもりだったから、さっき、大丈夫だって言ってたの？」

ミモザが問うと、彼は頷《うなず》いた。

「ええ、そうです」

「なんで言ってくれなかったの！　めちゃくちゃ怖かったのよ！」

ロザリーが詰め寄ると、ヒースは苦笑する。

「アスコット家の皆は、嘘が苦手そうだろ。エランを確実に捕まえるためには、このタイミングしかなかった。その前にバレたら逃げられる」

「そんな理由で！」

「じゃあ、知らないふりをできたのか？」

「え？　えーと、それは……無理です。ごめんなさい」

彼女はすぐに降参した。大雑把《おおざっぱ》なミモザはもちろん、イアンやケインズもボロを出しただろう。

「じゃあ、ドワールは？」

「ここに来る前に教えて、ヘーゼルと騎士団を呼びに行くように言った。最後まで勇者のパーティにいたドワール殿なら、騎士団にもすぐに入れるだろ。昨日のうちに団長には頼んでおいたが、タイミングを伝える役が必要だった。朝から張っていたら気付かれて逃げられる。急襲するのが肝心だったんだ」

「確かに、そうだな。ヘーゼル殿だけだと、上に繋がるまで時間がかかったかもしれぬ」

ドワールは納得したようだ。

「ロザリー、それからアスコット家の皆さん。今回の協力者に名前を入れておくから、それで勘弁してくれ。金貨二千枚を返して、極悪人の逮捕協力。最高の名誉だろう？」

ヒースは清々《すがすが》しく笑う。

なんだろう。かっこいいのに、うすら寒さを感じるのは。

「ありがとう。そこまで私の件を利用するなんて、さすがとしか言えないわ……」

「それはちょっと違うな。確かに俺は勇者をぎゃふんと言わせたかったし、エランは国をむしばむガンだから気にしていた。初めはロザリーを利用するつもりだったが、途中で助けたくなったんだ。エランをどうにかできれば、君が奴隷《どれい》にされることはない」

「ヒース……」

そこまで考えてくれていたのか。ロザリーはうるっとする。

「まったく、急に大物の不正を調査したいと相談に来たかと思えば……。女のためとはな。お前も隅に置けんやつだ」

騎士団長はからかいを込めてヒースの肩を叩《たた》くと、騎士たちに号令をかける。

「さあ、お前達、屋敷中を調べろ！　悪事は一つも見逃すな！」

「はっ」

あちこちから返事があり、悪人達は縄をかけられて屋敷から連れ出され、空《から》になった屋敷を騎士達が歩き回る。

「くそ、くそーっ。私の屋敷が！　財産が！」

エランが悔しそうに叫ぶ声が遠のいていった。

この後、余罪をあきらかにしてから、まとめて裁判にかけられるらしい。いくつも罪が重なっているので、死刑はまぬかれないとのことだ。捕縛されてはいないものの、ジグリスも騎士に連れていかれるのを見て、ロザリーは騎士団長に問う。

「ジグタリスさんはどうなるんです？」

「ジグタリス？　ああ、彼のことか。調査に協力してくれたし、彼も被害者だ。情状酌量《じょうじょうしゃくりょう》の余地はあるが、いったん騎士団預かりにしないとならなくてね。残党に襲われる可能性もあるし、しばらくは保護といった立場になります」

「そうなんですか。ジグタリ……ジグリスさん、お大事にね！　牢屋から出てきたら、またバーベキューをしましょ！」

ロザリーが声をかけると、ジグリスは戸口で振り返り、呆《あき》れた顔をした。そして、ふんと笑って出ていく。ロザリー達も後を追うようにして屋敷を出ると、屋敷の門で中年の女性と若い男がジグリスに話しかけ、泣き出していた。

「え、どうしたの？」

びっくりしてそちらを見ていると、ヒースが答える。

「前に、彼の店が火事になって、家族と離ればなれになったって話をしてただろ？」

「え、でも、あれは嘘だって……」

「それが嘘で、本当だったたってことらしいよ。騎士団長に頼んで連絡してもらってな、王都に呼んだんだ」

「もしかして、ジグリスさんが良いことをしたところを見せるために？」

「被害者が立ち上がってヒーローになった。こんなかっこいいところを見たら、家族も受け入れてくれるだろうと思ってな」

ヒースは頭が良いし、考えを当てられて怖いと感じることもあるけれど、やっぱり良い人だと思う。こんな場面で優しさを見られて、ロザリーは泣きそうになった。

「ヒースもかっこいいわ。色々とありがとう」

照れくさそうに笑って、ヒースは騎士から受け取った返済証明書を差し出す。

これで、借金問題は綺麗に解決したのだった。


その日の夕方、オブシディアン家の庭には良いにおいが立ち込めていた。

雪がちらつく中、スズカケの木の下で肉を焼く。皆で酒を手に、乾杯した。

年長者ということで、なぜか元凶のケインズが乾杯のあいさつをする。

「皆さん、大変ご迷惑をおかけしました」

まず彼は、改めて謝り、深々と頭を下げた。

「本当にね」

「「ああ」」

ロザリーとドワール、ヒースが頷《うなず》く。苦笑して何も言わないイアンの隣で、ミモザが冷笑を浮かべた。

「お義兄《にい》様、お仕置きはしますからね？」

「ひっ。と、とにかく、完済、エラン逮捕、おめでとう！」

ケインズは青い顔をして、無理やり乾杯の声を上げる。

「乾杯！」

皆がグラスを掲《かか》げ、酒を飲んだ。ヘーゼルが興奮で頬を紅潮《こうちょう》させ、ロザリーにキラキラした目を向ける。

「おめでとう、ロザリー。本当に良かったわ」

「ありがとう、ヘーゼル！　サポートしてくれて助かったわ。これからまた稼いで、魔法薬の分は返すわね」

「そんな……構わないのに」

「駄目よ。友達に貸しを作ったままだと、友情が長続きしないでしょ？　これからもお友達でいてくれる？」

「もちろんよ！」

酒を零《こぼ》さないように気を付けて、互いに軽くハグしあう。

「野菜やお肉、焼けたら持っていってあげる。寒いから部屋にいて。マーサさんも」

「お嬢ちゃん、その役目は俺が引き受けるよ」

ヘーゼルとマーサに食堂にいるように促《うなが》すと、ダビスがそう言った。ジグリスが騎士団預かりになったので、彼はジグリスが出てくるのを待っているつもりらしい。ジグリスの家族に、王都を案内してあげる約束をしているようだ。

「それじゃあ、お願いします」

ダビスはこくりと頷《うなず》いた。

ヘーゼルとマーサが家の中に入ると、ケインズも後に続く。伯父《おじ》は逃げ足が速いだけで、あまり体力がないのだ。寒さがこたえているらしく、くしゃみをしている。

しばらく酒や料理を楽しみながら、わいわいとにぎやかに食事する。そのうち両親やダビスも家の中に入ってしまい、庭にいるのは、肉を食べ足りず、ずっと炉《ろ》の前にいるドワールと、ロザリーとヒースだけになった。

パチパチと薪《まき》のはぜる音が響く。静かな夜だ。やっと終わったと感慨にひたりつつ、ロザリーは夜空をぼーっと見ていた。

「ロザリー」

ヒースが隣の椅子に座る。

彼の顔を見て、そういえば全部終わったら返事をする約束だったと思い出した。

「お疲れ」

「ヒースもお疲れ様。本当にありがとう！　家に居候《いそうろう》させてもらったり、色々と助けられたわ」

心からお礼を言うと、ヒースは気まずそうに視線をそらす。

「それはまあ、勇者に復讐するっていう打算的なところが大きいが……」

「でも、エランのこと、騎士団と動いてたんでしょ？」

「怪しいと思ったことを教えただけで、ほとんど騎士団の手柄だよ。近衛《このえ》とはいえ、俺も騎士だったしな、犯罪には勘が働くんだ。それに、問題があるならどうとでもすると言っただろ」

「借金を返済できなかったら、どうしてたの？」

「あんな悪党、叩《たた》いて埃《ほこり》が出ないわけがない。まずはエランを訴え、それから君達を被害者として保護して、時間稼ぎすることを選んだかな」

その間に逃走準備を整えて、アスコット家の皆を外国に逃がしていただろうと彼は言った。そこまで考えてくれていたのかと、ロザリーは目を丸くする。

「そうだったの？　私、逃げないって言ったのに」

「好きな人を、みすみす地獄に渡すわけがないだろ」

ヒースがそう言うと、ガシャンと音がした。ドワールが耳をピンと立て、金網の上に落としたトングを慌てて拾う。彼はあらかた肉を皿にのせると立ち上がった。

「あ、ああー、急に寒くなってきたなあ」

そして、ぎくしゃくとした態度で家の中に入っていった。

「何あれ。右手と右足が同時に出てたわよ」

「気を遣ってくれたんだろ」

噴き出すロザリー。ヒースもドワールへ生温かい目を向けながら言う。

「それで、返事なんだけど――」

ヒースがそう切り出したので、やっぱりとロザリーはドキリとした。

「そう、その返事ね。返事……」

急に緊張してきて、彼女はあいている左隣の椅子に皿を置く。ヒースと向き直った。

「私――」

「ロザリー！」

突然、大きな声で名前を呼ばれて、ロザリーはビクッと肩を震わせる。

「何？　誰？　え、アスカル⁉」

門の前に見知った男を見つけて、ロザリーは驚いた。ヒースが舌打ちをする。

「あの野郎、いつも邪魔をしやがって」

その不穏なつぶやきは聞かなかったことにして、ロザリーは眉をひそめて椅子を立つ。

「なんなの、アスカル。こんな夜に突然来るなんて迷惑でしょ！　いったいなんの用……」

「悪かった！」

文句を言いながら彼女が門に近付いたところで、アスカルが地面に両手と両膝をついて土下座した。

「は？」

肩すかしをくらい、ロザリーはきょとんとする。こんなに必死に謝るアスカルなんて、生まれて初めて見た。

「君を振って傷付けたこと、後悔してるんだ。生涯かけて償《つぐな》うから、許してくれるなら……」

「まさか元の鞘《さや》におさまろうって話？　何を言ってるのよ、あなたにはお姫様がいるでしょ」

ロザリーは呆《あき》れ返っていた。あんなに好きだったアスカルが、今ではちっぽけな存在に見える。

「姫様とは婚約を解消することになった」

神妙な顔で、彼は告げた。ロザリーの横にやって来たヒースが、冷たい目でアスカルを見下ろす。

「つまり、姫様に捨てられたから、これから金持ちの娘になりそうなロザリーに鞍替《くらが》えしようってことか。お前、心底クズだな」

「ヒース！　なんでここに！」

アスカルの顔が憎々しげに歪《ゆが》む。ヒースは意外そうに問う。

「彼女がうちに居候《いそうろう》していると聞いて、ここに来たんじゃないのか」

「いや、俺は場所を聞いただけ……。貴様、俺に恨みがあるからって、ロザリーに手を出したのか！　ロザリー、危ないから離れたほうがいい」

アスカルが怒りを見せて腕を掴もうとするので、ロザリーはその手を払った。

「やめて！　なんで今更、彼氏面するの？　婚約破棄を言い出したのはそっちよ。しかもこっちが大変な時に捨てておいて、状況が良くなったら元に戻りたい？　ふざけないでよ」

アスカルの前で仁王立ちして、すっと目を細める。

「アスカルは大変な時に見捨てて、ヒースは大変な時に助けてくれたわ。どう考えたって、彼のほうがいいでしょ！　私達、付き合ってるの。邪魔しないでよね！」

怒り心頭で、アスカルにとどめを刺すべく、ヒースの腕に抱き着く。ヒースもその演技に付き合って、彼女の肩に手を回した。

「そういうことだ。邪魔者はお引き取り願おうか」

優越感たっぷりに、邪魔を強調する。

（ああそっか、ヒースはアスカルに役立たずの邪魔者扱いされて、勇者のパーティを追い出されたんだったわね）

ここぞとばかりに意趣返ししているらしい。この言いように怒ったのか、アスカルは眉を吊り上げて門の鉄扉《てっぴ》に手をかけた。けれど、彼が開ける前にヒースが牽制《けんせい》する。

「そこから先に入ったら、不法侵入で撃退するからな？」

「くっ」

衛兵を呼ばれたら、分が悪いのはアスカルだ。彼は鉄扉《てっぴ》から手を離した。そしてロザリーに向き直って話しかける。

「ロザリー、そいつに嫌気がさしたら、いつでも戻ってきていいからな」

もしかして、寛容な男を気取っているつもりなんだろうか。こんな言い方、逆効果だ。気が変わったら元鞘《もとさや》におさまる軽薄な女だと言われているも同じである。彼女の中で、ぶつっと何かが切れる音がした。ヒースの手を離し、自分から門の外に出る。

「アスカル、歯を食いしばりなさい」

「え？　――ぐっ」

歯についてはフェイントで、ロザリーは拳《こぶし》を固めて、アスカルの腹にパンチをきめた。無防備な腹を殴られ、アスカルがよろめく。

「身体強化をかけて殴らないだけ、ありがたく思いなさい。あんたのお父さんに、カンパで金貨一枚もらったから、その分だけ大目に見てあげる。もう二度と私に話しかけないで！」

「……ロザリー」

腹を押さえ、アスカルは目を潤《うる》ませた。その子犬のような目に、ロザリーはたじろぐ。しかし後ろから伸びてきた手が彼女の目を覆《おお》い、そのまま体が浮き上がった。ガシャンと音がして、鉄扉《てっぴ》が閉まる。

「彼女の気持ちは分かっただろう。帰れ！」

ヒースに怒鳴りつけられたアスカルの舌打ちが聞こえ、駆け去る足音が聞こえた。

「あのう、ヒース？　手を離してくれない？」

ヒースは手をどけてくれたが、彼はあからさまに不服という顔をしている。

「君、今、あいつがかわいそうだと思っただろ」

「……ええと」

「お人好しで、かわいそうな人に弱いんだ。典型的な駄目男を選んで引っかける、男運がない女の見本みたいだな」

「うっ」

指摘が正論すぎて、ぐうの音《ね》も出ない。ヒースが自分自身の胸を叩《たた》く。

「悪いことは言わない。俺にしておけ」

「その言い方は、ヒースを馬鹿にしてるみたいで好きじゃないわ」

「それじゃあ、告白の答えは？」

「さっきのじゃ駄目？」

面と向かって言うのはどうも気恥ずかしい。暗いから見られずに済んでいいものの、きっと顔が真っ赤だろう。

すると、ヒースが悲しげにため息をついた。

(えっ、なんで落ち込むの！)

ぎょっとして顔を上げると、彼は眉をひそめて残念そうにつぶやく。

「俺はきちんと言葉にしたのに、君は聞かせてくれないのか……」

「えっ。あ、ごめんなさい！　傷付けるつもりじゃなくて。私もヒースが大好きよ！」

「……愛してる？」

「愛してる！」

慌てて叫ぶように返すと、居間のほうでわっと歓声と拍手が起きた。ロザリーはハッと我に返る。

そういえば仲間達や家族がそこにいるのを忘れていた。

ヒースが耐えられないと言わんばかりに、くっくっと笑い出す。

「ロザリー、簡単に引っかかりすぎて心配になるな」

「ええっ、だましたの⁉」

「きちんと聞きたかったのは本当だ。だが、傷付いてはいない」

「もうっ、やっぱり嘘じゃ――」

続きは声にならなかった。ヒースがかすめるようにして、ロザリーに口づけたのだ。びっくりして黙る彼女の前で、老若男女が見とれるような笑みを浮かべている。

それから降ってきた二度目のキスを、ロザリーは目を閉じて受け入れた。

終章

エラン逮捕から一週間もしないうちに、勇者アスカルとリーリンシア姫の婚約破棄のニュースが国内を駆け巡った。

そして一ヶ月後。今、ロザリーはレイヴァン村でジグタリスの肉をふんだんに使ったパーティーを開いている。情状酌量《じょうじょうしゃくりょう》されて解放されたジグリスとその家族だけでなく、ヒースやヘーゼル、マーサも招待していた。

アスカルが一方的に婚約破棄した手前、さすがにパーティーに参加するのは気まずいのか、村長一家は来ていない。

だが、カンパへのお礼のパーティーで、彼らを無視するのは気が引ける。後で肉だけ差し入れるつもりで、ロザリーはスープやオーブン料理など、いろんなものを作ってはテーブルに並べていった。サラダや果物、ジュースだけでなく、王都で買い込んできたお酒も振る舞っている。

ドワールの村からも、獣人達を呼んだ。彼らがよく食べるので、アスコット家は大忙しだ。

「そういえば、どうしてアスカルってお姫様と婚約破棄になったの？」

食事の手が落ち着いた頃、休憩でヒースの隣に座ったロザリーの問いに、向かいにいるジグリスが呆《あき》れた目をした。

「本当に今更だな。王都で聞かなかったのか？」

「だってアスカルのことを質問すると、ヒースが不機嫌になるんだもの」

彼らのことは気になるが、元彼より今彼のほうが大事なので、そんなに嫌ならと我慢していた。

この返事に、ヘーゼルやマーサが笑いを零《こぼ》す。

「ヒースったら、教えてあげればいいのに」

「そうですよ、若君。やきもちなんて、可愛らしいですわね」

からかう二人を、ヒースはじとっとにらむ。

「うるさいな。ロザリーは情が深いタイプだから、こっちは結構はらはらしてるんだぞ」

「よそ見しないもの、大丈夫よ」

ロザリーが自信たっぷりに笑ってヒースの頬に軽くキスをすると、彼は機嫌を直した。

「うわ、甘い！　空気が！　おっさんにはきついぜ。それでええと、婚約破棄だっけ？　婚約者がいたのに、いないと嘘をついて姫と婚約したせいで、信用できなくなったらしいぞ」

ジグリスはそう言ったが、ヒースが真相を話す。

「……というのが表向きの理由で、旅を終えて、姫様の気持ちが冷めたらしいな。勇者が田舎《いなか》育ちで品がないことが、嫌になってきたんだってさ。城でもっぱらの噂《うわさ》だ」

エラン逮捕の後始末で、ヒースは何度か騎士団に出入りしていた。その時に拾ってきたんだろう。

ジグリスが不憫《ふびん》そうに首を振る。

「恋の熱が冷めて、悪いところが見え始めたってとこか。若いねえ。ま、結婚前で良かったんじゃねえか？」

「どうだろう。勇者は王家の仲間入りをしたかったみたいだからな。とどめは、神殿でロザリーの手柄を横取りした件だ。ロザリーの奇病治癒《ちゆ》の神業《かみわざ》を見ていた人達が神殿に訴えて、勇者に報告書を出すように言ったらしいんだ」

ヒースがふんと鼻を鳴らすと、ドワールが口を出す。

「それがてんで駄目だったわけか」

「そう、ボロが出たんだ。陛下は激怒なさったらしい。王をたばかったことは、姫の命を救った件で帳消しにするから、騒がずに婚約破棄を受け入れて出ていけと……まあ、そういうことらしい。魔王討伐《とうばつ》の報酬でも一生安泰なのに、欲をかくからこんなことになる」

魔王討伐《とうばつ》を果たすと、一代限りの名誉伯爵の地位と、貴族並の年金がもらえるのだ。そこで満足しておけば、姫から不名誉を全て押し付けられて縁を切られる、なんて結果にはならなかっただろう。

「姫は被害者だということにして終わらせたかったみたいだが、社交界では、姫は知っていて婚約者を奪ったと噂《うわさ》になっているそうだぞ。なんでだろうな？　ヘーゼル」

「ふふふ。なんでかしらね、ヒース」

ヒースの問いに、ヘーゼルはおっとりと微笑《ほほえ》んではぐらかす。まさか、ヘーゼルが何かしたのかと、ロザリーは恐る恐る問う。

「ヘーゼル？」

「これでも私も貴族なのよ。家は追い出されたけど、魔法薬調合師の繋がりはあるから、お茶会に招かれることがあるの。城下町で聞いて……と、それっぽく零《こぼ》しただけよ」

「ええっ、なんでそんなことをするの？」

「だって、ロザリーが大変な時に邪魔をしておいて、自分は逃げ切っておとがめなしなんて腹が立つでしょ」

「実は怒ってたのね」

ヘーゼルを怒らせたらまずいと、ロザリーは身に沁《し》みて感じた。

「怖い……けど、気持ちは嬉しいわ。ありがとう」

「どういたしまして」

ほのぼのと笑みをかわしていると、ケインズが顔を出す。

「アスカルの奴、ロザリーと婚約破棄した件で、すっかり村人から冷たい目を向けられて、針のむしろって感じだぞ。因果応報ってやつだな。いい気味だぜ」

伯父《おじ》は楽しそうだが、ロザリーの気持ちは晴れない。

「さすがにかわいそうだから、私、村を出ようと思うの。アスカルは次の村長だし、ここを離れられないものね。王都に住んでいる魔物学者さんのところで、助手をするつもり」

あの暗黒竜もどきを、世話になっている魔物学者のところに持ち込んだところ、大層喜ばれた。

そして、ロザリーが戦いに強いことを知った彼から、助手をしながら護衛してくれないかと相談されたのだ。ロザリーは今までこの村しか知らなかったので、旅をするのも面白そうだと思い、引き受けることにした。仕事は引っ越し後ということで話がついている。

「俺も一緒に護衛につくことにしたよ。魔物を退治しつつ、ヘーゼルの薬の材料も集めて回るつもりだ」

「近衛《このえ》騎士に復帰しないかって打診が来たのに、断ったのよ。せっかく、エランの件を手土産《てみやげ》に戻れたのに」

「あんなふうに追い出されたから、どうも組織として信用できなくてな。命を預ける仲間を信じられないなんて、騎士としては致命的だよ。冒険者として、気ままにやっていくさ」

全く悔いがない様子のヒースを見て、ヘーゼルは心配そうな表情を改めた。

「そういえば、予想外にロザリーの名が広まってすごかったわね。奇病の件で民衆受けが良かったのに加えて、借金完済に犯罪者逮捕で、一躍有名人。弱い人を助けている善人が、悪い人にしいたげられながらもやり返す。勧善懲悪《かんぜんちょうあく》で素晴らしいって！」

だから余計にアスカルの立場がないのだ。ヘーゼルの言葉が聞こえたのか、村人や獣人達が拍手と歓声を上げ、ロザリーを冷やかした。

「王都に住むなら、ヒース殿とこのまま結婚すればいいと思うが」

ドワールが口を挟み、ヒースはにやりと笑ってロザリーに問う。

「俺は構わないぞ。ロザリーはどうする？」

誤魔化《ごまか》すことなくきっぱり言うので、周りから男らしいと拍手が起きた。ロザリーは照れて頬を赤らめる。

「そうね。次は結婚資金を貯めようかしら」

そう答えると、わっと歓声が大きくなった。ヒースが立ち上がり、ロザリーを腕に抱き上げる。

「やった！　プロポーズ、受けてくれた！　おーい、やったぞ、皆。俺達、結婚する！」

「ちょ、ちょっとやめて！　恥ずかしいから！」

浮かれてその場でくるくると回る彼に、ロザリーは声を張り上げる。しかし次第に笑いが込み上げてきて、笑いながら、ヒースの首に抱き着いた。

穏《おだ》やかな冬の晴れ間に、明るい声が響く。

その日は夜遅くまで、村はお祭り騒ぎだった。

RC
Regina COMICS
大好評
発売中！
訳あり
悪役令嬢は
婚約破棄後の人生を
自由に生きる
1~2
Mitsubi Uduki
原作 卯月みつび
Ichino Tomizuki
漫画 冨月一乃
アルファポリスWebサイトにて
好評連載中！
ものぐさ令嬢の奮闘ファンタジー
待望のコミカライズ！
とある理由から、王子との婚約解消を目指していた公爵令嬢レティシア。努力が実を結び、見事(?)婚約破棄を言い渡され一件落着……と思いきや、その直後、彼女に前世の記憶が蘇った！　看護師として忙しく働いていた前世の分も、今世では大好きなお酒を飲んでのんびり過ごしたい。そんな思いから田舎暮らしを始めようとしたけれど、なぜか次から次へとトラブルが舞い込んできて——!?
アルファポリス 漫画
検索
B6判／各定価：本体680円＋税
悪役の私ですが、
国を救ってみせましょう。

勇者《ゆうしゃ》に婚約《こんやく》破《は》棄《き》された魔《ま》法《ほう》使《つか》いはへこたれない

草野瀬津璃（くさのせつり）

2019年 12月 5日初版発行

編集ー反田理美
編集長ー太田鉄平
発行者ー梶本雄介
発行所ー株式会社アルファポリス
〒150-6005 東京都渋谷区恵比寿4-20-3 恵比寿ｶﾞｰﾃﾞﾝﾌﾟﾚｲｽﾀﾜｰ5F
TEL 03-6277-1601（営業） 03-6277-1602（編集）
URL https://www.alphapolis.co.jp/
発売元ー株式会社星雲社
〒112-0005 東京都文京区水道1-3-30
TEL 03-3868-3275
装丁・本文イラストー山下ナナオ
装丁デザインーAFTERGLOW
（レーベルフォーマットデザイン—ansyyqdesign）
印刷ー図書印刷株式会社

価格はカバーに表示されてあります。
落丁乱丁の場合はアルファポリスまでご連絡ください。
送料は小社負担でお取り替えします。

ISBN978-4-434-26810-6 C0093